Trisha Kelly

Hallowstone

Der Zauber der Mitternachtsstadt

Trisha Kelly
hat sich vollkommen der Welt der Bücher verschrieben. Sie absolvierte ein Studium der Filmwissenschaft und arbeitet seitdem als Lektorin und Autorin für Kinder- und Erwachsenenbücher. Wenn sie nicht gerade liest, schreibt oder kocht, kümmert sie sich am liebsten um ihr Rudel Hunde. Sie lebt und arbeitet in New York.

Verena Körting,
geboren in Köln, studierte Visuelle Kommunikation an der Fachhochschule Düsseldorf. Nach ihrem Diplom und einigen Jahren als Grafikdesignerin in Hamburg kehrte sie 2013 in ihre Heimatstadt zurück. Sie illustriert inzwischen hauptberuflich Kinder-, Vorlese-, Märchen- und Bilderbücher sowie Buchcover für große und kleine Verlage.

Arena

TRISHA KELLY

HALLOWSTONE

DER ZAUBER DER MITTERNACHTSSTADT

Aus dem Englischen von Ulrich Thiele

Mit Vignetten von Verena Körting

Ein Verlag in der westermann GRUPPE

MIX
Papier aus verantwortungsvollen Quellen
FSC® C110508
www.fsc.org

1. Auflage 2021
Für die deutschsprachige Ausgabe:

Rottendorfer Str. 16, 97074 Würzburg
Published by Arrangement with Patricia Kelly

Dieses Werk wurde vermittelt durch die Literarische Agentur
Thomas Schlück GmbH, 30161 Hannover.
Aus dem Englischen von Ulrich Thiele

Cover und Vignetten: Verena Körting
Umschlaggestaltung: Juliane Lindemann

Gesamtherstellung: Westermann Druck Zwickau GmbH
Printed in Germany

ISBN 978-3-401-60589-0

Besuche den Arena Verlag im Netz:
www.arena-verlag.de

Prolog

Mondlicht schwebt zum Küchenfenster herein. Es lockt mich, zieht mich hinaus. Behutsam öffne ich die Hintertür, ganz leise, weil ich Dad nicht wecken will.

Meine Augenlider sind furchtbar schwer, aber meine Füße tragen mich wie von selbst in die Mitte des Gartens, quer über wild wuchernde Schlingpflanzen, durch Lauchgewächse und junge Bäume, allesamt gefangen in ewigem Herbst. Wie zerbrechlich die orangeroten Blätter im Schein des Vollmonds wirken. Mit den Fingerspitzen streiche ich darüber und neben mir schnuppert meine Wolfshündin Willow am Boden.

Ich lege den Kopf in den Nacken und betrachte den Mond. Vor dem schwarzen Samt des Himmels leuchtet er wie eine Perle.

Ein Lied steigt aus meiner Kehle auf. Ich schlucke es hinunter und mache ein paar Schritte in unser Kürbisbeet hinein. Das ganze Jahr über wachsen hier Kürbisse, die meisten sind gelb und orange, die paar unreifen grün, andere verströmen ein kühles blaues Licht. Ich lasse meine Stirn auf einen großen, runden sinken und streichele Willow. Oben treiben Wolken am Mond vorüber.

Doch das Lied kehrt zurück und diesmal kann ich es nicht unterdrücken. Ein paar Töne entwischen mir. Willow sieht mich an, ihre großen Augen schimmern im Dunkeln und die Melodie hallt in meinem Herzen wider. Sie dringt bis unter meine Haut.

Es ist ein Schlaflied, ja, das ist es. Ich weiß nicht, woher ich den Text kenne. Ich kenne ihn einfach.

Langsam fallen mir die Augen zu. Oder waren sie die ganze Zeit geschlossen? So oder so klingt mir das Lied weiter in den Ohren und meine Gedanken schweben davon.

1. Kapitel

Den Stiel meines nagelneuen Hexenbesens fest im Griff, sause ich Dad hinterher und wirbele im Flug Blätter auf. Bei mir zu Hause glänzt jeden Morgen Frost am Boden und das Laub der Alleen erstrahlt immer in den buntesten Farben. Die Kürbisse sind dick und rund und die Luft duftet verheißungsvoll, denn in Hallowstone ist das ganze Jahr hindurch Herbst. Der erste Biss in einen extraknackigen Apfel, das Fauchen einer schwarzen Katze, das fein verästelte, silbrig-spinnenartige Netz des magischen Schutzwalls rund um Hallowstone – all das macht meine Heimatstadt zu meiner Heimatstadt und am allerschönsten ist sie am frühen Morgen. Besonders wenn Besuchstag ist.

Dad und ich zischen dicht über der Erde dahin, meine Stiefelspitzen streifen fast die zarte Eisschicht. Abgesehen von ein paar unfreiwilligen Vollbremsungen und einer bedauerlichen Heckenlandung habe ich meinen Besen aber so was von unter Kontrolle. Beim ersten Aufsteigen wollte er mich noch abwerfen, weil er gespürt hat, wie nervös ich war. Doch inzwischen haben wir einen guten Rhythmus miteinander gefunden.

»Und wie fliegt er sich, Prue?«, fragt Dad, der auf seinem eigenen Besen um mich herum Spiralen dreht. »Die Verkäuferin bei *Flitzezweig & Co.* meinte, es wäre das schnellste Modell auf dem Markt, nur eine Stufe hinter den richtigen Rennbesen.«

»Er ist super! Und dass du ihn mir heute schon gegeben hast – ich kann's immer noch nicht glauben.«

Genau gesagt bin ich fast umgefallen, als Dad ihn mir heute Morgen überreicht hat, mit Schleife drum und allem. Es ist ein neuer, grün glitzernder Hexenbesen, kein alter wie der von Dad, und am Stiel ist sogar mein Name eingraviert. Ich will schon so lange auf einem Besen zur Schule fliegen und morgen, wenn das neue Schuljahr losgeht, ist es endlich so weit. Ganz klar: Das ist das beste Geburtstagsgeschenk *aller Zeiten.* Streng genommen werde ich zwar erst morgen elf, aber Dad hat mir mein Geschenk schon heute überreicht, denn dieses Jahr geht an meinem Geburtstag auch die Schule wieder los.

»Na, dein Bruder soll sich das Ding doch auch anschauen können.« Lächelnd schiebt Dad die Brille auf seiner schmalen Nase nach oben. »Sonst hätte er wieder wochenlang geschmollt.«

»Ja, mindestens!«

Mein sechsjähriger Bruder Bean ist sogar ohne Hexenbesen schneller als der Wind – klar, er ist ja ein Werwolf –, und trotzdem ist er total fasziniert von ihnen. Genau wie Dad, der ist auch fasziniert von altem Kram, vor allem von dem alten Kram nichtmagischer Menschen. Deren Welt liegt in einer anderen Dimension als unsere und ist Dads Spezialgebiet als Professor der Geschichte an der Universität von Hallowstone. Er hat schon mehrere Forschungsreisen durch das Portal unternommen und ist in nichtmagische Städte wie Kapstadt oder Berlin gereist. Heute trägt er eine Jeansjacke aus einem Secondhandladen in einer großen Metropole namens London. Mir hat er von dort auch so eine Jacke mitgebracht, als Überraschungsgeschenk. Oder eher als Trostpreis. Ich habe ihn nämlich schon tausendmal angefleht, mich in die nichtmagische Welt mitzunehmen, aber das geht leider nicht so einfach. Wer dorthin will, braucht eine Sondergenehmigung vom Hohen Hexenrat. Warum? Weil die Menschen in der nichtmagischen Welt keinen blassen Schimmer haben, dass es uns gibt.

Dad stupst mir an die Schulter, ich schubse ihn weg. Er grinst mich an und ein Hauch scharfen Rasierwassers steigt mir in die Nase. Dad braucht eigentlich nur zwei Dinge, um sich auf den Beinen zu halten: Kaffee mit Cashewmilch und kandierten Ingwer vom Bauernmarkt. Deshalb riecht er fast immer nach dem einen oder nach dem anderen und an besonders anstrengenden Tagen nach beidem. Am liebsten steckt er sich ein Ingwerstückchen in die Backe, als wäre er ein Streifenhörnchen, um es dann ganz langsam aufzulutschen. Ich mache es übrigens genauso, nur mit ewig währenden Karamellbonbons.

Das ist mein Dad: Kaffee, Ingwer, alter Kram und dicke Pullis. Die Taschen voller Leckerli für unsere überdrehte Wolfshündin Willow. Uralte Rockmusik. Und die Angewohnheit, beim Kochen seeeeehr großzügig zu würzen.

»Ich freue mich schon so, Kürbischen«, sagt Dad. In seiner Stimme schwingt Sehnsucht mit, was ich superromantisch finde. Mom und Bean sind keine Hexen wie Dad und ich, sondern Werwölfe und leben deswegen nicht in Hallowstone. Das bedeutet, dass wir sie nur alle paar Monate sehen, wenn überhaupt. Doch heute ist Besuchstag und da will ich an nichts Trauriges denken. Heute soll es um alles gehen, was Freude macht, also um Geschenke und um Moms Umarmungen und um Kürbiskuchen und um das Beste überhaupt: meinen Start in die sechste Klasse morgen. Ab der sechsten haben wir Magieunterricht und deshalb freue ich mich schon ewig darauf, dass die Schule endlich wieder losgeht. Ich wurde zwar wie Dad mit besonderen Kräften geboren, doch erst wenn ich lerne, sie einzusetzen, werde ich zu einer richtigen Hexe.

An der nächsten Ecke biegen wir in eine Seitenstraße ein. Hier liegt ein Restaurant neben dem anderen. Die Fenster sind so früh noch dunkel, die verhexten Leuchtschilder aber wie immer in Bewegung. Vor *Sues Suppenküche* schreibt eine unsichtbare Hand die Tagesgerichte an eine Kreidetafel. Eine Katze streicht um ein paar zusammengestellte Stühle, einem kleinen, leuchtenden Etwas hinterher – vielleicht eine Elfe. Dad und ich gehen nur selten essen, aber vielleicht kann ich ihn irgendwann diese Woche dazu überreden, mich auf eine Runde Windbeutel in der *Erntetafel* einzuladen. Die machen einfach die besten Explosivbeutel der Stadt.

»Prue?«

»Was ist?«

»Du bist heute Morgen wirklich ganz woanders, oder?«

»Tut mir leid. Ich höre ja schon zu …«

»Okay, noch mal – ich weiß, du hättest dir einen längeren Besuch gewünscht, aber mehr ist im Moment leider nicht drin. Du freust dich doch trotzdem, oder?«

»Und wie!«, antworte ich schnell. »Es ist nur, äh, mir ist gerade was eingefallen: Mom hat doch erzählt, dass Bean schon fast so groß ist wie ich. Der wird mal ein Riese!«

»Es ist wirklich viel zu lange her, dass wir alle zusammen waren«, meint Dad. »Mehr als vier Monate schon.«

»Stimmt. Da war ich praktisch noch ein Baby.«

Dad schnaubt und hält mitten in der Luft an. Ich wäre glatt in ihn hineingerauscht, hätte er meinen Besen nicht durch einen geschickten Handgriff abgebremst. Einen Arm um meine Schultern gelegt, drückt er mir einen Kuss auf die Wange. »Du wirst so schnell groß. Deine Mutter wird sich unglaublich freuen, dich zu sehen. Aber pass ja mit dem Besen auf!«

»Du bist heute aber gefühlsduselig«, stelle ich grinsend fest.

»Ist ja nicht so, dass meine Tochter jeden Tag elf Jahre alt wird und mit dem Magieunterricht anfängt.«

»Dann wollen wir Mom erst recht nicht warten lassen! Wie wär's mit einem Rennen? Ich passe auch auf, wo ich hinfliege, versprochen.«

Das quittiert Dad mit einem skeptischen Blick. Ich lächele ihn an und kreuze in Gedanken die Finger.

»Na schön. Ausnahmsweise.« Und schon schießt er davon wie ein Profi-Rennreiter.

»Hey! Das ist unfair!« Ich drücke den Stiel nach unten, um meinen Besen zur Eile zu treiben.

Immer wenn ich mit Dad über Mom spreche, besonders über *Mom und mich,* kommt in mir ein riesiger Gefühlswirrwarr hoch. Natürlich sehe ich Mom so häufig, wie es geht, und trotzdem fehlt sie mir so sehr, dass es tief im Herzen wehtut. So richtig, meine ich, es ist ein echter Schmerz hinter dem Brustbein. Ich versuche zwar, mich zusammenzureißen, um Dad nicht traurig zu machen, aber es ist echt nicht leicht. Und diesmal finde ich es besonders traurig, dass der Besuch heute Abend schon wieder vorbei sein wird.

Mom und Bean leben mit ihrem Rudel in den Mondbergen. Dad und ich mit den übrigen Hexen und anderen magischen Wesen wie Vampiren und Kobolden hier unten in Hallowstone. Das Motto unserer Stadt lautet: *Hallowstone – wo sich Hexe und Hexer Guten Tag sagen!* Und das kommt nicht von ungefähr. Werwölfe dürfen keinen Fuß in die Stadt setzen, so war es schon immer. Insgeheim glaube ich, dass Dad nur deshalb so viel arbeitet, damit er abgelenkt ist und nicht ständig an die andere Hälfte unserer Familie denken muss.

Dad ist mir immer noch ein Stück voraus und genau wie er reiße ich jetzt den Besenstiel hoch und sause so über die Baumwipfel eines kleinen Parks hinweg. Kurz darauf fliegen wir über den noblen Ortsteil von Hallowstone, er liegt gleich neben dem Universitätsgelände. Hier stehen die herrschaftlichsten Häuser der ganzen Stadt, was auch kein Wunder ist, denn sie gehörten einst den Gründungshexen von Hallowstone.

Jenseits des Viertels erhebt sich ein mächtiges zweiflügeliges Silbertor. Es ist die einzige Stelle, an der der mächtige Schutzzauber rund um Hallowstone durchquert werden kann – und wir fliegen genau darauf zu.

2. Kapitel

Wie immer wirkt das Tor unglaublich einschüchternd und bedrohlich auf mich. Es ist mit verspielten Schnörkeln verziert und imposant wie ein mächtiger Wall. Wenn ich sonst in den Himmel blicke und dort das zarte silbrige Schimmern des Schutzzaubers sehe, fühle ich mich einfach nur gut aufgehoben, doch dieses Tor strahlt etwas anderes aus. Hier wird es ernst. Hier spürt man mehr als deutlich, dass hinter dem Tor das Schattenreich lauert, mit all seinen Schrecken. Ohne den Schutzzauber wären wir – genauer gesagt, unsere Magie – ständig in Gefahr.

Ich lande neben Dad und steige vorsichtig vom Besen ab. Eine Katze schleicht durch die Nacht, oben in einem Baum ruft eine Eule und eine andere antwortet ihr.

»Wo ist Lock?«, flüstere ich. Lock ist das Oberhaupt der Wächter. Zusammen mit einigen anderen Hexen und Hexern hält er den Schutzzauber aufrecht und an Besuchstagen geleitet er uns durch das Tor. Soweit ich weiß, gibt es in Hallowstone nur wenige Familien wie unsere. Die große Schwester meiner besten Freundin Sammy hat einen Freund, dessen Dad ein Werwolf ist – doch er kann ihn nicht einfach zur selben Zeit besuchen wie wir Mom und Bean. Es braucht eine Menge magischer Energie, um den Schutzzauber zu öffnen. Denn der Schutzzauber ist maximal stark, nur so gelingt es ihm, die Schattenwesen

von Hallowstone fernzuhalten.

»Der kommt schon noch«, antwortet Dad. Einen Arm um meine Schultern gelegt, zieht er mich enger an sich. »Keine Sorge. Die Schatten können uns nichts.«

Das Schattenreich macht mir jedes Mal aufs Neue Angst. Abgesehen von Hallowstone und den Mondbergen, besteht unsere Welt aus nichts als grauer Einöde. Die ist zwar kein totes Land, allerdings lebt dort auch nicht wirklich etwas. Ich bin bestimmt die Einzige in meinem Alter, die schon so viele unheimliche Schattenbewohner zu Gesicht bekommen hat, jedenfalls kurz. Wenn diese Wesen auftauchen, kann man sie leicht für gewöhnliche Schatten halten, vielleicht von einem Vogel, einem Wolf oder einer Echse. Nähern sie sich aber, erkennt man plötzlich ihr graues, weit aufgerissenes Maul, das hungrig nach magischer Energie schnappt. Ich muss nur daran denken und schon läuft es mir kalt den Rücken hinunter. Doch da Werwölfe und Hexen strikt getrennt leben und der Schutzzauber auch Werwölfe auf Abstand hält, ist das Schattenreich das einzige gemeinsame Zuhause meiner Familie.

Auf den Zehenspitzen wippend versuche ich, einen Blick durch das Tor zu erhaschen, sehe dort aber nur schimmernde Finsternis. Nichts lässt erahnen, dass auf der anderen Seite die Schatten lauern.

Endlich tritt Lock aus der Dunkelheit, gekleidet in Silber und Schwarz – den Farben der Wächter – und mit dem typischen breitkrempigen Hut auf dem Kopf. Er dreht sich um, streckt sein Artefakt in die Höhe und verfällt in den Singsang einer Zauberformel. Das Tor zerfließt, zurück bleibt nur silbriger Nebel. Wie an jedem Besuchstag taucht irgendwo in meinem Hinterkopf eine Frage auf. Ich weiß, ich sollte sie nicht stellen – Dad speist mich sowieso immer mit derselben Antwort ab, die eigentlich gar keine ist. Aber heute kann ich nicht anders.

»Dad?« Ich zupfe ihn am Jackenärmel. »Warum können Mom und Bean nicht auch mal nach Hallowstone kommen?«

Zerstreut blickt er zu mir hinab. »Das weißt du doch, Kürbischen. Der Schutzzauber wirkt nun einmal so und nicht anders. Wenn der Wall mit etwas anderem als Hexenmagie in Kontakt käme, würde er zu schwach, um uns vor dem Schattenreich zu beschützen. Werwölfe haben ihr eigenes Zuhause. Hallowstone ist für uns gedacht, eine Stadt, wo sich Hexe und Hexer Guten Tag sagen …«

Ein warmer Wind schlägt uns entgegen. In Hallowstone ist jeden Tag perfektes Pulloverwetter – umso eigenartiger fühlt es sich an, wenn man plötzlich die Wärme des Schattenreichs zu spüren bekommt. Obwohl ich immer nur für kurze Zeit darin eintauche, bin ich mir absolut sicher, dass ich nie an einem Ort mit mehr als 22 Grad Celsius leben möchte. Schwitzen, sobald man auch nur *atmet?* Nein danke.

»Moment«, sage ich. »Sind das nicht …?«

»Sieht aus, als wären sie schon da«, unterbricht Lock mich. Er beschreibt einen Bogen mit seinem Artefakt. Noch ein gemurmelter Zauberspruch und Locks magischer Gegenstand leuchtet auf wie eine Laterne. Abgesehen vom Rauschen des Windes, ist nichts zu hören, doch dafür sehe ich etwas hinter dem silbergrauen Schattendunst: zwei Gestalten.

Ich richte mich auf. Mein Herz klopft vor Vorfreude und Dad drückt meine Hand.

»Bereit, Kürbischen?«

Seite an Seite treten wir durch das Tor. Dad streckt sein Amulett in die Höhe, um Locks Spruch fortwirken zu lassen, während Lock selbst in Hallowstone zurückbleibt. Auch dieses Mal sträuben sich beim Durchqueren der Barriere die Härchen auf meinen Armen. Es ist, als würde man durch einen Teich aus Wackelpudding waten, als würde die Luft selbst mit aller Macht versuchen, uns wieder zurückzuschieben, hinter den sicheren Wall des Schutzzaubers. Zuerst fröstele ich bis auf die Knochen, dann wird mir so heiß, dass ich fast nach Atem ringe, und zuletzt jagt ein Stromschlag durch mich hindurch.

Endlich lässt der Schutzzauber von mir ab und ich falle beinahe hin. Ich fange mich aber wieder und werfe einen Blick zurück. Wie dicker, zähflüssiger Schleim schließt sich die silbrige Mauer hinter uns. Von Hallowstone ist nichts mehr zu sehen. Man könnte meinen, es hätte die Stadt nie gegeben.

»Alfred!«

Da wirbele ich herum – so schnell, dass ich noch sehe, wie Mom auf Dad zurennt. Sie lächelt über das ganze Gesicht, er fängt sie mit ausgebreiteten Armen auf und tut so, als würde ihn die Wucht ihrer Begrüßung straucheln lassen. Das bringt Bean, der Mom dicht auf den Fersen ist, zum Lachen. Als Mom und Dad sich küssen, wirft mir Bean einen Blick zu und macht eine angeekelte Grimasse. Dann fällt er mir um den Hals.

Ich stehe da und grinse. Es gibt nichts Romantischeres als ein Wiedersehen unserer Eltern. Da kriegt man direkt Herzklopfen, und zwar zu Recht.

»Wie geht's unserem Beinahe-Geburtstagskind?«, fragt Mom und reißt sich von Dad los, um mich zu begrüßen.

Ich lasse mich in ihre Arme fallen und sauge ihren Duft auf, ein herrliches Waldaroma. »Du hast mir so gefehlt!«

Mom fährt mir sanft über den Kopf. Sie und ich haben die gleiche dunkelrote Haarfarbe. Heute trägt sie ein weites T-Shirt und ausgeblichene, zerrissene Jeans.

»Ich sichere schnell den Umkreis ab«, sagt Dad. »Ihr bleibt bei eurer Mutter, Kinder.«

Mom streicht sich die Haare hinter die Ohren. Silber stößt Werwölfe ab, deshalb ist ihr Ehering aus purem Gold, und wie so oft reibt sie mit dem Daumen darüber. Der Ring baumelt an einer Kette um ihren Hals, denn als Gestaltwandlerin kann sie ihn nicht am Finger tragen. Im Moment sieht sie aus wie jeder andere Mensch auch – wenn man mal von ihren spitzen Ohren absieht. Die hat sie immer, ob in dieser oder in ihrer Wolfsgestalt. Mom zieht mich noch einmal an sich, wiegt mich in den Armen und küsst mich auf die Haare.

»Nichts anfassen, Benjamin«, sagt sie noch schnell zu Bean. »Solange Dad nicht mit dem Zauber fertig ist, ist es hier nicht sicher.«

»Habt ihr Kuchen mitgebracht?«, frage ich hoffnungsvoll. Das lässt auch Bean aufhorchen.

»Ja, Kürbiskuchen mit Frischkäsecreme. Was denn sonst?«

Auf meinem Gesicht breitet sich ein Strahlen aus. »Danke, Mom.«

Ich bin ein großer Kürbisfan. Auf dem Fensterbrett in meinem Zimmer steht eine Reihe Zierkürbisse und auf den Stoff meines Lieblingskleids sind samtige Kürbisse aufgenäht. Und Kürbisgewürz? Was für eine Frage! Wenn ich mir etwas aussuchen müsste, was ich von jetzt an immer und nur noch essen dürfte, dann wäre es Moms Kürbiskuchen.

»Bean«, sagt Mom erneut, diesmal mit strengerem Unterton. »Das ist mein Ernst. Nichts anfassen.«

Ich kann nirgends Schattenwesen entdecken, aber Mom und Dad ermahnen uns jedes Mal, bis zur Errichtung des Schutzzaubers dicht zusammenzubleiben. Die Bewohner der Schattenwelt gieren nach magischer Energie und eine Hexe oder ein Werwolf ohne Magie ist so gut wie tot. Noch etwas enger an Mom gekuschelt, suche ich die graue Landschaft nach Bewegungen ab.

Ein paar Meter entfernt sagt Dad eine lange Formel auf,

ähnlich der, die Lock gesprochen hat. Dads Artefakt ist ein altes Medaillon mit einem eingeprägten Schwert auf der einen Seite und einem heulenden Wolf auf der anderen. Wie immer trägt er es um den Hals und nun leuchtet es silbern auf.

Herbeigelockt von Dads Worten, bilden sich am Himmel silbrige Fäden. In mehreren Strängen strecken sie sich der Erde entgegen, bis sie uns einhüllen wie ein riesiges Zelt, groß wie eine Besenwettkampfarena. Sie verankern sich im Boden und sperren den heißen Wind und das öde Grau aus. Dann macht Mom einen Schritt nach vorne, legt den Kopf in den Nacken und singt.

Sie hat eine wunderschöne Stimme, eine einzigartige Mischung aus rauem Heulen und zartem Sopran. So singt sie ein Lied von Sonne und Liebe, von einem Frühlingstag mit blumengesprenkelten Wiesen und Wolkenfetzen an einem blauen Himmel und die Umgebung verwandelt sich. Hexer wie mein Dad wirken ihre Magie durch Zaubersprüche, Werwölfe nutzen ihren Gesang – zum Beispiel, um meisterhafte Illusionen zu erzeugen. Ein paar Sekunden später scheint es, als wären wir mitten in einem Park, drüben schmiegt sich sogar ein Bach um ein Wäldchen. Wohin man auch schaut, überall sprießen Blumen, Azaleen und Leinkraut, Tigerlilien und Büsche von Pfingstrosen.

»Ein Genuss, Marin. Wie jedes Mal.« Dad gibt Mom einen Kuss. »Du hast mir so gefehlt.«

»Du immer mit deinen Schmeicheleien, Schatz. Ihr müsst uns alles erzählen, was Bean und ich verpasst haben.«

Ich lächele so sehr, dass mir die Wangen wehtun. Dad hat für Sicherheit gesorgt, Mom für Schönheit, und das alles nur für mich. Sollte ich meine Magie eines Tages auch nur halb so gut im Griff haben wie die beiden ihre, werde ich die glücklichste Hexe von ganz Hallowstone sein.

Mom breitet eine Decke aus und verteilt darauf das Essen. »Deine Leibspeisen«, sagt sie noch zu mir, da stürzt sich Bean schon auf die nächstbeste Dose und stopft sich ein Kürbistörtchen in den Mund.

Ich verdrehe die Augen. Dass mein kleiner Bruder immer den Wolfswelpen raushängen lassen muss! Aber nicht mal das kann mir die gute Laune verderben. Dieser Tag ist besser als die traditionelle Neujahrsfeier von Hallowstone, besser als die Sonnwendparade, sogar besser als Süßes oder Saures an Halloween. Ich beiße mir kräftig in die Wange, damit ich nicht zu heulen anfange. Spätestens jetzt wäre es so weit gewesen, denn gerade reicht Mom mir ein Kürbisbrötchen und drückt mir dabei einen weiteren Kuss auf die Stirn.

Dad bringt sie in allem auf den neuesten Stand – seine Arbeit, Willows Mätzchen, meine Schulferien – und Bean quasselt dabei entweder über seinen Magieunterricht oder dreht Runden auf meinem neuen Besen. Es ist einfach nur unfair, dass Werwölfe so viel früher als Hexen lernen, mit ihrer Magie umzugehen. Jahre früher! Während Bean schon bestens mit seinen Verwandlungen zurechtkommt, weiß ich so wenig über die korrekte Handhabung eines Artefakts, dass ich nicht einmal einen Topf Wasser zum Kochen bringen kann. Ich bin zwar ziemlich nervös wegen meiner ersten Magiestunde, aber danach wird bestimmt eine riesige Last von mir abfallen. Morgen kann ich endlich loslegen.

»Nicht in den Kuchen!«, schimpfe ich, als Bean bei der Landung abrutscht und in ein Gebüsch schlittert. Das Grün kräuselt sich und für einen Moment gerät die Illusion ins Wanken. Mom repariert sie aber schnell wieder.

Den Blick auf mich gerichtet, rappelt Bean sich auf und verzieht kleinlaut das Gesicht.

Ich muss lachen, irgendwo in mir spüre ich allerdings einen vagen, sehnsuchtsvollen Schmerz. Mom kümmert sich um Bean und Dad kümmert sich um mich, so war es schon immer. Das ändert aber nichts daran, dass Bean eigentlich seine große Schwester braucht. Auch wenn er ein hibbeliger kleiner Kerl ist, der glaubt, es gäbe nichts Witzigeres als Rülpsen.

»Können wir jetzt Kuchen essen?«, fragt er, natürlich ohne etwas von meinen Gefühlen zu ahnen. Ich verstrubbele ihm die dichten blonden Haare.

Mom schüttelt den Kopf. »Zuerst bekommt deine Schwester ihr Geburtstagsgeschenk.«

»Ein Geschenk?«, wiederhole ich. »Oh …«

»Aber natürlich.« Mom legt die Hand unter mein Kinn. »Ist selbst gemacht.«

Mit diesen Worten überreicht sie mir ein Kästchen. Ich öffne es vorsichtig, denn der zarte Armreif vom letzten Jahr wäre mir beinahe zwischen den Fingern in zwei Stücke zersprungen. In der weich ausgeschlagenen Schatulle liegt jedoch etwas, das nicht so leicht zu Bruch gehen sollte: eine Wolfsfigur. Aus Kirschbaumholz geschnitzt, sie duftet nach Rauch und der Wolf hat winzige Diamanten als Augen. Sein Maul ist aufgerissen, als würde er laut heulen. Auf dem Rücken sind viele feine Kerben, weshalb man auf den ersten Blick schwören könnte, er hätte einen dichten, lockigen Pelz.

»Oh«, flüstere ich. »Wow.«

»Du kannst ihn dir an einer Schnur umhängen, also wenn du willst«, erklärt Mom. »Als Glücksbringer, dachte ich, für deinen ersten Magieunterricht.«

Ich schlinge ihr die Arme um den Hals.

»Das ist ja ein richtiges Kunstwerk«, höre ich Dad zu ihr sagen. »Du hast so viel Talent, Schatz.«

Mom drückt mich an sich.

Ich bin nicht traurig, im Gegenteil, heute wird gefeiert – und trotzdem juckt meine Nase, als würden mir jeden Moment die Tränen kommen. Wahrscheinlich weil ich weiß, dass ich morgen Abend meinen ersten Zauberspruch erlernt haben werde, ihn Mom aber nicht werde vorführen können.

»Gefällt er dir nicht?«, fragt sie.

»Doch, total. Ich wünschte nur …«

»Ich auch.« Mom streicht mir die Haare nach hinten, lächelt mich an. »Ich weiß, wie wichtig dieser Tag für euch Hexen ist. Du wirst das ganz toll machen.«

»Aber was, wenn ich einfach schlecht bin?« Die Frage schlüpft mir aus dem Mund, ich kann sie nicht aufhalten. Und kaum habe ich sie ausgesprochen, wird mir erst bewusst, wie viele Sorgen ich mir mache und dass ich seit einer Woche so ein dumpfes Gefühl im Bauch habe. Was, wenn ich es nicht draufhabe?

»Das kann ich mir nicht vorstellen«, erwidert Mom. »Ich kenne nur sehr wenige Hexen und Hexer, die so begabt sind wie dein Vater, und du bist seine Tochter. Du bist *unsere* Tochter.«

Dad nickt zustimmend. »Du wirst das wunderbar hinkriegen. Wir wissen doch, was du kannst.«

Ich presse die Daumenkuppe gegen die Miniaturzähne des Wolfs und versuche zu lächeln. Auf den nächsten Besuchstag werde ich lange warten müssen – wenn zu häufig Lücken in den Schutzzauber geschlagen werden, können Risse entstehen. Ich darf mir diese wenigen gemeinsamen Stunden nicht verderben.

»Ihr habt ja recht«, sage ich deshalb und schlucke meine Sorgen hinunter. »Und gibt's jetzt Kuchen?«

Zunächst trällern meine Eltern und Bean zu dritt *Happy Birthday,* was ich nur verschämt grinsend ertrage, dann mache ich es mir endlich mit einem Stück Kürbiskuchen auf der Picknickdecke gemütlich. Bean vertilgt da schon seine zweite Portion, stopft sie mit den Fingern in den Mund und beschmiert sich dabei über und über mit Frischkäsecreme. Mom hat sich zwischen Dads Beinen zurückgelehnt und murmelt ihm irgendetwas zu, er lacht und küsst sie. Ich rücke näher an die beiden heran und Mom drückt meine Hand.

Seit ich klein war, ist da dieses Gefühl – dass ich irgendwie anders bin als die anderen. Es nagt an mir wie Willow an einem Knochen. Normalerweise gehe ich supergerne in die Schule, doch ab und zu schlägt es ins Gegenteil um. Mitten im Unterricht oder in der Mensa, beim Mittagessen mit Sammy, packt mich die Angst, dass ich nicht wirklich dazugehören könnte, dabei lacht mich niemand aus. Niemand starrt mich an. Nur wenn meine Familie vereint ist, fühle ich mich besser. Als wäre ich wieder ganz.

»Und wie ist es so als Elfjährige?«, flüstert Mom mir zu.

Ich schüttele den Kopf. »Bin ich ja erst morgen.«

»Sei nicht so übergenau«, winkt sie ab. »Ich habe gehört, es ist gerade ein neues *Hanna-Hex*-Buch rausgekommen. Das soll dir Dad im Buchladen kaufen, ja? Als zweites Geburtstagsgeschenk.«

Ich wünschte, ich könnte auch mal mit Mom in die Buchhandlung. Nur einen einzigen Nachmittag mit ihr in den Regalen der *Schmökerklause* stöbern. Wenn sie mir manchmal am Besuchstag vorliest, springt ihre Stimme über die Wörter wie ein flacher Stein über einen Fluss.

Aber es ist, wie es ist, und ein Tag wie dieser ist das Beste überhaupt. Ja, meine Familie ist nur selten zusammen und bestimmt nicht perfekt, aber trotzdem: Wenn mich jemand fragen würde, wie für mich Liebe aussieht, dann würde ich ein Bild von uns malen, wie wir alle zusammen auf der Picknickdecke sitzen und meinen Geburtstag feiern.

Und deswegen will ich meine Eltern morgen, bei meiner ersten Magiestunde, auf keinen Fall enttäuschen.

3. Kapitel

Ich stehe vor unserem Kamin und lächele zum x-ten Mal in die Kamera. Bevor wir uns gestern voneinander verabschiedet haben, musste Dad versprechen, dass er Mom bei unserem nächsten Spiegelruf haufenweise Fotos von mir in meiner neuen Schuluniform zeigen würde. Ich trage jetzt nicht mehr Schwarz-Gelb wie in den unteren Klassen, sondern darf zu Schwarz und Kastanienbraun wechseln. Mein spitzer Samthut passt perfekt zu meiner brandneuen Krawatte. Ich habe mich für einen Rock entschieden und dazu noch eine dicke kastanienbraune Strumpfhose ausgesucht. Alles zusammen, meint Dad, macht einen äußerst vornehmen Eindruck. Mom wird es bestimmt gefallen.

»Und jetzt ein Albernes«, sagt Dad, reißt die Augen auf und verzieht seinen Mund zu einer zombieartigen Grimasse.

»Dad … du kommst zu spät zu deiner ersten Vorlesung.«

»Ohne mich geht die sowieso nicht los«, erwidert er lachend. »Komm schon, nur eins noch!«

Also strecke ich die Zunge raus und der Blitz flammt auf. So wie ich Dad kenne, wird er den Film später mit einem Endlosschleifenbann belegen. »Hey, Sammy und ich haben vor der Schule noch was vor. Das ist doch Tradition.«

»Ach, die Tradition gibt's immer noch?«

»Ohne meine Apfelmostdonuts gehe ich nicht zur Schule.« Ich stemme die Hände in die Hüften. »Am ersten Schultag bei Carmela und Evelyn vorbeizuschauen, bringt Glück.«

Es klopft an der Haustür. Sofort stürmt Willow in die Diele und kratzt aufgeregt am Holz, bis Dad die Tür mit einem Wink seines Artefakts öffnet.

Auf der Schwelle steht Sammy, ihren Besen in der Hand und den Rucksack locker über der Schulter. Sie strahlt mich an und rückt dabei ihre neue Brille zurecht. Das Pink des Rahmens hebt sich hübsch von ihrer dunklen Haut ab, ihre haselnussbraunen Augen wirken hinter den dicken Linsen so groß wie die einer Eule. Ohne dieses Ding wäre Sammy vermutlich fast blind.

»Fertig?«, fragt sie mich.

»Ich wünsche euch einen schönen Tag, ihr zwei«, sagt Dad. »Und kommt ja nicht zu spät!«

Ich schnappe mir meinen Besen vom Ständer neben der Tür und schlinge mir meinen Rucksack über die Schultern. »Aber nachher feiern wir, okay?«

»Als würde ich mir das entgehen lassen.« Dad gibt mir einen Kuss auf die Wange und packt Willow am Halsband, damit sie Sammy und mir nicht auf die Wiese folgt.

Die Tür hat sich kaum hinter uns geschlossen, da fällt Sammy mir um den Hals. »Alles Gute zum Geburtstag!«

Ich drücke sie fest an mich. Wir sind schon unser ganzes Leben lang beste Freundinnen und deshalb machen wir alles zusammen, das Schöne und das nicht so Schöne, das ist eine unserer wichtigsten Freundschaftsregeln. Mom sagt immer, wir zwei sind wie Finsterpech und Nachtschwefel. Jedes Jahr am ersten Schultag unternehmen Sammy und ich einen Abstecher zum Bauernmarkt. Das gehört einfach zum Start ins Schuljahr dazu, genauso wie Dads ewige Fotosession.

»Irgendwie komisch, dass an meinem Geburtstag die Schule losgeht«, sage ich.

»Ja, stimmt«, meint Sammy. »Ihr habt gestern deine Mom und deinen Bruder besucht, oder?«

Ich nicke und stoße mich mit den Füßen vom Boden ab. Bald schweben wir auf unseren Besen über der Erde und Sammy fliegt geschmeidig voraus.

»Es war so schön.« Ich gerate ins Schwärmen, was sonst. »Mom hat mir das beste Geschenk der Welt gemacht – etwas Selbstgebasteltes, eine kleine Wolfsfigur. Ich zeige sie dir später, ich habe sie lieber zu Hause gelassen.«

»Ist sie verzaubert?«

»Glaube nicht.«

»Und wie geht's Bean?«

»Der ist schon fast so groß wie ich. Dad findet, er wächst wie eine Kürbisranke.« Ich warte ab, bis ein Pärchen auf zwei klapprigen alten Besen die Straße überquert hat, dann fliege ich vor Sammy auf die andere Seite. »Und er war monsterneidisch auf meinen Besen. Guck mal!«

»Verhext noch mal!«, staunt Sammy. »Das ist ja das neueste Modell!«

Stolz lächele ich von einem Ohr zum anderen. Dann wende ich, um ihr den hübschen grünen Stiel zu zeigen. »Ich will am liebsten nur noch durch die Gegend fliegen.«

»Du hast vielleicht ein Glück.«

»Na ja, dafür hast du keinen kleinen Bruder.«

»Stimmt auch wieder. Es gibt nichts Schlimmeres als kleine Geschwister.«

»Andererseits hast du Crystal …«, überlege ich.

Sammy muss so laut lachen, dass ihre Locken wippen. Ihre große Schwester Crystal hat ein Händchen für feine Lidstriche und fiese Flüche. Sie hat Sammy lieb, da bin ich mir sicher, doch ihre miese Laune würde für zehn Teenager reichen und sie lässt keine Gelegenheit aus, Sammy an ihre Eltern zu verpfeifen. (Oder mich an meinen Dad. Sie benimmt sich, als wäre sie auch meine Chefin, dabei dürfte sie streng genommen nicht mal Sammy herumkommandieren.)

»Übrigens war neulich Antony zum Abendessen da«, berichtet Sammy.

Oh, verhext! Antony ist Crystals Freund und außerdem ein Vampir. Ich habe ihn mal gesehen und auf den ersten Blick würde man ihn für einen ganz normalen übermüdeten Teenager halten und nicht für einen Untoten … allerdings nur, bis man seine blutroten Augen entdeckt.

»Warte mal«, sage ich. »Er hat doch nicht …?«

»Oh doch! Und es war so widerlich! Während wir anderen unsere leckere Hühnerpastete gegessen haben, hat er *ein Glas Blut* getrunken!«

»Uaaah.« Ich tue so, als müsste ich mich übergeben.

Gerade fliegen wir an einer Reihe kleinerer Häuser vorbei, manche davon aus Ziegeln, andere aus großen Steinen gemauert. Die meisten haben ein Kürbisbeet hinten im Garten und Topf-Chrysanthemen auf der Veranda. Um uns herum erwacht die Stadt zum Leben: Kinder gehen zu Fuß oder reiten auf dem Besen zur Schule, die Geschäfte öffnen, aus aufgerissenen Fenstern und Türen dringen Licht und Musik.

»Ohhh!«, ruft Sammy. »Schau mal, da unten ist Teufelchen. Hi, Teufelchen!«

Ich senke den Blick und sehe, wie ein gigantischer weißer Kater mit flauschigem Fell auf Tina Shaws Friseursalon zuspaziert – ganz allein. Seit einem missglückten Magieexperiment ist Teufelchen so groß wie ein Luchs und kann noch dazu sprechen. Jetzt späht er mit hellblau glitzernden Augen zu uns hinauf.

»Hallo, ihr beiden«, sagt er. »Erster Schultag, oder?«

Mit einem Ruck am Besenstiel schaltet Sammy in den Schwebemodus und ich mache es ihr nach. »Jepp«, antwortet sie. »Wie geht's so?«

»Ging schon besser«, schnieft Teufelchen. »Gestern Abend hatte ich einen wirklich … bedauerlichen Vorfall mit einem Tiegel *Hinweg-ihr-Haare*-Tinktur. Hat mir meinen ganzen Pelz ruiniert.«

Er dreht sich um und präsentiert uns einen großen, kahlen Fleck auf seinem Rücken. Auch am Schwanz ist das Fell extrem dünn, was ich aber lieber nicht erwähne. Ich will ja nicht unhöflich sein.

»Da kann Tina sicher was machen«, meint Sammy, optimistisch wie immer.

»Dann bis nächstes Mal«, sage ich schnell, denn mein Magen knurrt. »Wir müssen noch was frühstücken vor dem Unterricht.«

»Seid brav, Hexlinge«, verabschiedet sich Teufelchen.

Auf dem Weg die Straße hinunter gerate ich ins Grübeln. »Was meinst du, wie er Tina bezahlt?«

»Wahrscheinlich fängt er für sie die Ratten im Salon«, vermutet Sammy. »Oder so was in der Art.«

Hinter der nächsten Ecke machen wir einen Schlenker um den gigantischen Kessel auf dem Dach von *Brodel und Blubber,* der zweitbesten Apotheke der Stadt – der Kessel wird übrigens oft zum Brauen von Rezepturen benutzt. Unter uns tritt ein Pärchen mit schreiendem Baby aus der Ladentür, einer trägt das Kind, einer balanciert mehr schlecht als recht einen Karton mit funkelnden Elixieren. Anstatt rechts abzubiegen, wo es zum Schulgelände gehen würde, fliegt Sammy eine Schleife zurück zum Stadtzentrum und ich folge ihr.

Mrs Keys, eine pingelige alte Hexe, die den größten und herrlichsten Garten von ganz Hallowstone hat, blinzelt zu unseren vorbeizischenden Besen hinauf. »Da geht's aber nicht zur Schule, Hexlinge!«

»Auch Ihnen einen schönen Tag!«, ruft Sammy freundlich zurück. »Wir wollen noch kurz zum Bauernmarkt!«

Mit einem Seufzen nimmt Mrs Keys eine Gießkanne in die Hand und tippt sie mit ihrem Artefakt an – bei ihr ist es ein schwerer Armreif, der locker von ihrem hellbraunen Handgelenk baumelt. »So regne nun Katzen und Hun… Nein, wie hieß es noch mal? Hunde und Katzen …«

»Ist das ein Zauberspruch?«, frage ich Sammy im Flüsterton. Sie zuckt bloß mit den Schultern.

Ich winke Mrs Keys noch einmal zu. »Ihr Garten ist wie immer so toll!«

Mrs Keys antwortet nicht, vielleicht weil in diesem Augenblick ein Schwall Wasser über die Rosen schwappt – und dabei auch Mrs Keys voll erwischt.

Kurz darauf landen wir vor dem Bauernmarkt und werfen uns die Besen über die Schulter. Der Markt findet jeden Tag in einer großzügigen Halle statt. Sie ist rappelvoll mit Verkaufsständen, wo alles von Lebensmitteln bis zu Kunsthandwerk und Antiquitäten angeboten wird. Dieser Ort ist für mich fast das Schönste an Hallowstone. Weil am Morgenhimmel keine Wolke zu entdecken ist, wurde das Dach geöffnet, sodass der Wind zwischen den Ständen entlangpfeift. Ein Schimmer liegt in der Luft, die Überreste von teils jahrealten Zaubern. In einer Vitrine zu meiner Linken glitzern Uhren, an denen der Lauf der Sterne am Nachthimmel abzulesen ist, und etwas weiter hinten ordnen sich stapelweise Bücher pausenlos neu an, streiten sich untereinander um die besten Plätze auf dem Ladentisch. Ich atme tief ein. Es duftet nach Zimt.

Bei der alten Hexe, die hinter dem vordersten Stand der Halle hockt, kauft Sammy uns beiden einen Becher heiße Schokolade und Arm in Arm eilen wir den ersten Gang hinunter. Ich finde den Markt einfach nur toll: den Gemüsestand in der Mitte, vor dem rund ums Jahr körbeweise frisch geerntete Äpfel und Speisekürbisse stehen. Der mürrische Fischverkäufer, dessen fangfrische Ware auf ewigem Zaubereis ruht. Und der Stand von Alice Markowitz, einer meiner Lieblinge, wo immer reges Treiben herrscht, da in jedem Gebäck ein bisschen von Alice' Magie steckt. Ihre Spinnenbrötchen krabbeln wirklich herum und ihre Fledermaus-Brotzöpfe können fliegen, also zumindest bis man hineinbeißt. Einmal hat Dad bei Alice einen Mohn-Scone gekauft, ohne auf dessen Form zu achten: Es war eine Schwalbe. Erst nachdem er sie mit seinem Besen vom Küchenschrank heruntergewischt hatte, konnte er sie sich schmecken lassen.

»Hi, Ms Markowitz«, begrüße ich Alice, als wir an ihrem Stand vorbeikommen. Sie klatscht in ihre mehligen Hände und prompt flitzt ein ganzer Korb Minimuffin-Mäuse mit Cranberry-Augen und Brezenzopfschwänzchen über die Theke. Ich kann sie fast quieken hören.

»Hey, ihr zwei!«, ruft Alice winkend. »Carmela und Evelyn haben heute einen neuen Platz zwei Gänge weiter. Aus unerfindlichen Gründen geht ihr üblicher Stand immer wieder in Flammen auf. Bei Merlin und Morgana, man könnte fast meinen, irgendwer hätte sich mit einer Ampulle Drachenodem daran zu schaffen gemacht …«

Sie fächelt sich Luft zu und wirft einen Blick über ihre Schulter, als stünde der Übeltäter direkt neben ihr. Sammy muss kichern und versteckt ihr Grinsen hinter vorgehaltener Hand. Alice leidet unter leichtem Verfolgungswahn. Einmal hat sie ihr gesamtes Brot weggeworfen, nur weil sie geglaubt hat, irgendjemand hätte Vampirblut in den Teig gemischt. Dad zufolge war da wahrscheinlich nichts dran, aber mir wird schon bei der bloßen Vorstellung ganz schlecht.

»Nächstes Wochenende schauen Dad und ich mal vorbei«, verspreche ich Alice, bevor Sammy und ich in die entgegengesetzte Richtung abziehen. Ich hätte mir gerne einen von Alice' leckeren Mäusemuffins genehmigt, doch am ersten Schultag geht nichts über Carmelas und Evelyns Apfelmostdonuts. Die beiden machen die besten Süßigkeiten der Stadt und die rennen zum Glück auch nicht vor dem Gegessenwerden davon.

Sobald wir ihren neuen Stand gesichtet haben, legen wir noch einen Zahn zu. Carmela frittiert gerade eine frische Ladung Donuts und der Duft – Apfel, Zimt, Muskat – lässt mir das Wasser im Mund zusammenlaufen. Jetzt kann der erste Schultag kommen.

»Samantha! Prudence!«, ruft Evelyn, Carmelas Frau. »Wie schön, euch zwei zu sehen.«

Evelyn ist eine hübsche ältere Dame mit blauer Kurzhaarfrisur und dunkler, von weißen Tätowierungen verzierter Haut. Sie und Carmela sind ein ulkiges Paar. Carmela trägt nur hochgeschlossene Hemden und hat – soweit ich weiß – kein einziges Tattoo, dafür aber eine wallende graue Mähne, die ihr fast bis zur Hüfte reicht.

»Beginnt heute schon wieder die Schule?«, fragt sie.

»Ja, und unsere erste Magiestunde«, antwortet Sammy eifrig.

»Wie aufregend!« Evelyn nickt nachdenklich. »Ich kann mich noch gut an meinen ersten Magieunterricht erinnern … Hätte ich nicht um ein Haar den Abfalleimer in Brand gesetzt, Carm?«

»Du irrst, Süße. Du hast ihn tatsächlich in Brand gesetzt. Hättest beinahe auch noch die Tafel abgefackelt.« Carmela zwinkert uns zu und reicht uns ein paar frische Karamellstücke. »Hier, was zum Knabbern, die Donuts brauchen noch ein bisschen. Aber ja nicht euren Eltern verraten, dass ihr zum Frühstück solchen Süßkram esst!«

»Als wären Donuts so viel gesünder«, wende ich ein und lutsche am Karamell. Auf einmal gehen meine Geschmacksknospen in Flammen auf. »Hey, das ist ja scharf!«

»Also, ich find's lecker«, meint Sammy. »Ein bisschen wie sehr heiße Schokolade.«

»Aber mit Chilipulver drin!«

»Ach je.« Skeptisch beäugt Carmela das Blech mit dem Karamell. »Wolltest du nicht nur ein wenig Energiesaft hineingeben, Evelyn?«

Die beiden diskutieren, wer die doppelte Portion Chili reingekippt hat und ob überhaupt Energiesaft drin ist. Sammy nutzt die Gelegenheit, um sich am Fischstand umzuschauen.

»Ohhh …« Zutiefst begeistert betrachtet sie die zahllosen Fische, die uns mit toten Augen anstarren. Sie sind gebettet auf sanft leuchtendes, mit einem Zauber belegtes Eis, das niemals schmilzt. Ich rümpfe die Nase und zerre Sammy wieder weg. Nichts riecht schlimmer als roher Fisch.

»Du bist manchmal so ekelhaft«, stelle ich grinsend fest.

»Und du bist manchmal noch ekelhafter.« Lachend macht sie einen Hopser zur Seite, um zwei Händlern auszuweichen, die kübelweise Badebomben und handgeschnitzte Seifen herbeischaffen.

»Wer steht hier denn auf totes Zeug, du oder ich?«

»Ich stehe doch nicht auf totes Zeug. Ich interessiere mich für Naturwissenschaften und da spielt totes Zeug nun mal eine gewisse Rolle. Man forscht daran. Untersucht es. Schneidet es auf.«

»Hallooo, ihr zwei!« Evelyn winkt mit einer Papiertüte. »Ganz frisch und nur für euch.«

Sammy reißt bereits die Tüte auf, ich zähle noch schnell die Münzen ab.

Doch Evelyn schüttelt den Kopf. »Die gehen aufs Haus. Euer erster Magieunterricht muss doch gebührend gefeiert werden!«

»Und?«, fragt Carmela, einen Arm um Evelyns Hüfte geschlungen. »Nervös?«

»Wegen dem Magieunterricht?«, antwortet Sammy, einen Vierteldonut im Mund. »Nee, nee. Das heißt, ich habe gehört, dass Ms Crockett eigentlich Ms Krokodil heißen müsste, weil sie immer so streng ist.«

Carmela lacht. »Hat sich seit unserer Schulzeit anscheinend kein Stück verändert, die Gute.«

»Ihr seid mit ihr in die Schule gegangen?«

Da ertönt hinter uns eine scharfe Stimme. »Ihr Mädchen!«

Ich fahre herum. Ein sehr großer, sehr dünner Mann starrt auf uns herab. Über die eine Seite seines Gesichts ziehen sich blau glänzende Schuppen, was seinen Mund in zwei ungleiche Hälften zerfallen lässt, und darüber leuchtet ein grellgrüner Haarschopf. Obwohl er nicht besonders alt wirkt, stützt er sich schwer auf einen mit Schnitzereien versehenen Holzstab. »Müsstet ihr nicht längst in der Schule sein?«

»Äh …«

Sammy steigt mir auf den Fuß, damit ich den Mund halte. »Wir sind schon auf dem Weg.«

»Dann solltet ihr euch beeilen oder ihr kommt zu spät.« Der Mann zückt ein seidenes Taschentuch.

»Sie wollten gerade los, Victor«, meldet sich Evelyn zu Wort und ich werfe ihr einen dankbaren Blick zu. Keine Ahnung, wer dieser Victor ist, aber seine Schuppen jagen mir echt ein wenig Angst ein. »Das sind doch noch Kinder. Um die beiden brauchst du dich gar nicht zu kümmern.«

Ein lautstarkes Schnäuzen. Victor begutachtet, was auch immer er da ins Taschentuch befördert hat, und faltet es gemächlich zusammen. Igitt. Das Tuch landet wieder in der Tasche und er sagt: »Für die Grundregeln des Anstands ist man nie zu jung.« Dann mustert er uns mit scharfem Blick. »Nagelneue Krawatten in Kastanienbraun, dazu diese Hüte … Ihr fangt wohl heute mit der sechsten Klasse an? Es wäre eine Schande, solltet ihr eure erste Magiestunde verpassen! Darüber hinaus habt ihr mich und die anderen Mitglieder des Hohen Hexenrats als Ratshexe beziehungsweise Ratshexer anzusprechen, verstanden? Und jetzt vergesst gefälligst, dass ihr je meinen Namen gehört habt.«

»Wir kommen bestimmt nicht zu spät!«, platze ich heraus, fasse Sammy an der Hand und ziehe sie davon, durch die schmale Lücke zwischen einem Verkaufsstand, der mit Spiegeln von klein bis groß und eckig bis rund behängt ist, und einem anderen, wo Handlesen und andere Arten der Wahrsagemagie angeboten werden.

»Dass ich euch hier bloß nicht noch mal erwische!«, ruft Victor uns hinterher, ohne sich von Carmelas und Evelyns Theke fortzubewegen. »Für Störenfriede hat der Hohe Rat nur wenig übrig.«

»Störenfriede?«, wiederholt Sammy empört, als wir

draußen eilig auf die Besen steigen. »Der tut ja so, als hätten wir hier irgendwem den Laden ausgeräumt.«

»Was für eine gemeine Spaßbremse.« Ich stoße mich vom Boden ab. Diesmal fliege ich voraus – und ich sollte ein bisschen Tempo machen: Im selben Moment, in dem wir uns in die Luft schwingen, schallt die Schulglocke zu uns herüber.

4. Kapitel

Dicht über dem Erdboden, wo wir am schnellsten sind, rasen Sammy und ich zur Schule. Wie sich dieser Ratshexer aufgeführt hat – als hätten wir um zwei Uhr nachmittags die Schule geschwänzt! Ich ziehe mir die Jacke enger um die Schultern.

»*Spät! Spät!*«, kreischen uns die Wasserspeier und Drachenskulpturen vom Schuldach hinterher. Crystal behauptet, die seien in Wirklichkeit echte Lebewesen, die mit einem Versteinerungsbann belegt wurden. Im Fall des Falles aber würden sie erwachen, um die Schule zu verteidigen. Kann sein, dass ich mir das nur einbilde, doch der eine Drache scheint unseren Vorbeiflug mit besonders strengem Blick zu verfolgen.

»Beeilung!«, sagt Sammy. Ein Stückchen vor mir zischt sie an der Bibliothek vorbei. »Wenn wir zu spät kommen, lässt Ms Crockett uns nicht mehr rein!«

»Das würde sie doch nicht …«

»Und ob. Crystal hat mich vor ihr gewarnt.«

Ich verziehe das Gesicht. »Das ist so unfair! Wir haben doch nur ganz kurz die Zeit vergessen.«

»Ja, schon. Aber dieser komische Ratshexer würde garantiert kein gutes Wort für uns einlegen.«

»Dass der ausgerechnet da auftauchen musste! Die vom Hohen Hexenrat sind doch eigentlich so was von eingebildet – was treibt der sich überhaupt auf dem Markt herum wie ganz normale Leute? Ich dachte immer, die *wohnen* praktisch in ihrem Ratskabinett.«

Wir landen direkt vor der breiten Steintreppe des Haupteingangs. Trotz der kühlen Morgenluft steht die Tür offen und wir rennen schnurstracks hinein. Über uns läutet die Schulglocke zum letzten Mal.

»Schnell, schnell!« Glucksend packe ich Sammy an der Hand. Unsere Schuhsohlen quietschen, als wir über die frisch gebohnerten Holzdielen rennen.

»Hier wird nicht gerannt!«, ruft die Dame am Empfang. Sie hat ja sogar recht, als echte Sechstklässlerinnen sollten wir uns nicht so kindisch benehmen. Trotzdem treibe ich Sammy nur noch hektischer zur Eile an. Das Grölen der Drachen und Wasserspeier hallt im alten Gemäuer wider.

In unserer Schule, einem monumentalen und wunderschönen vierstöckigen Bau, fühle ich mich wie zu Hause. (Ich sage zwar »vierstöckig« – aber die oberste Etage hat seit Ewigkeiten niemand mehr betreten, sie wurde einige Jahre vor meiner Geburt abgeriegelt.) Ich liebe den Kürbis-Zimt-Duft in den breiten Fluren, die Glaskugeln und Totenschädel auf den Lehrerpulten und das Schwarze Brett, auf dem Bekanntmachungen und Plakate mit einem feenflügelartigen Schimmern wechseln. Im Trakt der jungen Gelehrten, also dort, wo Sammy und ich

Unterricht haben, sind die Wände dunkelgrün gestrichen, wie ein Moosteppich im Wald, und wenn man die Ohren spitzt, hört man die Hausgeister in den Mauern miteinander schwatzen.

Ms Crockett will schon die Klassenzimmertür schließen, da kommen wir mit über den Boden schleifenden Hexenbesen angerannt und bremsen knapp vor ihr ab.

Sammy setzt ihr höflichstes Lächeln auf, ich zerre meinen spitzen Hut vom Kopf, drücke meine Haare platt und gebe mir Mühe, nicht zu offensichtlich nach Luft zu schnappen. Lächeln würde ich auch gerne, aber mein Gesicht fühlt sich plötzlich an wie aus Holz.

Mit strengem Blick lässt Ms Crockett uns hinein. »Ein Grundpfeiler der Magie ist Präzision«, verkündet sie in bedeutungsschwangerem Ton. »Und eine Form der Präzision ist das pünktliche Erscheinen zum Unterricht. Die Besen in den Besenständer.«

»Entschuldigung!«, rufen Sammy und ich wie aus einem Mund.

Ms Crockett wendet sich schnaufend zur Tafel. Neben mir verdreht Sammy die Augen und ich entspanne mich ein bisschen, ja, ich muss mir sogar auf die Unterlippe beißen, um nicht zu lachen. Schnell lasse ich mich auf einen freien Platz fallen.

»Guten Morgen, junge Hexen«, sagt Ms Crockett. »Willkommen in der sechsten Klasse.«

Da erklingt Holly Abrams' Stimme, die als Einzige in den Raum ruft: »Ihnen auch einen guten Morgen, Ms Crockett!« Gleich darauf wird sie knallrot.

Und ich wiederum werde bei Hollys Anblick rot. Holly

und ich sind nicht miteinander befreundet, nicht wirklich, doch kaum sehe ich sie, habe ich Fledermäuse im Bauch. Ihre langen Haare fallen ihr in Wellen über die Schultern und von unzähligen verstohlenen Blicken weiß ich, dass sie eine spitze Stupsnase und leuchtende tiefviolette Augen hat. Und sogar ein süßes kleines Muttermal am Kinn.

Sammy war schon oft verknallt, allerdings immer in Jungs. Ich habe es zwar noch niemandem verraten, aber ich glaube, mir geht es mit Holly wie ihr mit Henry Chen.

Ein getigerter Kater springt auf Ms Crocketts Pult, lässt sich auf einem hohen Papierstapel nieder und leckt sich die Pfoten. In einem Tierschädel, der an der Tischkante steht, stecken einige Füllfederhalter mit schwarzer Tinte. Ein Schauer kriecht über meinen Rücken, denn selbst Ms Crocketts Handschrift wirkt streng. In dünnen Bögen steht das heutige Programm an der Tafel: *Den Vormittag verbringen wir mit Magielektion Nummer 1, einem simplen Rufzauber.*

»Ja, Guten Morgen …«, setzt Ms Crockett an.

Ein Lächeln auf den Lippen, ergänzt Holly ihren Namen. »Holly.« Wie ernst ihre Stimme klingt. »Holly Abrams.«

»Holly Abrams …« Ms Crockett schnippt mit den Fingern, murmelt einen Zauberspruch und das Klassenbuch schwebt in ihre Hände. Mit einem langen Füllfederhalter zeichnet sie einen Haken hinein, wahr-

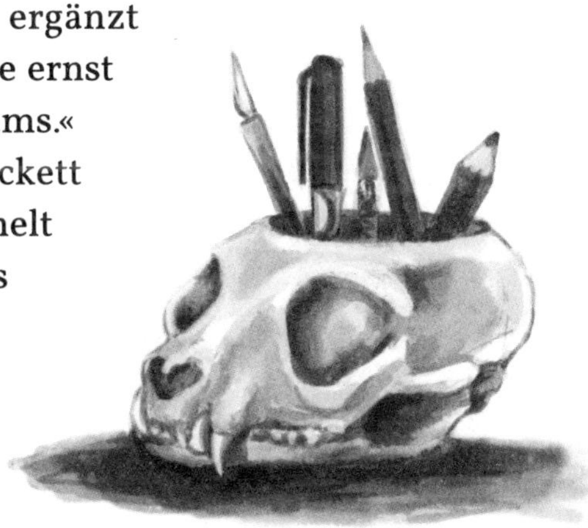

scheinlich neben Hollys Namen. »Wollen wir mal sehen … Ist Peter Apple da?«

Peter ist so nervig. Im letzten Schuljahr hat er dauernd versucht, die Klasse zum Lachen zu bringen, doch seine Witze trafen nur selten ins Schwarze. Jetzt sagt er bloß »Hier« und schiebt seine dicke schwarze Brille nach oben, als wäre er wie ich von Ms Crockett eingeschüchtert.

»Und weiter … Samantha Atherton?«

»Hier.« Sammy hebt die Hand. »Können Sie, äh, könnten Sie mich einfach Sammy nennen, bitte?«

Ms Crockett sieht sie an und ich fröstele schon wieder. Es ist, als würde sie direkt in unsere Seelen hineinblicken können. Man erkennt sofort, dass Ms Crockett eine der Sorte Lehrerinnen ist, denen nichts entgeht. Erst recht keine Hexereifehler.

»In Ordnung«, antwortet sie nach einer Pause und macht einen weiteren Haken.

»Uff …« Verstohlen drücke ich Sammys Hand. Sie rückt ihre pinkfarbene Brille zurecht und lächelt mich an.

Langsam arbeitet Ms Crockett die Liste ab, um sich jeden Namen und jedes Gesicht einzuprägen.

»Prudence Latham«, fragt sie schließlich und ich hebe zögerlich die Hand.

Mein Magen verknotet sich. »Nur Prue, bitte.«

Ein langer, undurchschaubarer Blick. Dann nickt Ms Crockett stumm und macht weiter. Ich atme auf.

Mit Mackenzie Zula endet die Anwesenheitsliste und Ms Crockett fordert uns auf, die Hefte herauszuholen. Ich will gerade in meine Tasche greifen, da springt mir der Kater auf den Schoß.

Ich kreische auf und er antwortet mit einem Schnurren.

Aus der Nähe betrachtet, sieht der Kater eigentlich ganz nett aus. So zerrupft, wie er ist, hat er sich vermutlich schon einige Scharmützel mit anderen Katzen geliefert, dafür hat er aber wirklich hübsche gelbe Augen. Ohne groß darüber nachzudenken, kraule ich ihn hinter den Ohren – obwohl mir Hunde lieber sind, mag ich Miezen auch ganz gern.

Das Schauspiel des stolzen Katers, der sich verwöhnen lässt wie ein Katzenjunges, bringt die ganze Klasse zum Lachen. Der Kater dreht sich kurz zu Ms Crockett um und maunzt. Ihr Mundwinkel zuckt, es ist die Andeutung eines Lächelns. Jeder unserer Lehrer besitzt ein eigenes Klassentier. Im vergangenen Schuljahr war es ein Igel, der immer faul auf einem Kissen den Unterricht verschlafen hat.

Der Kater schaut mich an. War da nicht ein hämisches Grinsen? Ich könnte schwören …

»Wie ich sehe, ist Cornelius auf dich aufmerksam geworden, Prue Latham.« Ms Crockett schreitet zu meinem Platz. »Er hat wohl deine Magie gespürt. Wie wär's, wenn du dich als Erste an unserem heutigen Zauber versuchst?«

5. Kapitel

Wieso Hexen erst ab der sechsten Klasse auf dem Lehrplan steht? Weil die Magie so schwer zu beherrschen ist. Wie alle Bewohner von Hallowstone habe ich sie schon früh gespürt, doch ist es alles andere als eine Kleinigkeit, ihre Kraft in die richtigen Bahnen zu lenken.

Magie ist temperamentvoll. So ähnlich wie Willow, die fröhlich und ohne einen Funken Furcht durchs Haus springt, nur um sich im nächsten Augenblick wegen eines Donnergrollens hinter dem Sofa zu verkriechen. Früher, hat Dad mir erzählt, ging der Magieunterricht mit der Einschulung los – die totale Katastrophe. Wie soll ein Hexenkind komplizierte Beschwörungsformeln auswendig lernen? Über dieses Thema hat Dad einen langen Aufsatz für die *Vierteljahresschrift zur Geschichte der Magie und des Okkulten* verfasst. Ich habe ihn gelesen, obwohl ich ungefähr jedes zweite Wort nachschlagen musste.

Deshalb hat sich der Hohe Hexenrat auf die sechste Klasse als Magieunterrichtsbeginn geeinigt und so stehe ich nun vor meinen versammelten Mitschülerinnen und Mitschülern und werde von zweiundzwanzig Augenpaaren angeguckt. Selbst Cornelius schaut aufmerksam zu.

»Prue.« Ms Crockett reicht mir einen langen, dünnen Stab, dann wendet sie sich an die Klasse. »Üblicherweise hat natürlich jede Hexe und jeder Hexer ein eigenes magisches Artefakt, das nur ihr oder ihm gehört. Übungsartefakte dagegen werden aus Objekten hergestellt, denen von Natur aus magische Kraft innewohnt. Mit der Zeit werdet ihr alle euer individuelles Artefakt finden, doch fürs Erste verwendet ihr Stäbe aus dem Holz des Lebensbaums, der sich, wie ihr alle wisst, im Zentrum des Universitätsgeländes befindet. Einen davon hält Prue jetzt in der Hand.«

Der Stab ist so geschnitzt, dass er einem Knochen gleicht. Ich nehme ihn fest in die Linke und spüre die Wärme seiner Magie. Jetzt nur nicht an die vielen Zauber denken, die von diesem Artefakt bereits ausgegangen sind, und bloß nicht an die vielen tollpatschigen Hexenschüler, die so einer nach dem anderen ihre Magie kennengelernt haben …

Nein, ich werde mich schon nicht am dümmsten von allen anstellen – oder etwa doch? Erst mal tief einatmen. In mir flackert schon wieder diese Angst auf. Wie deprimiert Mom wäre, wenn ich ihr bei unserem nächsten Spiegelruf beichten müsste, dass ich mich vor der ganzen Klasse übergeben oder versehentlich Ms Crocketts Kater verhext oder irgendein anderes Desaster heraufbeschworen habe. Nein, ich darf sie und Dad nicht enttäuschen. Nicht beim Thema Magie.

Ms Crockett, die meine Gedanken natürlich nicht lesen kann, korrigiert mit einem Griff meine Artefakthaltung. »Es ist ein ganz simpler Spruch. Du konzentrierst dich auf das Objekt, das du herbeirufen willst, und … kennt jemand die dazugehörigen Worte?«

»Ich rufe«, antwortet Henry Chen. »Also, man sagt ›Ich rufe‹ und nennt dann den Gegenstand.«

»Sehr gut, Henry. Genauso wird es gemacht.« Ms Crockett nestelt an ihrem Kragen, um ein großes, flaches Amulett freizulegen. »Seht ihr den Briefbeschwerer dort?« Mit der anderen Hand deutet sie auf ihr Pult. Der Schädel mit den Füllfederhaltern leuchtet ein wenig auf.

»Das ist ein Katzenschädel«, fährt sie fort. »Tatsächlich ist es der meines ersten Katers Meister Schlau. So nannte ich ihn, weil er genau dafür stand – für die Weisheit der Ältesten von Hallowstone, die auf mich überging, als ich das Hexen lernte. Und die nun auch auf euch alle übergehen wird. Denkt stets daran, dass ein weiter Weg vor euch liegt, wollt ihr selbst einmal so viel Wissen und Erfahrung erlangen. Und jetzt passt gut auf, Hexlinge.«

Das Amulett fest umschlossen, streckt sie ihre andere Hand nach vorne. Jeder Gegenstand mit persönlicher Bedeutung kann zum Artefakt werden, er muss bloß Magie leiten. Kann gut sein, dass Ms Crocketts Amulett ein Familienerbstück ist, so wie Dads.

»Ich rufe den Briefbeschwerer«, sagt sie.

Der Katzenschädel schnellt in ihre offene Hand. Kurz leuchtet er in einem blassen orangefarbenen Licht auf, dann stellt sich wieder das alte Kreideweiß ein.

Die Klasse macht *Oh* und *Ah*.

Ich suche Sammys Blick.

Mit den Lippen formt sie lautlose Worte: »Du kriegst das hin.«

»Jetzt probier du es, Prue.« Ms Crockett platziert den Schädel wieder auf dem Pult. »Rufe den Briefbeschwerer zu dir.«

»Ähhhm …« Ich wische mir die Hand am Rock ab. Warum ist sie plötzlich klitschnass?

»Probier es einfach.«

»Briefbeschwerer …«

»Falsch«, unterbricht Ms Crockett mich. »Es beginnt mit: ›Ich rufe …‹«

»Ich rufe d… den Briefbeschwerer?«

Der Schädel bewegt sich keinen Millimeter. Dabei spüre ich irgendwo im Inneren des Stabs einen Hauch Magie. Vor lauter Nervosität starre ich auf meine schwarzen Lederschnürstiefel. Die hat Mom mir zum letzten Neujahr geschenkt und normalerweise komme ich mir darin wenigstens ein bisschen cool vor, aber jetzt fühle ich mich wie ein albernes Kind, das nur möchte-gern-erwachsen tut.

»Noch einmal«, sagt Ms Crockett. »Du musst es wirklich wollen. Das ist eine Lektion für euch alle: Fürs Hexen braucht es innere Entschlossenheit.« Nachdem sie *Innere Entschlossenheit* an die Tafel geschrieben hat, dreht Ms Crockett sich wieder zur Klasse. »Mag sein, dass jeder von uns Zugang zur Magie hat. Doch um sie zu benutzen und zu steuern, muss man es ernst meinen. Und man muss standhaft sein. Der eigene Wunsch, Magie zu wirken, muss umgeformt werden in direktes Handeln. Das ist der erste Schritt auf der langen Reise zum wahrhaften magischen Wissen. Probier es noch einmal, Prue.«

Ich atme tief ein, straffe meine Schultern und versuche, mir vorzustellen, wie der Schädel elegant auf mich zuschwebt. »Ich rufe den Briefbeschwerer.«

Plötzlich schießt mir ein Tintenfass entgegen. Im letzten Augenblick ziehe ich den Kopf ein, das Ding kracht gegen die Wand und überallhin spritzt schwarze Soße.

Ein Kichern aus der Klasse. Mit feuerrotem Gesicht lasse ich den Übungsstab sinken.

»Putze blitzeblank«, murmelt Ms Crockett mit einem ungeduldigen Wink in Richtung der verschütteten Tinte, die daraufhin wie ein rückwärtsfließender Fluss wieder ins Fass gleitet. An mich gewandt, fügt sie hinzu: »Du musst exakt auf den herbeizurufenden Gegenstand zielen.«

»Es tut mir leid«, sage ich.

»Muss es nicht«, entgegnet sie mit strenger Stimme. »Mach es einfach richtig.«

Ich richte den Stab auf den Schädel. Vor meinem geistigen Auge sehe ich, wie er mitsamt Füllfederhaltern geradewegs zu mir fliegt. »Ich rufe den Briefbeschwerer.«

Der Schädel hebt ab … setzt sich in Bewegung … kommt ganz langsam näher. Er glitzert, als wäre er aus Diamant und nicht aus Knochen. Ich strecke meine freie Hand aus, nach oben gekehrt, um ihn in Empfang zu nehmen.

In diesem Moment wackelt der Schädel. Bleibt in der Luft stehen. »Komm schon«, flüstere ich und schließe die Augen.

Da meine Augen geschlossen sind, sehe ich nicht, wie der Schädel auf den Steinboden kracht. Ich höre es aber.

»Prue Latham!«, ruft Ms Crockett. »Her mit dem Stab!«

Ich öffne erst ein Auge, dann das andere. Der Schädel – oder das, was davon übrig ist – liegt als trauriges Häuflein Knochenscherben am Boden. Drum herum haben sich die Füllfederhalter verteilt, die meisten davon sind zerbrochen und liegen in langsam wachsenden Tintenpfützen.

Da hallt Katzenjaulen durch den Raum, ein klagender

Laut wie von einer Todesfee. Die Härchen in meinem Nacken stellen sich auf und ich halte mir mit aller Kraft die Ohren zu. Was für ein grauenvolles Geräusch!

Ich kann gerade noch die Tränen hinunterschlucken. Wenn ich doch nur wüsste, wie man per Magie im Boden versinkt.

»Was passiert hier?«, schreit irgendwer.

»Ms Crockett!«, ruft jemand anders.

»Offenbar hat Prudence meine Reliquie zerstört.« Scharf wie ein Blitz durchbricht Ms Crocketts Stimme meine Schockstarre. »Was ihr da gehört habt, liebe Schülerinnen und Schüler, war der letzte Atemhauch meines geliebten Katers Meister Schlau.«

Uaargh. Ich riskiere einen Blick auf Ms Crockett. Ihr Mund ist zu einem dünnen, unheilvollen Strich geschrumpft. Zu den anderen drehe ich mich lieber gar nicht erst um, selbst Sammys Mitleid würde es nur schlimmer machen.

Jetzt gibt es richtig Ärger.

Ms Crockett reißt mir den Stab aus der Hand. »Eine einzige Katastrophe.«

»Es tut mir so leid!«, rufe ich. »Ich bringe das wieder in Ordnung – wie ging der Spruch noch mal?«

»Putze blitzeblank«, sagt sie mit ausdrucksloser Stimme, woraufhin sich der Schädel wieder zusammenklebt und heil auf dem Pult aufsetzt. »Doch nun, da er repariert werden musste, ist er deutlich fragiler als zuvor.«

Stimmt, er sieht viel zerbrechlicher aus. Als könnte ihn ein Luftzug erneut in Stücke springen lassen.

»Es tut mir wirklich leid«, flüstere ich.

Ms Crocketts Augen verengen sich und ihre spitze Nase zuckt. Kann sie etwa meine Angst wittern? »Glück für dich, dass auch schon manch anderer Schüler diesen Schädel zertrümmert hat. Doch du solltest den Spruch zu Hause üben, bis du ihn beherrschst.«

»Ja, Ms Crockett.«

»Wer will als Nächstes?« Kühl lässt sie den Blick über die Klasse schweifen. »Holly«, ruft Ms Crockett schließlich. »Warum probierst du es nicht mal?«

Ich flüchte währenddessen auf meinen Platz. Meine Wangen sind heiß, meine Hände nass. Jetzt bloß nicht heulen. Ich traue mich nicht, zu Holly hinüberzublicken, am Ende lacht sie mich nur aus. Sammy greift nach meiner Hand, ohne einen Mucks zu machen. Ms Crockett hat alle Erwartungen erfüllt: Sie ist wirklich so gemein, wie die anderen erzählt haben. Und Sammy braucht gar nichts zu sagen. Sie drückt meine Hand so fest, dass ich auch so weiß, was sie meint.

6. Kapitel

Als ich nach Hause komme, fällt mein Blick zuallererst auf Dads uralten Hexenbesen.

Mein Herzschlag beschleunigt sich. Dem Nachthimmel sei Dank, er hat daran gedacht! An manchen Tagen versumpft er so tief in seinem Büro an der Universität, dass er alles um sich herum vergisst. Er liest immer ungefähr zehn Bücher auf einmal, außerdem muss er Arbeiten korrigieren und sich um jede Menge Kleinkram kümmern. Es kommt vor, dass ich ihn etwas frage und er hört einfach nicht hin. Nicht aus Absicht, sondern weil seine Gedanken um irgendein ganz anderes Thema kreisen.

Ich lehne meinen Besen neben seinen und putze meine Stiefel am Fußabtreter ab. Als ich die Tür öffne, weht mir Kürbisduft entgegen. Das ist erst einmal nicht soooo ungewöhnlich. Doch da ist auch ein Hauch von … von …

… Schokolade!

Aus meinem Bauch dringt ein zufriedenes Knurren – Schokolade hilft selbst gegen die schlimmsten Schultage! Ich streife die Stiefel ab und renne durch den Flur in die Küche. Willow springt auf mich zu, ich umarme sie und versuche lachend, ihrer schlabbernden Zunge auszuweichen.

Dad steht an der Kochinsel und summt einen Rocksong. Die Ärmel seines Pullis hat er hochgekrempelt, dabei schneidet das Messer die Zwiebeln ganz von allein. Schon praktisch, wenn man hexen kann.

»Da ist unsere kleine Hexenschülerin ja«, sagt er. »Wie geht's? Hattest du einen schönen Geburtstag in der Schule?«

»Ich rieche da etwas …«

Dad zwinkert mir zu. »Guck doch mal im Gefrierfach nach. Möglich, dass sich da ein Eisbecher für dich versteckt.«

»Kürbis?«

»Was sonst?«

»Mit Schokosoße?«

»Ich muss doch sehr bitten!« Er fasst sich an die Brust. »Als würde ich meine eigene Tochter nicht kennen!«

»Du bist der Beste!«, rufe ich. Dad tut nie zu viel und nie zu wenig Zimt ins Kürbiseis. Schnell hole ich den Becher aus dem Gefrierfach und er tippt den Rand mit seinem Artefakt an. Die Soße schmilzt und dampft vor Hitze.

»Mhmmmmm«, mache ich. »Danke.«

Ich klettere auf den Hocker auf der anderen Seite der Kochinsel, schiebe mir den ersten großen Löffel in den Mund und für einen Augenblick verschwindet alles hinter kürbisschokoladiger Herrlichkeit. Besser geht's nicht. Oder doch – wenn Mom und Bean hier wären. Aber die haben noch nie einen Fuß in unsere Küche gesetzt.

»Wie war's in der Schule?«, erkundigt Dad sich, während er seine Brille am T-Shirt putzt.

Ich wende den Blick von den scharf ausdünstenden Zwiebelstücken ab und blinzele Tränen weg. Oder kommen die davon, dass das peinliche Gefühl von vorhin wieder da ist?

»Gut.« Ich genehmige mir noch einen Löffel.

»Bloß ›gut‹?«

Ich nicke.

»War heute nicht deine erste Magiestunde?«

»Jepp«, sage ich so lässig wie möglich. Ich kann ihm unmöglich gestehen, wie schlecht ich im Hexen bin. Allein bei der Vorstellung zieht sich alles in mir zusammen. Er und Mom waren überzeugt, dass ich ein Naturtalent bin.

Dad runzelt die Stirn, wirft aber die Zwiebeln in den Topf auf dem Herd, ohne etwas zu sagen.

Mom könnte verstehen, was heute passiert ist. Wenn ich Dad davon erzähle, würde er sich auch Mühe geben, es zu verstehen, doch ihm fällt das Hexen nun mal superleicht und er würde mir bloß raten, mehr zu üben. So gern ich mich mit ihm unterhalte, von manchen Dingen hat er einfach keine Ahnung. Letztes Jahr, als er mir helfen wollte, astrologische Karten auswendig zu lernen, sind wir in eine richtige Sackgasse geraten. Er hat mir die typischen Muster wieder und wieder erklärt, und als ich ihn dann nach dem x-ten Mal angeblafft habe, dass ich es immer noch nicht kapiere, hat er nur die Brille abgenommen und sich frustriert die Augen gerieben, eine typische Dad-Reaktion.

Bei Mom ist es ganz anders gelaufen – mit ihrer Hilfe hatte ich das System hinter den Sternkarten in zwei Minuten durchschaut. Man sollte meinen, es wäre genau andersherum, aber komischerweise eignet sich Dad, der als Professor doch eigentlich für den Schulstoff zuständig sein sollte, viel besser dafür, schlimme Freundschaftskrisen zu besprechen (wie damals, als Sammy und ich eine

Woche lang kein Wort gewechselt haben, weil sie dachte, ich wollte sie im Kunstprojekt nicht als Partnerin haben).

»Und wie war dein erster Tag?«, starte ich einen Versuch, das Thema zu wechseln.

»Ich kann nicht klagen«, sagt Dad. »Meine Vorlesung ›Magische Momente der Moderne‹ ist dieses Semester besonders gut besucht.«

»Das klingt, als sei das was Schlechtes.«

»Ich weise aus Prinzip keinen Lernwilligen ab, Kürbischen. Aber dadurch werde ich dieses Mal noch mehr Arbeiten zu korrigieren haben.«

»Och nee«, murmele ich.

Mit einem Schulterzucken fährt er sich durch die Haare. »Du kannst mich nach der Schule immer gerne an der Uni besuchen. Helena hat sogar eine neue Teesorte im Angebot.«

»Welche denn?«

»Cranberry-Kürbis.«

Helena, einer sehr coolen Hexe mit von oben bis unten tätowierten Armen und großen Ohrpiercings, gehört die *Kaffeebrauerei,* ein Café auf dem Unigelände. Dort holt Dad sich während der Vorlesungszeit jeden Tag seinen Kaffee, und wann immer Helena einen neuen Kaffee- oder Teegeschmack kreiert hat, erfahren wir es als Erste. Wir sind sozusagen ihre Stammgastversuchskaninchen.

»Stimmt was nicht?«, fragt Dad.

Ich blicke auf. »Nein, nein, alles in Ordnung.«

»Es sieht aber nicht so aus«, erwidert er behutsam.

Anstatt zu antworten, schlucke ich einen Riesenlöffel Kürbiseis. Die Kälte brennt mir in der Kehle.

»War heute in der Schule irgendwas, worüber wir reden sollten?«

Ich will es ihm erzählen, die Worte kitzeln meine Zungenspitze. Doch sobald ich mir sein abgrundtief enttäuschtes Gesicht ausmale, kommt mir fast die Galle hoch. Ich habe keine Lust, das ganze Eis wieder hervorzuwürgen, also stelle ich den Becher schnell in die Spüle und werfe mir meinen Rucksack über die Schulter.

»Muss Hausaufgaben machen.«

»Prue«, sagt Dad. »Bitte sprich mit mir.«

»Komm, Willow.«

Sie steht aus ihrem Körbchen auf der Fensterbank auf, wo sie den besten Blick auf den Garten hinter dem Haus hat, und trabt zu mir. Ich vergrabe eine Hand in ihrem üppigen Fell, die andere drücke ich mir auf die Nase, denn die juckt schon wieder.

»Kürbischen.« Dad will mich in den Arm nehmen. »Komm schon. Du kannst mir doch alles erzählen.«

Ich reiße mich von ihm los. »Ich will nicht mit dir reden. Ich will mit Mom reden!« Damit renne ich den Flur hinunter in mein Zimmer und knalle die Tür zu.

Beim Abendessen sprechen wir kein Wort miteinander, dafür überbietet Dad sich mit einem sorgenvollen Blick nach dem anderen. Danach verkrieche ich mich in meinem Bett und starre zu den aufgesprühten Sternen an der Zimmerdecke hinauf wie in ein fremdes Reich aus Glitzersonnen und -monden. Ich bin nicht müde, dafür schwirren mir zu viele Sorgen im Kopf herum. Andauernd wiederhole ich in Gedanken den Rufzauber.

»Ich erwarte von dir, dass du zu Hause fleißig übst« – mit diesen Worten hat Ms Crockett mir einen Übungsstab in die Hand gedrückt und mich in die Mittagspause entlassen. »Wer nicht einmal mit diesem simplen Spruch zurechtkommt, der wird es nie zur Hexe bringen. Dazu braucht es Biss und Training.«

Etwas Ähnliches hat Mom einmal zu Bean gesagt, nur auf viel liebevollere Art. Das war vor ein paar Jahren, bei einem Besuchstag in Moms schönster Sommerillusion – das erste Mal überhaupt, dass ich diese Jahreszeit erlebt habe. Während ich auf einem Stein saß, der warm war von der Sonne, zeigte Mom meinem kleinen Bruder wieder und wieder, wie man zwischen Menschen- und Wolfsgestalt wechselt. Bean vermasselte es jedes Mal, bekam mal den Schwanz hin, aber nicht das Fell, oder die Ohren, aber keine Schnauze.

Wenn Bean sich schämt, zieht sich sein ganzes Gesicht zusammen, wie früher als Baby kurz vor dem Plärren. Auch diesmal lief er tiefrot an und ließ die Ohren hängen, bis Mom ihn endlich in den Arm nahm und tröstete. Müsste ich die eine Eigenschaft nennen, die sie am besten beschreibt, dann würde ich sagen: Mom weiß gar nicht, wie das ist, überfordert zu sein.

»Das wird schon«, murmelte sie ihm melodisch ins Ohr, im Rhythmus ihrer Magie, »du kriegst das hin, Beanie, aber Zaubern will gelernt sein.«

Und in ihren Armen entspannte Bean sich so vollkommen, dass sich mein Herz vor Neid zusammenzog. Er konnte ihr *die ganze Zeit* so nahe sein.

Ich weiß, es ist egoistisch, aber ich will sie hier bei mir

haben. Ich will ihre Umarmungen, ihr Lachen, ihre Ratschläge. Jaja, wir haben unsere regelmäßigen Spiegelrufe. Aber das ist nicht das Gleiche.

Willow ist am Fußende eingeschlummert und schnarcht leise. Als ich sie mit den Zehenspitzen anstupse, rührt sie sich nicht einmal. Ich sollte auch längst schlafen. Ob ich will oder nicht, morgen muss ich wieder in die Schule. Mein nächster Tag als Magieversagerin.

Es ist ein komisches Gefühl, nicht zur Schule gehen zu wollen. Bisher kannte ich das nicht. Schon Wochen vor dem ersten Schultag beschrifte ich immer meine neuen Hefte, suche mir Socken und Schal zu meiner Uniform aus und lege am Vorabend alles auf meinem Schreibtisch zurecht, um bestens vorbereitet zu sein. Nicht dass die Ferien langweilig wären – da mache ich mit Sammy den Park unsicher, besuche Dad in seinen Vorlesungen oder für einen Kinoabend auf der großen Wiese der Uni und leihe mir massenweise Bücher aus der Bibliothek aus. Die wird von Dads Freundin Rupa geleitet und inzwischen kennen mich die Mitarbeiter so gut, dass ich beim Lesen in einer Fensternische des Vorraums meinen heißen Apfelmost genießen darf, obwohl Essen und Trinken außerhalb des Cafés eigentlich streng verboten sind. Doch, die drei Monate Ferien machen Spaß. Aber die Schule ist besser. In der Schule lernt man immer etwas Neues.

Also normalerweise. Aber dann musste ich Dummkopf mich ja an einen echten Zauberspruch wagen.

»Ich rufe den Briefbeschwerer«, sage ich laut. Die Worte gehen mir nur schwer über die Lippen und natürlich tut sich nichts – erstens besitze ich keinen Briefbeschwerer, erst recht nicht in Form eines Tierschädels, und zweitens halte ich kein Artefakt in der Hand.

Aber ich hätte den Stab von Ms Crockett …

Ich richte mich im Bett auf und taste blind nach meiner kesselförmigen Nachttischlampe. Willow blinzelt mich schläfrig an, aber ich lege mir einen Finger auf die Lippen. Wenn Dad mitbekommt, dass ich aufgestanden bin, wird er sofort wissen wollen, was los ist. Wir wohnen in einem kleinen Haus, Dads und mein Zimmer liegen direkt nebeneinander. Er schläft also gleich auf der anderen Seite der Wand.

Auf Zehenspitzen husche ich zu meinem Schreibtisch, wühle im Rucksack und nehme den Übungsstab fest in die Hand. Dann setze ich mich im Schneidersitz auf den flauschigen Kürbisteppich, der auf den abgenutzten Holzdielen meines Zimmers liegt.

Fürs Hexen braucht es innere Entschlossenheit.

Da hilft nur Übung, Prue.

Wieder zieht sich alles in mir zusammen. Noch so ein »Ratschlag«, der in Wirklichkeit eine Ermahnung war. Auch Dad spricht manchmal so über seine Studenten – dass ein Referatsthema »vielleicht nicht optimal passt« oder »das Interesse die Fähigkeiten übersteigt«. Als ob ich nicht wüsste, was damit gemeint ist.

»Ich rufe …« Ein kurzer Blick nach oben. »… diese Geode.«

Zugleich richte ich den Stab auf die beiden Hälften der

Geode, die oben im Buchregal glitzern. Ich habe sie letztes Jahr auf einem Waldspaziergang gefunden und zuerst bloß für einen außergewöhnlichen Stein gehalten, doch es steckte so viel mehr dahinter – als Dad sie mit seinem Artefakt berührte, zerfiel sie in zwei Teile und offenbarte ihr milchig blaues Innenleben. Im Wald rund um Hallowstone gibt es jede Menge zu entdecken, man sollte nur auf keinen Fall die Stadtgrenzen verlassen, um dem Schattenreich nicht zu nahe zu kommen. Ich bin auf meinen Streifzügen schon auf alles Mögliche gestoßen, auf knochenweiße Schädel, Zutaten für Hexentränke, Feenringe, Einhornhufabdrücke ... Es gibt dort auch Koboldlager und Drachenhöhlen (von denen man sich allerdings fernhalten sollte!) und einen riesigen See. Von dem einen Ufer aus kann man das andere kaum erkennen und das verhexte Wasser ist auf der einen Seite warm, auf der anderen kalt. An diesem See, im Schlamm vergraben, habe ich die Geode gefunden.

Für einen Augenblick leuchtet sie hell auf. Ich halte den Atem an.

Langsam schwebt sie vom Regalbrett hinunter, durch den Zauber wieder zu einem Ganzen zusammengesetzt.

Ich erstarre. Jetzt nichts falsch machen ...

Auf halbem Weg stürzt die Geode ab und zerfällt krachend in ihre beiden Hälften. Sie glitzern im dämmrigen Licht des Zimmers, so nah und doch so fern.

Der Knall lässt Willows Augen aufschnappen und ihre Ohren stellen sich lauschend auf. Gleich wird das Knarren von Dads Zimmertür zu hören sein ... Doch es bleibt ruhig.

»So ein Rattenmist«, flüstere ich und beiße mir auf die Zunge. Dann versuche ich es noch einmal, sage den Spruch mit größtmöglicher Entschlossenheit auf. Diesmal rührt sich die Geode nicht mal.

Ich bin eine Versagerin. Eine Totalversagerin.

Nachdem ich den Übungsstab auf den Schreibtisch gepfeffert habe, klappe ich das Schmuckkästchen auf. Darin liegt die Wolfsfigur auf ihrem Samtkissen. Aus Angst, sie könnte irgendwie kaputtgehen, habe ich sie mir heute Morgen lieber nicht umgehängt.

Jetzt fische ich sie aus der Schatulle und krabbele mit ihr ins Bett. Willow guckt mich müde an und rollt sich wieder zusammen. Auch als ich das Licht ausgeschaltet habe, kommen meine Gedanken nicht zur Ruhe. Was, wenn ich es nie hinkriege? Wenn ich die einzige Hexe in meiner Klasse bin, die überhaupt keinen Zauber zustande bringt?

»Ich rufe«, wispere ich immer wieder und unter meiner warmen Karo-Steppdecke glaube ich fast zu spüren, wie sich Moms Arme um mich legen. Wie sich Bean, die kleine Klette, an mich kuschelt. Werwölfe zeigen anderen durch Körperkontakt, dass sie sich mögen.

Im Kopf höre ich die Stimme meiner Mutter.

Ich hab dich lieb, Prue.

Ich schließe fest die Lider. »Ich rufe, ich rufe … ich rufe euch … rufe …«

In der Hand spüre ich die Hitze der Wolfsfigur, den Biss ihrer scharfen Zähnchen in meiner Haut.

7. Kapitel

Ich erwache aus einem Albtraum, einen säuerlichen Geschmack im Mund.

Willow ist verschwunden, wahrscheinlich schlummert sie in ihrem Körbchen in der Küche. In meiner geschlossenen Hand liegt immer noch die Wolfsfigur, inzwischen kühl wie ein Flusskiesel. Ich drehe mich um und spähe zu den Leuchtziffern meines Digitalweckers hinüber.

Fünf Uhr morgens. Uff.

Ich habe vom Wald geträumt. Normalerweise macht er mir keine Angst, wirklich kein bisschen, aber manchmal fragt man sich eben doch, was wohl hinter dem Schutzzauber lauert. Sammys Dad ist als Kind einmal eine Nacht lang zwischen den Bäumen herumgeirrt und er schwört, er habe dabei einen Kampf zwischen einem echten ausgewachsenen Drachen und seinem Schattengegenstück beobachtet.

Um einen Schluck Wasser aus dem Becher auf meinem Nachttisch zu trinken, richte ich mich auf. »Willow?«, rufe ich leise. Anscheinend hört sie mich nicht.

Dafür antwortet mir jemand anders.

»Prue«, flüstert eine Stimme. »Komm her.«

Ich wirbele herum, kann mir gerade so einen Schrei verkneifen. Was war das? Vielleicht ein Streich? Nach Dad hat es sich nicht angehört. Dafür war die Stimme zu hoch, wie von einem Kind. Und doch ist sie mir irgendwie bekannt vorgekommen.

»Wer ist da?«, frage ich in die Dunkelheit hinein.

Bitte nicht antworten. Bitte, bitte nicht.

»Prue«, sagt die Stimme noch einmal. Sie klingt so schwach, als würde sie aus weiter Ferne zu mir dringen. »Komm und schau dir an, was du getan hast.«

Ohne darüber nachzudenken, rutsche ich vom Bett. Die Wolfsfigur lege ich auf dem Nachttisch ab. Ich ziehe mir meinen Hut tief in die Stirn und taste mit den Füßen nach meinen Hausschuhen.

»Was habe ich denn getan?«, frage ich. »Wer bist du?«

»Komm schnell«, erwidert die Stimme bloß. »Willow kennt den Weg.«

So lautlos, wie es geht, schleiche ich mich aus dem Zimmer. Willow wartet an der hinteren Tür, kratzt winselnd am Fliegengitter.

Ich wage einen Blick ins Freie, sehe aber nur unseren Garten und hinter dem Zaun die Nachbarstraße. Am Horizont ragen hohe Bäume auf, die Ausläufer des Waldes.

Als ich vorsichtig die Tür aufdrücke, lässt mich das Knarren der Angeln zusammenzucken. Blödes altes Ding! Doch Dad kommt immer noch nicht aus seinem Zimmer und Willow blickt ungeduldig zu mir auf, wie um zu sagen: *Worauf wartest du?*

Ich öffne die Tür vollständig und laufe auf die Straße, gefolgt von Willow. Innerhalb von Sekunden fange ich an zu bibbern – hätte ich mir lieber mal einen Pulli übergezogen, statt den Hut aufzusetzen! Die Lampen an den Hauseingängen und die Kürbislaternen sind schon vor Stunden ausgegangen, nur der Mond erhellt noch die Stadt. Irgendwo in meinem Bauch rumort ein ungutes Gefühl, das mich aber immer weiter und weiter zieht. Selbst als ich versuche, stehen zu bleiben und umzukehren, stolpern meine Füße einfach vorwärts.

Willow trabt ein paar Meter voraus und macht dann wieder kehrt – will sie sich vergewissern, dass ich noch hinter ihr bin? Ich habe keinen blassen Schimmer, wohin die Reise geht, doch jetzt biegen wir in die breite Krötsabberstraße ein, die sich einmal der Länge nach durch Hallowstone zieht. Für den Fall, dass irgendwer schon so früh auf den Beinen ist, halte ich mich lieber in den Schatten der Geschäfte.

Da rennt Willow los.

»Warte!«, zische ich. »Willow!«

Sie bleibt stehen und sieht mich schnaufend, mit weit aufgerissenen Augen an – genau eine Sekunde lang, dann prescht sie weiter.

Mir bleibt nichts anderes übrig, als ihr hinterherzulaufen. Die kalte Nachtluft treibt mir Gänsehaut auf die Arme. An der nächsten Ecke biegt Willow in eine Straße mit Kopfsteinpflaster ein, bleibt schlitternd stehen und jault.

Zum Glück geht nirgendwo Licht an. Wir sind im Stadtviertel am Silbertor gelandet, zwischen den alten, herrschaftlichen Häusern, die vor langer Zeit für eine einzige Familie errichtet wurden, aber groß genug für vier sind.

Willow rennt mit wedelndem Schwanz bis ans Ende der Straße und hockt sich auf den Boden, knapp vor dem Tor, das sich gleißend hell von der Dunkelheit abhebt. Das ungute Gefühl in meinem Bauch wird schlimmer.

»Komm her.« Ich laufe nur noch zögerlich weiter. »Wir haben hier nichts zu suchen!«

»Prue«, meldet sich wieder die Stimme.

Als ich bei Willow bin, packe ich sie am Halsband und will sie fortzerren. Doch hinter den Torflügeln tut sich etwas.

Dort schimmern Dutzende leuchtende Kugeln.

Ich lasse Willow los, lege die Hände an die Gitterstangen, neige den Kopf zur Seite. Die Lichter haben nichts Bedrohliches an sich. Trotzdem geht von ihnen eine Energie aus, als wären sie am Leben. Als würde ich einem Schwarm Motten gegenüberstehen.

Ein Winseln neben mir – Willow. Die Lichter zwinkern mir zu, erstrahlen im einen Augenblick in voller Größe, gehen im nächsten in Schwarz über.

Ich schlucke. Das sind keine leuchtenden Kugeln. Das sind Augen.

Gleichzeitig wird mir klar, woher ich die Stimme kenne: Es ist die meines kleinen Bruders.

»Prue«, höre ich ihn auf der anderen Seite sagen. »Lass uns rein.«

Doch ehe ich mich rühren kann, zerspringt das Tor vor meinen Augen in eine Million winziger Silberscherben.

Schreiend reiße ich die Hände hoch, um mein Gesicht von den Metallsplittern abzuschirmen. Irgendwo heult Willow und Bean stürmt auf mich zu. Ich fange ihn auf, das Herz klopft mir bis zum Hals. Und wieder kreische ich, denn auf einmal hechtet ein gewaltiger Wolf knapp über unsere Köpfe.

Etliche Werwölfe rasen ihm hinterher. »Wartet!«, brülle ich, aber davon lassen sie sich nicht aufhalten. Ein Tornado aus Fell und Klauen, aus Braun, Rot und Schwarz fegt über mich hinweg.

Meine Haare flattern im Luftzug, irgendwer stößt mir den Hut vom Kopf, er kullert über den Boden und wird einen Sekundenbruchteil später platt getrampelt. Als vor mir das Grau-Weiß von Willows Pelz aufschimmert, schreie ich nach ihr. Sie macht keine Anstalten, zu mir zu kommen.

Ich stürze, knalle mit dem Gesicht auf den Boden und atme den Geruch von frisch gemähtem Gras ein. Irgendwer verpasst mir einen Tritt, ein Wolfsschwanz streift meine Wange.

»Bean!« Ich kann nur noch ächzen, so viel Fell habe ich im Mund – Beans Fell.

Er krabbelt unter mir hervor. »Hey, Prue!«, ruft er aufgeregt. »Wo ist Dad? Wow, bei euch ist es ja echt wahnsinnig kalt!«

»Ich mag es so«, verteidige ich mein Zuhause instinktiv. »Was macht ihr denn alle hier, Beanie?«

Als er freudig aufjault, halte ich ihm schnell die Schnauze zu und richte den Blick auf die Fenster der umliegenden Häuser, die – immer noch dunkel – auf uns hinabstarren. »Warte. Sei still.«

»Da seid ihr ja«, sagt jemand.

Mein Herz hämmert, als wollte es aus meinem Brustkorb ausbrechen. Mom ist da! Sie hilft uns auf und wischt das Gras und den Staub von uns herunter. »Ach, mein Liebling.«

Ich umarme sie, drücke sie mit aller Kraft an mich.

»Mom?«, flüstere ich. »Bist ... bist du's wirklich?«

Ist sie etwa hier? In Hallowstone?

Ja, sie ist es. Sie ist so echt wie alles andere, was man anfassen und spüren kann. Dasselbe gilt für Bean. Sie sind beide hier, am einzigen Ort, wo sie auf gar keinen Fall sein dürfen. Verunsichert schaue ich zum Tor oder dorthin, wo das Tor einmal war. Seine Überreste liegen wie verstreute Knochensplitter am Boden. Mein ganzes Leben lang wurde mir eingeschärft, dass der Schutzzauber um jeden Preis intakt bleiben muss – nur so könne die Hexenmagie von Hallowstone bewahrt werden. Was wird jetzt passieren? Vor meinem geistigen Auge schleichen sich schon die Schattenwesen über die Stadtgrenze und ich erschaudere.

Wieder werfe ich einen Blick auf die dunklen Häuser. Noch ist niemand auf die Straße gerannt oder hat Alarm geschlagen. Fast fühlt es sich an wie in jeder anderen Nacht, wäre da nicht das vielstimmige, immer fernere Wolfsgeheul. Ich schaue in den sternklaren Himmel. Der Mond ist beinahe voll, sein Licht erhellt den Schutzzauber, der sich dort oben wölbt. Doch direkt über mir zieht sich eine dünne Zickzacklinie durch das glitzernde Muster. Ein Sprung.

Warum sind die Werwölfe hier? Dafür muss es doch einen Grund geben. Der Schutzzauber ... der geht nicht einfach so kaputt. Es gibt für alles Regeln, und wenn sie gebrochen werden, kann das nichts Gutes bedeuten.

»Was ist passiert?«, frage ich Mom. »Ich dachte, ihr Werwölfe ...«

»Ich weiß es nicht«, antwortet sie gehetzt.

Unwillkürlich trete ich einen Schritt zurück, fröstele in der kühlen Brise der Nacht. Nichts hat mir jemals so viel Angst gemacht wie die Panik in Moms Stimme.

»Ich verstehe das nicht«, sage ich.

»Prudence.« Mom spricht im Flüsterton. »Ich bin noch nie so schnell gerannt, noch nie. Ich konnte nicht anders. Wir alle nicht.«

Ein übles Gefühl gräbt sich in meine Eingeweide. Das klingt nicht gut. Gar nicht gut. Wir müssen hier weg. Wir müssen Hilfe holen. Sollen sich die erwachsenen Hexen darum kümmern. Ich zerre Mom die Straße hinunter, fort von den silbernen Scherben. An der einen Hand halte ich Bean, an der anderen meine Mutter.

Dad wird wissen, was zu tun ist. Dad kann den Hohen Hexenrat kontaktieren.

»Lass uns schnell nach Hause gehen«, sage ich.

Mom und Bean sind direkt hinter mir, als ich ins Haus stürme, und Willow rennt atemlos um unsere Beine herum. Auf dem Weg zum Lichtschalter trete ich ihr in meiner Eile beinahe auf den Schwanz.

Mom beobachtet mich mit kreideweißem, angespanntem Gesicht. Ich versuche, mein hämmerndes Herz in den Griff zu bekommen. Es bringt nichts.

»Prudence!«, ruft Dad von irgendwo. Ein Krachen weiter hinten im Haus.

»Alfred«, sagt Mom. »Alfred, mein Liebster ...«

In seinem Schlafanzug, der aus einem abgetragenen Karohemd und einer Jogginghose mit großem Loch am Knie besteht, hastet Dad in die Diele. Wie so oft fährt er sich durch die Haare und seufzt.

»Ist alles in Ordnung mit dir?«, fragt er mich. »Was ist denn lo...«

»Alfred«, sagt Mom noch einmal. »Ich bin's.«

Dad reibt sich die Augen. Rückt seine Brille zurecht. »Marin? Aber was ... Das verstehe ich nicht.«

»Dad.« Ich mache einen Schritt nach vorne und ziehe ihn an der Hand. »Dad, es ist etwas passiert. Was Schlimmes.«

»Was machst du hier?«, fragt er Mom. »Ist alles in Ordnung? Wo ist Bean?«

»Hi, Daddy!«, ruft Bean vom Boden aus, wo er sich einen freundschaftlichen Ringkampf mit Willow liefert. Kichernd lässt er sich von ihr das Gesicht lecken und ein Teil der Anspannung fällt von Dad ab. Er kniet sich neben Bean und krault Willow hinter den Ohren.

Als hätten wir jetzt Zeit für so etwas! Ich blicke über die Schulter, weil ich immer noch befürchte, dass sich ein Schattenwesen durch das zerschmetterte Tor geschmuggelt haben könnte, um uns zu folgen.

Dann will ich weiterreden, doch Mom kommt mir zuvor. »Das Rudel ist hier. Es war wie im Traum – auf einmal standen wir vor den Toren eurer Stadt.«

»Das ganze Rudel?«, fragt Dad.

»Sie sind überall«, bestätige ich. »Du musst es jemandem sagen! Sag's Lock!«

»Was soll ich ihm denn sagen?«

Aus Frust stampfe ich mit dem Fuß auf. »Dass der Schutzzauber zerbrochen ist!«

»Zerbrochen?«, erwidert Dad mit ungewohnt hoher Stimme. Ruckartig steht er auf und streicht seine Jogginghose glatt, vielleicht nur, um seinen Händen irgendetwas zu tun zu geben. »Er ist zerstört? Woher weißt du das?«

»Ich …« Schuldbewusst blicke ich zu Boden. Er wird so unfassbar wütend sein. »Ich hab mich aus dem Haus geschlichen. Aber ich hab's mit eigenen Augen gesehen, das kann ich beschwören!«

Anstatt mich auszuschimpfen, lässt Dad sich leise murmelnd auf den nächsten Sessel fallen. Mom tritt neben ihn und fasst ihn an der Schulter. Er legt seine Hand auf ihre, drückt sie.

Ich lasse nicht locker. »Wir müssen etwas tun.«

Mom hockt sich auf die Armlehne des Sessels. »Könnte es nicht sein, dass … dass wir hier sein *sollen?* Wäre es nicht möglich, dass der Hohe Hexenrat …«

»Marin«, unterbricht Dad sie im Professorentonfall. »Schatz. Hallowstone ist die Heimat der Hexen. Sollte der Schutzzauber tatsächlich zerbrochen sein … nicht auszudenken, was das für die Stadt bedeuten würde. Für uns alle. Wir sind hier in Hallowstone, wo sich Hexe und Hexer Guten Tag sagen, und nicht in …«

»… den Mondbergen.« In Moms Stimme klingt eine Spur Traurigkeit an. »Wo wir Werwölfe zu Hause sind.«

»Und was ist mit den Schattenwesen?«, flüstere ich.

Endlich sieht Dad mich an. »Wir müssen den Hohen Rat informieren, die Wächter … Hallowstone kann nur eine einzige Art von Magie beherbergen. Deswegen lebt Gleich mit Gleich. Alles andere wäre eine Katastrophe.«

Bean springt auf, die Hände immer noch in Willows Pelz gekrallt. »Aber ... aber freust du dich nicht, uns zu sehen?«

»Komm her.« Dad zieht ihn in seine Arme, hebt ihn hoch, küsst ihn auf die Stirn. »Klar freue ich mich. Ich mache mir Sorgen, aber das hat nichts mit euch zu tun, Ehrenwort.«

Ich blicke ihm ins Gesicht. »Wie sollen wir's dem Hohen Rat sagen?«

»Wir gehen hin«, sagt Dad und stellt Bean wieder auf die eigenen Beine. »Ich ziehe mir nur rasch etwas an. Prue – du musst ihnen alles erzählen, was du weißt. Gut möglich, dass du etwas Wichtiges beobachtet hast. Irgendetwas, das uns auf die richtige Spur führen könnte.«

Beans Gesicht fällt in sich zusammen. Ich nehme seine Hand. »Das wird schon wieder«, flüstere ich, nicht zuletzt, um mich selbst zu beruhigen. Auch wenn ich nicht unbedingt daran glaube. »Ich hole noch schnell was aus meinem Zimmer, okay?«

»Warte!« Mom will mich aufhalten, doch ich rausche an ihr vorbei in den Flur. Wenn ich jetzt nicht wenigstens kurz allein bin, muss ich garantiert heulen. Außerdem habe ich plötzlich unglaubliche Sehnsucht danach, die hölzernen Pelzwirbel der Wolfsfigur unter den Fingern zu spüren.

8. Kapitel

In meinem Zimmer schlüpfe ich wie ferngesteuert in meine Schuluniform. Endlich richtig angezogen. Ich binde mir gerade die Krawatte, da klopft es an der Tür.

»Prue.« Es ist Moms Stimme. »Darf ich reinkommen?«

Mir wird schwindelig. Mom ist noch nie in meinem Zimmer gewesen. Klar, sie kennt Fotos davon. Aber wer hat den kürbisförmigen Teppich ausgesucht und die Regalbretter für meine vielen *Hanna-Hex*-Bücher montiert? Dad und ich. Wer hat damals die Wände gelb gestrichen und die Decke mit Sprühsternen dekoriert? Dad und ich. Wer hat sich halb totgelacht, als Willow die Spraydose in die Pfoten bekommen hat und eine ganze Woche lang mit leuchtendem Fell herumgelaufen ist …

»Okay«, antworte ich.

Behutsam drückt Mom die Tür auf. Ihr Blick wandert suchend durch das Zimmer.

»Hi«, sagt sie leise, als sie mich auf dem Bett sitzen sieht.

Ich rutsche nervös hin und her, ohne von der kleinen Wolfsfigur auf meinem Schoß aufzuschauen. »Hi.«

Mom setzt sich neben mich und streicht mir mit dem Handrücken über die Wange. »Meine Süße. Hab keine Angst. Wir kriegen das schon wieder hin.«

»Aber es ist alles so durcheinander.«

Sie presst die Lippen zusammen. Ihre Augen glitzern. »Komm, ich helfe dir mit der Krawatte.«

Ich drehe mich zu ihr, sodass wir einander gegenübersitzen. Sie löst meinen schlampigen Knoten und beginnt von vorne, viel ordentlicher natürlich.

»Mom?«

»Ja?«

Ich muss schlucken. Verstohlen schiele ich zu den beiden Hälften der Geode, die seit Stunden drüben am Boden liegen. Kann sein, dass ich es mir nur einbilde. Dass ich bei alldem überhaupt keine Rolle spiele. Andererseits war ich dabei, als das Tor zu Bruch gegangen ist, und das kann doch kein Zufall gewesen sein.

»Vorhin …« Ich zögere. »Kurz bevor ihr gekommen seid … Ich glaube, ich habe etwas Schlimmes getan.«

Mom runzelt die Stirn. »Wie meinst du das?«

Ich beiße mir auf die Unterlippe. Die Worte liegen mir auf der Zunge, doch sie machen mir mindestens so viel Angst wie eine komplizierte Beschwörungsformel.

»Stimmt was nicht, Süße?« Mom zupft an mir und ich lasse mich in ihre Arme sinken. Wie immer duftet sie nach Wald, eine Mischung aus Kiefernharz und Erde.

So dazuliegen ist viel leichter, als die Wahrheit zu sagen. Ich wollte nur das und nichts anderes. Daran habe ich beim Einschlafen gedacht – wie es wäre, wenn meine Mutter und mein Bruder hier wären, bei Dad und mir. Ich wollte Mom häufiger sehen als alle paar Monate und nicht immer nur in den engen Grenzen eines vorübergehenden Schutzzaubers.

»Ist nicht so wichtig«, behaupte ich.

Mom streicht mir über den Rücken und ich atme ihren Duft ein. Tränen schießen mir in die Augen.

»Du kannst es mir sagen«, murmelt sie.

»Es ist nur ...« Ein weiterer Blick hinüber zu der Geode. »Ich bin so schlecht im Hexen. Aus mir wird nie eine richtige Hexe. Gestern Nacht habe ich einen Rufzauber ausprobiert und ... du siehst es ja.«

Ich zeige auf die Geode. Jetzt, da ich zumindest einen Teil der Wahrheit preisgegeben habe, löst sich die Anspannung in meinem Bauch etwas.

»Du bist nicht schlecht im Hexen. Du hast nur gerade erst damit angefangen.« Mit dem Zeigefinger drückt Mom mein Kinn nach oben, bis wir uns in die Augen schauen. »Wieso sollte ausgerechnet das von allein gehen?«

»Aber außer mir haben alle den Rufzauber hingekriegt.« Bei der Erinnerung steigt mir erneut das Blut in die Wangen. Ja, die ganze Klasse hat den Spruch zumindest einigermaßen ordentlich zustande gebracht und für Holly war er natürlich gar kein Problem. Für Sammy auch nicht.

»Ich hatte meine Verwandlungen auch erst nach einer Ewigkeit im Griff.« Mom streicht mir milde lächelnd über den Kopf. »Ich kann dir sagen, selbst als ich deinen Vater kennengelernt habe, hatte ich noch meine Schwierigkeiten.«

»Davon habt ihr mir nie erzählt.«

»Wovon?«

»Wie ihr euch kennengelernt habt. Wenn du immer in den Mondbergen gewohnt hast und Dad in Hallowstone …«

»Na ja, dein Vater hat es ganz richtig erklärt.« Mom blickt zur Decke. »Gleich lebt mit Gleich. Alles andere wäre eine Katastrophe.«

»Aber wie habt ihr euch dann –«

Ohne Vorwarnung steht Mom auf. Sie setzt die beiden Hälften der Geode zusammen wie zwei Teile eines Puzzles und legt sie auf den Schreibtisch. Ich schließe kurz die Augen. Die Geode gehört ins Regal, nicht auf den Tisch, doch ich halte den Mund. Mom starrt ins Leere, als wäre sie ganz woanders, abgedriftet in eine Erinnerung.

»Prue …«, sagt sie dann. »Du musst mir jetzt gut zuhören.« Sie geht vor mir in die Hocke und nimmt meine Hände.

»Was ist?«

»Hallowstone war nicht immer wie heute. Die Magie ist nicht starr und fest. Sie wandelt sich mit denen, die sie benutzen.«

»Was soll das heißen?«

»Als ich noch jünger war, ging es in Hallowstone anders zu. Die Magietypen mischten sich miteinander. Aber dann …« Mom wendet den Blick ab und ich höre den Schmerz in ihrer Stimme. »Die Unterschiede waren stärker als die Gemeinsamkeiten. Die Leute ließen sich von ihrer Panik mitreißen. Inzwischen ist mir klar, dass ich damals nicht so hätte sein dürfen. Ich wusste ja, wie schlecht es ihm in der Schule ging, und trotzdem habe ich nie … Dabei hätte ich ihm helfen können.«

»Wem hättest du helfen können?«

»In den Augen der Hexen war es natürlich am besten, wenn in Vergessenheit geriet, was mein …«

Der Satz endet mit einem erschrockenen Luftholen.

»Was ist?« Ich blicke mich suchend um.

Ein Gesicht drückt sich von außen gegen meine Fensterscheibe. Das Gesicht eines Wolfs.

Mom stemmt sich hoch. »Du bleibst hier, Prue.«

Das glaubt sie doch selbst nicht. Ich gehe mit ihr vors Haus und schaue unterwegs nach, ob Dad schon fertig ist. Nein, er steht gestikulierend in der Küche, offenbar mit einem Spiegelruf beschäftigt. So außer sich habe ich ihn noch nie gesehen. In meinem Nacken kribbelt die Angst.

Der Wolf hat kohlschwarze, von einem rötlichen Glühen erfüllte Augen und einen struppigen silberfarbenen Pelz. Im Licht der Morgendämmerung ist leicht zu erkennen, dass es der gewaltige Werwolf von vorhin ist – der, der am Tor über mich hinweggesprungen ist. Er stößt ein Knurren aus. Meine Kehle ist so trocken, ich kann kaum schlucken.

Mom geht auf den Wolf zu, eine Hand ausgestreckt. Er schnuppert daran, sein Blick zielt jedoch an ihr vorbei auf mich. In seinem Maul glitzern scharfe Zähne.

»Prue«, sagt Mom, ohne sich zu mir umzudrehen. »Geh ins Haus. Bitte.«

So leicht lasse ich mich nicht abwimmeln. »Was ist los? Weiß er, wieso ihr alle hier seid? Was will er?«

Und wenn man mal darüber nachdenkt: Wieso wechselt er nicht in seine Menschengestalt? Will er uns mit Absicht Angst einjagen?

»Marin.« Die Stimme des Wolfs hört sich an, als würde man eine Handvoll Kiesel gegeneinanderreiben. »Wo ist Gabriel?«

»Gabriel? Wer ist das?«, will ich wissen.

Mom dreht sich mit aufkeimender Verzweiflung zu mir und deutet stumm auf die Haustür.

»Woher soll ich das wissen, Alpha Evanson?«

Da knurrt Evanson – und packt Mom mit einer großen Pranke am Handgelenk. Mein Herz pocht wie verrückt. Ein Ruck, und ihr Knochen würde brechen. Ich kann mir nicht vorstellen, wie weh das tun würde. Blaue Flecken und Kratzer habe ich mir schon viele geholt, aber noch nie etwas gebrochen.

»Wie hat es uns hierher verschlagen?«, fragt Evanson. »Hat er dich dazu angestiftet? Bei so einer Gaunerei muss er doch seine Finger im Spiel haben.«

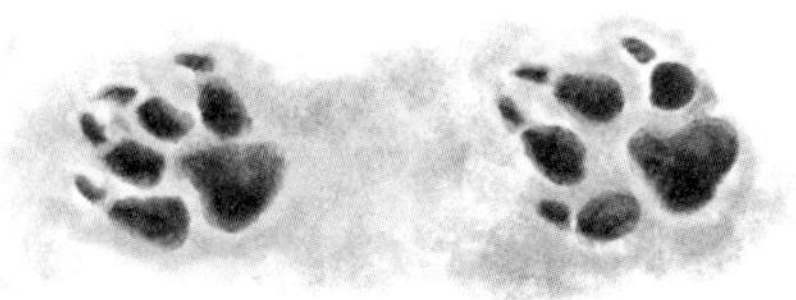

»Nein.« Mom wehrt sich gegen seinen Griff. »Ich weiß nicht einmal, wo sie ihn untergebracht haben.«

Je mehr ich höre, desto weniger verstehe ich. »Wen untergebracht? Hallo, ich bin auch noch da!«

Der Werwolf schaut zu mir. »Das Mädchen da. Es war am Tor.«

Ich warte nicht ab, bis Mom für mich antwortet. »Stimmt.«

»Du dummes Gör«, höhnt er. »Du hast uns reingelassen. Dass ihr LaRues auch immer Ärger machen müsst …«

Unwillkürlich stolpere ich nach hinten, wobei ich fast auf einem Haufen goldbraunem Laub ausrutsche.

»So sprichst du nicht mit meiner Tochter.« Mom blickt dem Wolf zornig ins Gesicht. »Lauf doch zum Hohen Hexenrat und lass dir von denen erklären, was hier vor sich geht. Ich bin genauso ahnungslos wie du. Wir wollten gerade selbst zum Rat, um die Lage zu besprechen.«

»Hey!«, ertönt eine fremde Stimme.

Da lässt der Wolf Moms Handgelenk los und flieht den Bürgersteig hinunter. Mom murmelt etwas Unverständliches und reibt sich ihre gerötete Haut.

»Alles okay, Prue?«

Ich kenne die Stimme doch. Ein paar Meter entfernt steht Antony, der wunderliche Vampir, und blickt zwischen Mom und mir hin und her. Ich nicke ihm zu – allerdings sehr zurückhaltend. Okay, der Typ ist mit Crystal zusammen, aber gruselig finde ich ihn trotzdem. »Mir geht's gut. Was machst du hier?«

Er verzieht den Mund. »Willst du mir die Werwölfin nicht vorstellen?«

»Ich bin Prues Mutter«, sagt Mom. »Und wer bist du? Ein Vampir – der bei diesem Wetter unterwegs ist?«

Ich richte mich zu meiner vollen Größe auf, auch wenn das nicht viel heißen will. »Warst du bei Crystal? Du darfst doch gar nicht über Nacht bei ihr bleiben.«

»Sagt wer?« Die Belustigung ist ihm anzuhören.

»Das weiß ich von Sammy.«

Als Antony lacht, blitzen die Spitzen seiner Reißzähne auf. »Und ich habe irgendwo gehört, dass Werwölfe hier eher unerwünscht sind …«

Ich strahle ihn an. »Soll ein schöner, sonniger Tag werden heute.«

Morgens hängt immer Nebel über Hallowstone, der sich bis zum Mittag aber meist komplett in der Sonne auflöst. Sollte Antony dann noch draußen sein, wird er vermutlich zu einem Aschehäuflein zerfallen.

»Ich bin der Freund von Crystal Atherton«, stellt er sich Mom vor. »Und ich wollte gerade los.«

Er stolziert zu einer monströsen rot-schwarzen Apparatur – seinem Motorrad. Einmal hat Sammy ihn gefragt, welchen Treibstoff die Maschine braucht, und er hat grinsend geantwortet: »Seelen.«

Was wahrscheinlich Unsinn war. Oder auch nicht.

»Mach's gut, Prue«, sagt Antony und wirft einen letzten skeptischen Blick auf meine Mutter. »Pass auf dich auf. Ich habe das Gefühl, mit der Magie der Stadt ist heute irgendwas faul.«

Der Motor heult auf und er fährt davon.

Mit der Magie der Stadt ist heute irgendwas faul.

Ich muss dringend mit Sammy sprechen. Wahrscheinlich wird sie mir versichern, dass ich maßlos übertreibe. Aber was, wenn es doch meine Schuld ist?

Die Werwölfe, hat Mom gesagt, konnten auf dem Weg hierher nicht anhalten – als wären sie durch einen Zauber herbeigerufen worden. Und ich war dabei, als das Tor zu Bruch gegangen ist und die Werwölfe in die Stadt eingefallen sind, ich und niemand sonst.

Wenn sie wirklich durch einen Zauber herbeigerufen wurden, muss jemand den Zauber gesprochen haben.

Was, wenn ich es war?

Mom zieht an meiner Hand.

»Gehen wir wieder rein.«

Doch ich marschiere los, den Bürgersteig hinunter. »Ich muss zu Sammy.«
»Prue!«
Werwölfe können den Schutzzauber nicht überwinden, so war es, seit ich denken kann – und plötzlich bricht die Barriere zusammen. Warum? Und warum ausgerechnet vor meinen Augen?

9. Kapitel

Bist du dir sicher?«, fragt Sammy zum fünften Mal. »Wirklich, wirklich sicher?«

»Ja«, antworte ich stur. »Mom und Bean sind hier. In Hallowstone. Dad informiert gerade den Hohen Hexenrat. Schätze, die werden eine Sondersitzung einberufen.«

»Okay, und … wie geht's ihnen?«

Ich blicke mich um, um sicherzugehen, dass wir unter uns sind. »Es geht ihnen gut. Aber es ist alles so durcheinander. Ich habe es selbst gesehen, Sam, am Tor. Der Schutzzauber schützt uns nicht mehr.«

Wir sitzen bei Sammy am Küchentisch, jeweils mit einem Glas Orangensaft vor uns. Anscheinend bin ich mit einer ziemlich besorgniserregenden Miene zur Tür hereingekommen, denn Sammy hat mir sofort die Hälfte ihres Käserühreis hingeschoben – dabei habe ich nicht mal Appetit. Sie ist schon fertig für die Schule, trägt ihre Uniform und als i-Tüpfelchen einen pinkfarbenen Haarreif. »Was soll das denn heißen?«, fragt sie.

»Passt auf, dass ihr nicht zu spät kommt«, ermahnt Crystal uns im Vorbeigehen und beißt in eine großzügig mit Apfelbutter bestrichene Toastscheibe. Ich zucke prompt zusammen, was sie zu einem verwunderten Blick veranlasst. »Mom ist früher ins Labor gefahren, Sam, aber falls du was brauchst, Dad macht sich gerade noch fertig.«

Kaum ist sie verschwunden, verknotet sich mein Magen wieder. Jetzt oder nie.

»Ich glaube, ich war das«, sage ich, und obwohl ich flüstere, kommt mir meine Stimme viel zu laut vor. Ich ziehe die Wolfsfigur aus meiner Rocktasche.

Sammy öffnet den Mund und schließt ihn wieder. Ihre Stirn legt sich in Falten. »Aber wie …?«

»Ich habe versucht, sie herbeizurufen, also … Mom und Bean. Und jetzt sind sie da.«

»Ich dachte, der Rufzauber wäre nur für Gegenstände.«

»Das dachte ich auch. Aber als ich letzte Nacht die Wolfsfigur in der Hand gehalten habe, da habe ich etwas gespürt, etwas … Magisches, glaube ich.«

»Aber wieso ausgerechnet du? Wir haben gerade erst unseren allerersten Spruch gelernt und gestern …«

Sammy verstummt. Ich weiß, sie meint es nicht so, und trotzdem versetzt es mir einen Stich. Andererseits hat sie vollkommen recht. Ich habe mich dermaßen dumm angestellt, dass mir sogar Extrahausaufgaben aufgebrummt wurden.

»Und wenn ich inzwischen den Dreh raushabe?«

»So gut, dass du mal eben deine Familie herbeigerufen hast? Durch den Schutzzauber hindurch?«

»Nicht nur meine Familie – das ganze Werwolfsrudel. Vorhin war ein älterer Wolf bei uns am Haus. Hat meiner Mom alle möglichen Fragen gestellt, bis Antony ihn verscheucht hat.«

Sammy kratzt sich an der Stirn. »Okay, das ist jetzt echt seltsam. Also deine Familie … meinetwegen. Aber gleich das ganze Rudel?«

Es läutet an der Haustür.

Ich fahre herum und mein Herz hämmert von Neuem los. Grummelnd macht sich Sammys Vater, der sich gerade die Krawatte bindet, auf den Weg.

»Wer ist es, Dad?«, fragt Sammy und steht vom Tisch auf.

»Guten Morgen, Rick Atherton«, hören wir eine hohe, strenge Stimme sagen. »Bitte entschuldigen Sie die Störung zu dieser frühen Stunde.«

»Was führt Sie hierher, Ratshexe?«, erwidert Mr Atherton.

Eine Ratshexe? Wie es aussieht, hat Dads Nachricht den Hohen Rat erreicht. Darüber sollte ich eigentlich froh sein – wenn ich nicht die ganze Zeit daran denken müsste, dass ich an allem schuld bin und was los sein wird, wenn ich auffliege. Der Ratshexer vom Bauernmarkt gestern wird mich bestimmt nicht noch mal so glimpflich davonkommen lassen.

»Ist Prudence Latham hier?«

Ich sehe Sammy an. Sie rennt zur Küchentür und ich folge ihr so langsam, als würde ich durch Ahornsirup waten.

Mit jedem Schritt verstärkt sich das ungute Gefühl in meinem Magen. Bin ich froh, dass ich Sammys Rührei stehen gelassen habe – sonst hätte ich es jetzt bestimmt quer über den Dielenboden der Athertons gespuckt.

»Hier bin ich.« Ich bekomme kaum mehr als ein Flüstern heraus.

Eine ältere Frau starrt auf mich hinab. Sie hat Haut wie fleckiges Pergament, weiße Haare, auf denen ein extrem hoher Hut ruht – der höchste, den ich je gesehen habe –, und ein Gesicht voll tiefer Falten, die ihr eine ehrwürdige Ausstrahlung verleihen. Sie trägt eine limettengrüne Robe, darunter ein schwarzes, mit Vogelsilhouetten besticktes Kleid und in ihrem Ledergürtel steckt ein sehr langer und sehr dünner Holzstab, ihr Artefakt. Ich weiß, wer sie ist. Sie verkündet die Mitteilungen des Hohen Hexenrats vor der Stadt. Und rein zufällig ist sie außerdem Hollys Großmutter, was meiner Meinung nach tausendmal beängstigender ist.

»Prudence Latham«, sagt sie. »Ich bin Gretchen Abrams vom Hohen Hexenrat. Dürfte ich dich in unser Kabinett mitnehmen? Es gibt etwas zu besprechen. Du kannst dir wohl denken, was.«

Meine Kehle schnürt sich zusammen. Da legt mir Mr Atherton die Hand auf die Schulter, ein kurzer, fester Druck, und ich entspanne mich wieder ein bisschen. Sammys Dad wird nicht zulassen, dass mir etwas Schlimmes passiert.

»Worum geht es bitte?«, erkundigt er sich.

»Es gab eine Störung im Schutzzauber.«

Automatisch ziehe ich den Kopf ein. Sie wissen, was ich getan habe!

Wenn ich es denn getan habe. Durchatmen, Prue! Ich wollte das Tor nicht öffnen. Es ist einfach so passiert.

»Und was soll dieses kleine Mädchen damit zu tun haben?«, erwidert Mr Atherton.

So klein bin ich nun auch wieder nicht, hätte ich beinahe gemotzt. Doch so besorgt, wie Sammy mich anblickt, lasse ich es lieber bleiben.

»Es gibt Grund zur Annahme, dass Prudence mit der Störung zu tun hat. Um nicht zu sagen: mit dem Riss.«

»Riss?«, wiederhole ich.

»Die Magie verzerrt sich bereits. Ich will nicht ins Detail gehen, doch wir müssen uns umgehend darum kümmern. Sie haben sicherlich eine Vorstellung von der Tragweite, Mr Atherton.«

Stirnrunzelnd blickt Sammys Dad auf mich hinab. »Stimmt das, Prue?«

Ich will es nur noch hinter mich bringen. »Ist schon gut. Ich komme mit.«

»Augenblick. Du musst nicht, wenn du nicht willst.« Er wendet sich wieder an die Ratshexe. »Weiß ihr Vater Bescheid?«

»Oh ja. Er hat selbst um die Unterredung gebeten. Er und ihre Mutter.«

Ich spüre die Hitze in meinen Wangen. Wie die Ratshexe meine Mutter erwähnt hat … wie einen nebenbei ausgespuckten Fluch.

»Ihre Mutter?«, wundert sich Sammys Dad. »Aber Marin lebt nicht in Hallowstone. Sie ist …«

Wie auf Kommando erschallt ein Heulen aus Dutzenden Kehlen. Es hört sich an, als würde sich das ganze Rudel darum streiten, wer als Erstes das Haus stürmen darf.

Ich presse mir die Hände auf die Ohren. Wie laut das Geheul ist und wie einsam es klingt … Mrs Abrams zerrt mich am Oberarm durch die Haustür. Ich werfe noch einen Blick auf Sammy – auch sie hält sich die Ohren zu und starrt mir mit großen, sorgenvollen Augen hinterher.

Wie von selbst schließt sich die Tür und Mrs Abrams zieht ihr Artefakt aus dem Gürtel. Ohne den Griff um meinen Arm zu lockern, tippt sie mir damit auf den Kopf. »Hier, dort, an jeden Ort – nur fort«, sagt sie.

Und die Welt versinkt in Schwärze.

10. Kapitel

In einem kreisrunden Saal mit himmelhoher Decke tauchen Mrs Abrams und ich wieder auf.

Ich stemme mich hoch und ringe mit einer Hand an meiner Kehle um Atem. Das war meine erste Teleportation überhaupt, und wenn es jedes Mal so läuft, bleibe ich, ehrlich gesagt, lieber bei meinem Besen. Erst wurde die Welt vor meinen Augen ausgeknipst, dann hatte ich das Gefühl, immer kleiner in eine Kiste hineingefaltet zu werden, bis meine Arme und Beine so eng zusammengepresst waren, dass ich nicht mehr atmen konnte. Es war, als würde mich die Luft selbst auffressen … und schließlich wurde ich hier wieder ausgespuckt, immerhin in einem Stück.

Ich versuche, mit zitternden Knien das Gleichgewicht wiederzufinden, falle trotzdem noch einmal hin – und atme scharf ein. Die hohe Kuppeldecke gleicht dem Nachthimmel, die gepinselten Lichtpunkte sind zu Sternbildern angeordnet, wie sie bei klarem Wetter zu sehen sind. Über die ganze Breite ziehen sich die Mondphasen, ein Leuchten zwischen den Sternen. Jede Sonne, jeder Mond glitzert wie frisch vom Himmel geholt. Es ist ein herrlicher Anblick, noch schöner als die Malereien an den Wänden der Universitätsbibliothek.

In der Mitte des Saals verläuft ein runder Tisch um ein sternförmiges Podest. Dahinter befindet sich ein Wandgemälde: Im Zentrum einer Waldlichtung steht eine Frau mit dunklem, wallendem Haar und hölzerner Krone auf dem Haupt; in der einen Hand hält sie einen Totenschädel, in der anderen einen langen Stab. Ich beobachte, wie sie mich blinzelnd ansieht und das Gesicht verzieht – ein verhextes Ebenbild von Aradia, der Göttin der Hexen und Gründerin von Hallowstone.

Obwohl es natürlich nicht die echte Aradia ist, werde ich unruhig und lasse den Blick lieber irgendwo anders hinschweifen, als ihr in die Augen zu schauen.

In den Holzwänden des luftigen, großzügigen Raums schimmern vielfarbige Buntglasfenster und beleuchtet wird er von langen Lichterketten. Dass es in Hallowstone einen solchen Ort gibt, den ich noch nie zu Gesicht bekommen habe und von dem ich noch nicht einmal wusste … kaum zu fassen. Klar, ich kenne den großen Kuppelbau im Zentrum der Stadt von außen, doch den Sitzungen des Hohen Hexenrats kann man nicht einfach so beiwohnen. Selbst wer dort sprechen will, muss erst von den Mitgliedern eingeladen werden und über die meisten Gesetze wird nicht öffentlich abgestimmt. Es wird oft gemunkelt, dass der Hohe Rat einiges zu verbergen habe, und dieser Saal ist der beste Beweis.

»Erhebend, nicht wahr?«

Ich drehe mich wieder zu dem Wandgemälde. Für einen Moment bin ich überzeugt, dass Aradia zu mir gesprochen hat. Es war aber nur Hollys Großmutter. Sie verneigt sich vor dem Gemälde, Aradia nickt ihr zu. Dann wirft Hollys Großmutter einen Blick auf mich und ihre Augen verengen sich.

Erschaudernd verneige ich mich ebenfalls.

Letztes Schuljahr haben wir in Stadtgeschichte gelernt, dass sich der Hohe Hexenrat aus fünf betagten Hexen und Hexern zusammensetzt. Wer siebzig oder älter ist, steht automatisch zur Wahl, allerdings nur, wenn ein Platz frei geworden ist, was in der Regel erst durch einen Todesfall geschieht. Freiwillig aus dem Rat zurückgetreten ist anscheinend noch niemand. Dabei ist es bestimmt eine große Last, die Geschicke der Stadt lenken zu müssen. Jeder kann schließlich mal eine falsche Entscheidung treffen.

Oder auch nicht. Mrs Abrams sieht aus, als hätte sie in ihrem ganzen Leben noch nie einen Fehler gemacht.

Und plötzlich wird es richtig schlimm: Weitere Hexen und Hexer treten durch die Eingangstür in den Saal und alle mustern sie mich mit ihrer ganz persönlichen Variante eines strafenden Blicks.

Es sind die vier anderen Mitglieder des Hohen Rats.

Ein Mann mit dunkler Haut und langem silbergrauem Bart, kunstvoll geflochten und mit etlichen Silberperlen durchwirkt. Eine winzige Frau mit heller Haut und einem Buckel, die durch dreieckige Brillengläser halb blind zu mir herüberspäht. Eine große, füllige Frau mit dunklen, verschatteten Augen, von Tätowierungen überzogenen Armen und spitzem Hexenhut, an den sich eine Fledermaus klammert. Und zuletzt Ratshexer Victor, der Mann mit den blauen Schuppen auf der einen Hälfte seines klugen Gesichts, von dem Sammy und ich gestern erst ausgeschimpft wurden. Auf seinen geschnitzten Stab gestützt, hinkt er auf mich zu.

»Gut.« Seine Lippen verziehen sich zu einem dünnen, hässlichen Lächeln. »Du hast das Kind hergeschafft.«

Mrs Abrams nickt. »Prudence Latham, die Tochter von …«

»Professor Alfred Latham«, schallt es von hinten herüber.

Ich reiße den Kopf herum. Durch die Pforte am anderen Ende des Saals stürmt mein Vater, mehr schlecht als recht angezogen und mit schlampig gebundenen Stiefeln. Egal! Hauptsache, er ist da.

»Prudence«, ruft er mit scharfer Stimme. »Du bist einfach so aus dem Haus gegangen?«

»Dad!« Ich drängele mich durch den Kreis der Älteren zu ihm. Eine schnelle Umarmung, dann weiche ich wieder zurück. Wer weiß, wie er reagieren wird.

Er seufzt. »Ach, Kürbischen. Du kannst doch nicht einfach wegrennen – besonders jetzt! Sammys Vater hat mir erzählt, dass Ratshexe Abrams bei ihm zu Hause nach dir gesucht hat.«

»Also dann«, meldet sich die Hexe mit der Fledermaus zu Wort. »Wie Sie sehen, haben wir Ihre Nachricht erhalten.«

»Es kann nicht angehen, dass Sie meine Tochter ohne meine Erlaubnis hierherbringen.« Dad versucht nicht, seinen Ärger vor Hollys Großmutter zu verbergen. »Sie hat mit alldem nichts zu tun.«

»Sagen Sie, Professor …« Mrs Abrams hält seinem Blick stand, ihre Stimme klingt hart wie Eisen. »Hatten Sie eine gute Anreise?«

Ich werde hellhörig. Das klingt nach einer Fangfrage.

Ungefähr so, wie wenn Sammy sich erkundigt, was wir in der Pause unternehmen sollen, aber eigentlich schon genau weiß, was sie machen will.

»Es war … nun ja … es war eine haarige Angelegenheit.«

»Was Sie nicht sagen«, erwidert Victor und nickt. »Unser geliebtes Hallowstone, wo sich Hexe und Hexer Guten Tag sagen, wurde überfallen.«

»Überfallen?« Dad zieht die Augenbrauen hoch. »Nach allem, was ich gehört habe, wussten die Werwölfe selbst nicht, wohin die Reise geht, und plötzlich …«

»Standen sie unmittelbar vor den Toren unseres magischen Zufluchtsortes!« Victor starrt Dad vorwurfsvoll an, dann gleitet sein Blick zu mir.

»Jedwede Vermischung kann nur in die Katastrophe münden«, verkündet Mrs Abrams.

Die Anspannung weicht aus Dads Gesicht, die Falten auf seiner Stirn glätten sich. »Selbstverständlich. Gleich lebt mit Gleich, alles andere wäre der Untergang.«

Die winzige uralte Hexe tritt einen Schritt vor. Sie zittert förmlich, beinahe rutscht ihr die Brille von der Nasenspitze. »Und nun wurde das Tor aufgesprengt! Wurde der Schutzzauber in Stücke gerissen! Wie können wir uns jetzt noch wehren? Wer weiß, ob sich die Schatten nicht schon bis zu unserer Türschwelle geschlichen haben?«

Ihre Stimme ist ganz schön laut für ihr Alter. Verunsichert blicke ich zu Dad hoch und drücke mich noch enger an ihn.

»Und wennschon«, sagt er. »Was wollen Sie von Prue? Oder haben Sie sie etwa nur ins Visier genommen, weil ihre Familie zur Hälfte aus Werwölfen besteht …«

»Die Magie ist von Ihrem Haus ausgegangen«, erklärt die Fledermaushexe. »Wir haben ihr Pulsieren gespürt. Es war so stark, Lazarus ist glatt aus seinem Schlummer erwacht.«

»Und ich habe einen sehr tiefen Schlaf«, ergänzt Lazarus, der Hexer mit dem extralangen Bart. An seiner Stelle würde ich mir das Ding ja in den Gürtel stecken …

»Daran zweifle ich nicht.« Dad bemüht sich um einen respektvollen Ton. »Ich muss Sie alle um Verzeihung bitten, und trotzdem … was ist eigentlich geschehen? Es stimmt, meine Frau und mein Sohn sind in der Stadt, aber wir stehen genau wie Sie vor einem Rätsel.«

»Prudence.« Mrs Abrams sieht mich an. »Wieso erzählst du es uns nicht selbst?«

»Ich habe gar nichts gemacht«, antworte ich schnell. Mit dem Zeigefinger fahre ich über die Reißzähne der kleinen Wolfsfigur, die in meiner Tasche steckt, wo sie niemand sieht.

Mrs Abrams seufzt. »Wir sind auf deine Mithilfe angewiesen, meine Liebe.«

»Bringt Professor Lathams Frau herein!«, ruft die winzige alte Dame da.

Erneut öffnet sich die Pforte und Mom tritt ein. Sie hat sich einen von Dads alten Pullis über ihre eigenen Klamotten gezogen und ihr dichtes rotes Haar zu einem Pferdeschwanz gebunden. An ihrer Hand hängt Bean.

»Alfred!« Sie eilt auf uns zu. »Ist sie hier?«

»Mom!«

»Da bist du ja.« Mom nimmt mich fest in die Arme, vergräbt ihre Nase in meinen Haaren und ich schluchze – nur ganz leise – in ihre Schulter. »Dass du mir ja nicht noch mal wegläufst, okay?«

»Es tut mir leid«, flüstere ich.

Mrs Abrams stellt sich meiner Mutter vor und weist ihr einen Platz an dem sternförmigen Podest zu. »Wieso setzen wir uns nicht alle?«

Zögerlich lasse ich mich am Tisch nieder, wobei mein Blick in die Höhe schweift – und dort oben, auf die Brüstung einer Loge gelehnt, entdecke ich Holly Abrams. Sie beobachtet ihre Großmutter. Was hat sie hier zu suchen? Hat sie sich etwa reingeschlichen? Sie trägt schon ihre Schuluniform, will sich aber offenbar nicht entgehen lassen, was im Saal passiert, ja, sie hält sich sogar eine Hand ans Ohr. Eine Lawine der Scham bricht über mich herein. Selbst Peter Apple, das alte Tratschmaul, wäre mir lieber als Holly. Wenn sie erst herausgekriegt hat, was hier los ist, wird sie höchstwahrscheinlich nie mehr mit mir reden.

Und das ist eine unerträgliche Vorstellung. Sie war schon immer viel zu cool und schlau, als dass wir hätten Freundinnen sein können, und jetzt werde ich auch noch *von ihrer Großmutter* ausgeschimpft …

»Falls ich es noch nicht erwähnt habe«, sagt mein Dad. »Unsere Tochter ist erst elf.«

»In der Tat.« Mrs Abrams sieht mich forschend an. Sie hat dunkelviolette Augen, genau wie Holly. »Prudence, du weißt doch, wozu wir den Schutzzauber brauchen? Er umgibt unsere Stadt wie eine unsichtbare Mauer. Er ist die Voraussetzung dafür, dass wir uns hier in der Dimension der Schatten ein Zuhause schaffen konnten, anstatt in der nichtmagischen Welt ein Leben im Verborgenen führen zu müssen. Ohne diese Barriere wären wir dem Hunger und der Brutalität der Schattenwesen hilflos ausgeliefert … von anderen unappetitlichen Kreaturen ganz zu schweigen.«

Mrs Abrams' Blick zuckt zu meiner Mutter und meinem Bruder. Ich würde ihr liebend gern die Meinung sagen, nicke am Ende aber nur stumm – wer weiß, wann ich wieder sprechen darf. Es ist, als wäre ich in eine Falle getappt. Ich bin umzingelt von irrsinnig mächtigen Hexen und Hexern. Trotzdem, auch wenn mein kleiner Bruder unglaublich nerven kann, er ist noch lange keine *unappetitliche Kreatur.*

Dad räuspert sich. »Sparen wir uns doch die persönlichen Angriffe, ja?«

»Ich sage es nur, wie es ist«, erwidert Mrs Abrams. »Wenn man unsere gemeinsame Vergangenheit bedenkt, Professor.«

Die andere Hexe, die inzwischen von ihrer Fledermaus umflattert wird, schnieft einmal. »Du hast das doch sicher in der Schule gelernt, Hexling. Wie wurde Hallowstone errichtet? Indem die Magie ins Land und ins Gerüst der Stadt selbst eingewoben wurde. Wenn Hallowstone der Körper ist, ist die Magie das Blut.«

»Und jeder Körper kann nur eine Art von Blut in sich tragen«, fügt Lazarus hinzu.

Mrs Abrams nickt. »So ist es.«

»Ganz gewiss«, brummt Victor.

Die Fledermaushexe legt sich eine Hand aufs Herz und ihre Tierbegleitung landet auf ihrer Schulter und macht es ihr mit einem Flügel nach. »Wie das Blut durch mich strömt, durch alles Lebendige, auch durch dich, fließt die Magie durch Hallowstone. Nun, da der Schutzzauber zerbrochen ist und ein Rudel Werwölfe auf unsere Straßen losgelassen wurde, schwebt die Magie in größter Gefahr. Und damit auch die Stadt, die Essenz der Magie selbst und das Leben unserer Mithexen. Gelingt es uns nicht, die Zauber wieder instand zu setzen – und zwar schnell –, werden uns die Schatten überrennen, sie werden unsere unverdorbene Magie verschlingen und ganz Hallowstone ihrem Reich einverleiben.«

»Aber die Wächter können doch sicher etwas tun«, wirft Dad ein.

Die Hexe macht eine wegwerfende Handbewegung. »Sie wurden selbstverständlich benachrichtigt. Doch bisher konnten sie nichts ausrichten. Es wurde nicht nur eine Lücke in den Zauber geschlagen. Er wurde zertrümmert.«

Mit Tränen in den Augen starre ich auf den Tisch. Ich weiß, was passiert, wenn der Körper zu viel Blut verliert: Er stirbt. Wenn Hallowstone also seine Magie abhandenkommen sollte … Schon bei der bloßen Vorstellung steigt ein ätzender Geschmack aus meiner Kehle auf.

Ich liebe diese Stadt. So sehr, wie ich meine Eltern liebe, wie ich Sammy und ihre Familie liebe oder Bean. Auf der anderen Seite der Portale gibt es exotische nichtmagische Orte wie Singapur, Paris und Hannover. Ich habe davon gehört, aber was soll ich da, wenn ich doch schon im Paradies lebe? Sollte Hallowstone sterben und zu einer grauen Einöde ganz ohne Magie werden, so wie das Schattenreich, ich würde es nicht ertragen.

»Sie haben natürlich recht, Ratshexe«, sagt Dad. »Aber noch einmal: Was soll unsere elfjährige Tochter damit zu tun haben?«

»Und wenn sie noch so jung ist«, schaltet sich Lazarus ein. »Auf die Magie kann sie ebenso zugreifen wie wir Ältere.«

Dad schüttelt den Kopf. »Sie wurde doch noch nicht einmal darin ausgebildet.«

»Und wennschon«, erwidert Mrs Abrams. »Ich glaube, ich weiß, was geschehen ist.«

»Und was?«, rutscht es mir heraus. Sofort laufe ich rot an und presse die Lippen aufeinander.

Mrs Abrams' strenger Blick richtet sich auf mich. »Ein magischer Wunsch.«

Die Runde wirkt beinahe belustigt. »Das kann nicht sein«, sagt Dad, Lazarus winkt ab und die winzige alte Hexe schnieft abermals. Nur die Frau mit der Fledermaus schlägt sich die Hand vor den Mund und ringt um Atem.

»Also ist es schlimmer als befürchtet!«, ruft sie, während sich ihre Tierbegleitung in die Lüfte schwingt und hinauf ins Dachgebälk flattert.

Ich schlucke und in meiner geschlossenen Hand wird die Wolfsfigur ganz warm – genau wie letzte Nacht, als ich an den Rufzauber gedacht habe. Auch da hat Magie in der Luft gelegen, echte Magie, ich habe sie nur nicht erkannt. Jetzt bin ich mir jedoch sicher. Ich habe zwar keine Ahnung, was ein magischer Wunsch genau sein soll, aber mir ist klar: Das alles ist meine Schuld. Garantiert, hundertprozentig und ohne den winzigsten Zweifel. Denn die Wolfsfigur ist mehr als ein hübsches Geburtstagsgeschenk. Sie ist mein *Artefakt*.

11. Kapitel

Es war doch nur ein Wunsch. Wie kann ich das den Hexen des Hohen Rats erklären? Haben die sich denn nie etwas gewünscht, auch wenn sie nicht ernsthaft glaubten, dass es in Erfüllung gehen wird? Was habe ich mir nicht schon alles gewünscht: dass Dad mir erlaubt, Ohrlöcher stechen zu lassen, oder eine Fortsetzung meines absoluten Lieblingsfilms *Die Königshexe*. Oder dass ich plötzlich mit dem zauberhaft blonden Haar von Faith Gunther aus der Achten aufwache. Oder dass Holly sich in der Mittagspause zu Sammy und mir setzt. Ja, ich habe mir gewünscht, dass Mom und Bean bei mir sind. Aber ich hätte nie damit gerechnet, dass sie wirklich auftauchen.

Früher war ich andauernd wütend, dass die Werwölfe nicht in Hallowstone leben dürfen, und wenn ich ehrlich bin, regt es mich immer noch ziemlich auf. Aber das, was letzte Nacht passiert ist, wollte ich nun auch wieder nicht.

Erneut spähe ich zu Holly hinauf. Sie starrt mit schmalen Augen auf mich herab.

Und ihre Großmutter scheint sogar direkt in mich hineinzuschauen. »Ein so kraftvoller Wunsch … ungewöhnlich. Aber es wäre nicht das erste Mal. Was hast du dir denn gewünscht, Prudence Latham?«

Mein Gesicht brennt immer noch vor Hitze und in meiner schwitzenden, glitschigen Hand liegt die Wolfsfigur.

Die anderen dürfen sie auf keinen Fall entdecken. Ich starre auf den Tisch und antworte mit leiser Stimme. »Ich weiß wirklich nicht, was Sie meinen.«

»Sie hat sich uns gewünscht«, platzt Bean heraus.

Ich zucke zusammen. Dass er nie den Mund halten kann!

»Ach ja, Wölflein?« Mrs Abrams' scharfer Adlerblick schwenkt zu meinem kleinen Bruder.

Er schluckt und dreht sich zu Mom, die ihm beruhigend durch die kräftigen blonden Haare fährt. Dad beugt sich vor, um seine Schulter zu drücken.

»Das stimmt.« Ich bringe das Geständnis fast nicht über die Lippen. Doch Bean ist noch so jung und er kann überhaupt nichts dafür – ich muss ihn aus der Sache heraushalten. Nicht nur ihn, meine ganze Familie. Sie wollten das alles nicht und jetzt werden sie nur meinetwegen trotzdem hineingezogen. »Aber es war ein Versehen!«

»Das hat *er* damals auch behauptet«, murmelt Mrs Abrams, »zu Beginn.«

Victor verzieht angewidert den Mund. »Und wenn sie für ihn arbeitet?«

Mrs Abrams antwortet mit einem langen, undurchschaubaren Blick. »Oder er hat sie angestiftet«, spekuliert sie. »Wann wurden die Bannzauber auf Old Hallowstone das letzte Mal überprüft?«

»Wen meinen Sie?« Ich schaue mich im Kreis des Hohen Rats um – ein Hexengesicht ist strenger als das andere und niemand beachtet mich, als wäre ich unsichtbar. »Was ist mit Old Hallowstone?«

»Sollte es wirklich so sein, junge Dame, dann hast du unsere Stadt dem Untergang geweiht.« Lazarus spricht dröhnend laut und droht mir mit einem krummen, warzenübersäten Finger. »Schon jetzt spielen manche Hexenzauber verrückt, weil der Schutzwall kollabiert ist.«

»Und Werwölfe wüten in der Stadt«, fügt Victor hinzu.

Ich werfe einen Blick auf Mom. Sie rückt auf ihrem Stuhl herum und wird rot.

»In der Tat.« Lazarus muss husten und streicht sich sorgenvoll den Bart. »Und wenn es uns nicht gelingt, die Barriere rechtzeitig wieder instand zu setzen, werden die Schattenwesen alle Magie und alles Leben aus der Stadt saugen und es wird sein, als hätte es Hallowstone nie gegeben.«

»Wieso den Abschied noch länger hinauszögern?«, jammert die winzige alte Dame. »Hat jemand zufällig ein Fläschchen Gift zur Hand?«

»Nur die Ruhe, Lynette.« Hollys Großmutter funkelt sie ärgerlich an, dann wendet sie sich an Lazarus. »Ganz so aussichtslos ist die Lage nicht.« Sie wiegt ihr Artefakt in der Hand und blickt zur Decke. »Es wird unsere vereinten Kräfte brauchen, um den Schutzzauber zu stabilisieren und anschließend zu reparieren. Doch natürlich stellt auch die Magie der Werwölfe eine Gefahr für die Stadt dar – irgendwer muss sie zusammentreiben und im Zaum halten, solange wir mit der Barriere beschäftigt sind. Mit Wünschen verhält es sich schließlich wie mit Zaubersprüchen: Heben wir ihn bis Mitternacht nicht auf, wird er unumkehrbar …«

Ihr Blick wandert zur Eingangspforte und sie verstummt.

Ich spähe noch einmal zu meinen Eltern hinüber. Dad streicht beschwichtigend über Moms Arm.

Doch Mom wird wütend. »Wir sind hier nicht die wahre Bedrohung, das wissen Sie genau!«

»Marin …«, sagt Dad leise.

Langsam und knarrend öffnet sich die Pforte am anderen Ende des Raums. Ich sehe niemanden. Oder doch, da ist jemand – eine Elfe kommt hereingeflattert. Ihre Wangen sind dunkelviolett angelaufen.

»Ratshexen«, sagt sie mit dünner Stimme und verneigt sich. »Bitte verzeiht, dass ich Euch in Euren geheiligten Hallen störe. Mir wäre das normalerweise nie eingefallen, versteht sich, aber da es sich sozusagen um einen Notfall handelt und da die Tür nicht abgeschlossen war – seltsam eigentlich –, wobei im Augenblick wirklich alles seltsam ist, selbst der Himmel ist voller Risse, wusstet Ihr das schon?«

»Vera«, erwidert Mrs Abrams. »Was ist passiert?«

»Ach, es war schrecklich! Wir waren alle zusammen am Steinbrückbach und haben Wildblumen gesammelt, für unsere Blütenkronen – Ihr wisst ja, wir Elfen haben eine Schwäche für Blütenkro…«

»Jaja«, fällt Mrs Abrams ihr ins Wort. »Aber was ist denn nun so Schreckliches geschehen?«

»Der Bach ist … er ist sauer geworden! Mehrere Elfen wurden von der Strömung mitgerissen!«

»Er ist sauer geworden?«, wiederholt Lazarus. »Was soll das heißen, Elfe?«

»Er hat plötzlich Blasen geworfen wie ein Sumpf.« Vera schwirrt näher heran und Bean macht große Augen, als er einen Blick auf ihre schimmernde Haut und ihre kunstvoll aus Blütenblättern und Rindenstücken genähte Kleidung erhascht. Auf ihrem Kopf ruht ein kleiner Hut nach Hexenart, gebastelt aus Kiefernzapfenschuppen. Ich weiche automatisch zurück. Es ist das erste Mal, dass ich eines dieser Wesen irgendwo anders als am Bach im vornehmen Stadtviertel sehe. Wenn die Elfen eine Botin zum Ratskabinett geschickt haben, muss etwas wirklich Schlimmes vorgefallen sein. »Das Wasser war so heiß, kochend heiß, dass die Fische versuchten hinauszuspringen. Es war ...«

Vera verneigt sich ein weiteres Mal und verbirgt das Gesicht hinter ihren winzigen Händen.

»Es ist noch ernster, als wir dachten«, stellt Mrs Abrams fest. »Der Schutzzauber muss umgehend instand gesetzt werden. Victor, du berufst eine Krisensitzung der Wächter ein. Lynette, du begleitest Vera zum Bach und unterstützt die Elfen, wo du kannst. Lazarus, du besuchst ... unseren alten Freund und stellst sicher, dass er noch dort ist, wo er hingehört. Und du, Prudence, bleibst hier, bis unsere Ermittlungen zu diesem Vorfall abgeschlossen sind. Wir müssen ...«

In diesem Moment erzittert der ganze Raum. Vera kreischt und will Reißaus nehmen, verfängt sich aber in Lazarus' Bart. Die Fledermaus zischt quiekend über unsere Köpfe. Mom zieht Bean in ihre Arme, springt auf und lässt vor Schreck ein ohrenbetäubendes Heulen los. Ich werfe mich zur Seite, weg vom Tisch – und eine Sekunde später kracht ein Dachbalken auf seine glatte Oberfläche und schlägt ihn mittendurch.

Ein elektrisches Flimmern liegt in der Luft, eine Spannung, als könnten jederzeit Flammen aufzüngeln – das ist Magie. In meinem Mund macht sich Rostgeschmack breit, eine Gänsehaut überzieht meine Arme und vermutlich ragen auch die Haare auf meinem Kopf senkrecht in die Höhe. Über uns bricht ein Brocken aus der Decke, der Aufprall zerreißt mir fast das Trommelfell. Keuchend rolle ich mich weiter zur Seite.

»Prue!«, höre ich Dad schreien. »Prue, hierher!«

Ich spähe durch die Staubwolken. Wo ist er? Der Nebel ist so dicht, ich kann nur Schemen erkennen: hier die Mitglieder des Hohen Hexenrats, dort verschwommenes Fell – das müssen Mom und Bean sein.

»Dad!«, brülle ich.

»Ich bin hier drüben!«

Wo drüben? Ich robbe vorwärts. Aufzustehen wäre keine gute Idee, mir ist viel zu schwindelig. Der Boden bebt noch einmal und ich werde gegen das sternförmige Podest geschleudert. Ein metallischer Geschmack in meinem Mund, Dreck in meiner Nase. Ich habe völlig die Orientierung verloren.

»Prue«, ruft mir eine andere Stimme zu.

Irgendwo inmitten von Staub und Schmutz blitzt ein glitzernder blauer Hexenbesen auf. Als Nächstes schiebt sich Hollys Hand vor meine Augen, ich erkenne sie an ihren bunten Armbändern. »Steig auf!«

Ich ergreife ihre Hand. »Was machst du hier?«

»Steig einfach auf!«

»Aber meine Familie ...«

»Dafür ist jetzt keine Zeit!«

Das nächste Beben. Holly schwingt ein Bein über ihren Besen, ich steige hektisch hinter ihr auf. Ich kann mich nirgendwo anders festhalten als an ihrer Hüfte.

Ein Glück, dass sie mein Gesicht nicht sehen kann, die Mischung aus Angst und purer Freude, die in mir tobt. Ich klammere mich an sie, während sie sich vom Podest abstößt, und gemeinsam schrauben wir uns in die Luft hinauf.

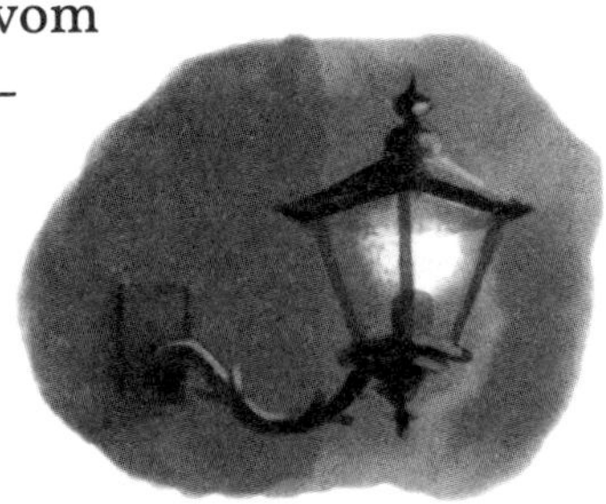

»Wohin willst du?«, rufe ich.

Holly steuert den Besen schweigend in die Höhe. Ich kralle mich an sie, so gut ich kann. Den Boden des Kabinetts haben wir schon tief unter uns gelassen – sollte ich jetzt abstürzen, könnte mich keine Magie der Welt wieder zusammenflicken. Mit einem geschickten Haken weicht Holly einem herabfallenden Bruchstück der Kuppeldecke aus. Es streift noch die Besenborsten, dann höre ich das Krachen des Aufpralls. Ich blicke nach unten, suche verzweifelt nach einer Spur meiner Familie und sehe nur ein Tohuwabohu aus Staub und Trümmern.

»Auf mit dir!« Holly zeigt auf eines der Buntglasfenster, die in einem Ring unter der einstürzenden Kuppeldecke glänzen. In ihrer Hand liegt ein dicker Holzstab.

Die Scheibe zerspringt in unzählige farbenfrohe Scherben. Holly lehnt sich nach vorne, um den Besen anzutreiben. Rasend schnell nähern wir uns dem zersplitterten Fensterloch und ich presse instinktiv die Augen zusammen.

Dann atme ich auf. Schon bevor ich mich umsehe, weiß ich, dass über mir nur noch das harmlose Grau des Himmels von Hallowstone hängt.

Ich sitze am Boden und habe die Arme um meine Knie geschlungen. Das Zittern will einfach nicht aufhören.

»Wir müssen wieder rein«, sage ich stur.

»Daraus wird nichts«, erwidert Holly. »Wir haben's doch gerade erst versucht. Die Kuppel muss komplett eingestürzt sein.«

Holly ist voller Staub, so wie ich. Wir sehen aus wie ein Gespensterduo mit einer Vorliebe für Schornsteine.

Und sie hat ja recht. Als wir an der Tür gerüttelt haben, hat sie sich keinen Millimeter bewegt. Die Mauern waren von tiefen Rissen durchzogen. Wir haben an das geschnitzte Holz der Pforte gehämmert und gebrüllt – keine Reaktion. Ich schiebe meine Hände zwischen die Schenkel, vielleicht kann ich so das Zittern unterdrücken.

Schließlich blicke ich hoch. Holly steckt sich gerade einen Streifen Kaugummi in den Mund, faltet das Papier sorgfältig zusammen und verstaut es in der Tasche ihres Pullis, für später. Sie käme natürlich nie auf die Idee, den Kaugummi unauffällig unters Pult oder den Stuhl zu pappen.

»Kann ich auch einen haben?«, frage ich.

Sie wirft mir einen Streifen zu. Wenigstens das schwarzorangefarbene Papier ist noch genau wie früher. Kürbisgeschmack wirkt einfach immer beruhigend.

An jedem anderen Tag hätte mich auch der Anblick dieser stinknormalen Straße in Hallowstone beruhigt, doch jetzt scheint sie im Auge eines Sturms zu liegen. Lautes Kreischen hallt durch die Luft, begleitet von einem ebenso lauten Krachen, als würde eine Riesenfaust auf einen noch größeren Tisch hämmern. Am schlimmsten ist aber das schwermütige Heulen. Und Vera hat nicht übertrieben – über den Himmel ziehen sich tiefe schwarze Risse, die erahnen lassen, wie es um den Schutzzauber steht. Nur in unserer Straße tut sich nichts, Morgana sei Dank. Das ist der einzige Grund, weshalb ich nicht in Panik gerate.

Oder bin ich längst in Panik geraten?

»Okay«, sagt Holly. »Sieht aus, als hättest du ein Problem. So wütend habe ich Grandma noch nie gesehen.«

Ich stöhne auf. »Muss das jetzt sein, Holly?«

»Dir wird schon nichts passieren.« Sie setzt sich dicht neben mir auf die Bordsteinkante. »Vermute ich zumindest.«

»Ich wollte das doch nicht.«

Bilde ich es mir nur ein oder ist ihre Haut wirklich so viel wärmer als meine?

»Das glaube ich dir ja«, erwidert sie.

»Wirklich?«, frage ich überrascht.

Sie grinst. »Na klar. Wer spricht denn bitte absichtlich einen magischen Wunsch aus?«

»Holly!«

»Was denn? So war's doch. Und dann hat Grandma gesagt, dass sie und die anderen jetzt schleunigst den Schutzzauber reparieren müssen, oder? Ich meine, wenn die Schattenwesen auch nur in die Nähe der Stadt kommen …«

Ein kalter Windstoß fährt durch meine Jacke, als wäre sie aus Papier.

»Ich weiß.« Mir ist so elend zumute. »Sie müssen die Barriere bis Mitternacht wieder in Ordnung bringen, sonst wird der Wunsch so unumkehrbar wie jeder andere Zauber auch. Aber genau deshalb können wir jetzt nicht einfach … Was, wenn sie verletzt sind? Oder … du weißt schon.«

Holly hebt ganz ruhig ihre Schultern. »Im Fall eines Angriffs soll das Gebäude in sich zusammenstürzen und auf diese Weise alle abschirmen, die sich im Inneren befinden. Denen ist nichts passiert, da bin ich mir sicher. Aber außer ihnen wissen nur wir, was los ist. Das heißt, wir müssen uns einen Plan überlegen. Du hast den Wunsch ausgesprochen. Du kannst jetzt nicht einfach Panik schieben.«

»Aber meine ganze Familie ist dadrinnen!«

»Meine Grandma auch!«, ruft Holly. »Und der Rest vom Hohen Rat! Aber hier geht's nicht nur um dich oder mich. Es geht um die ganze Stadt.«

Ein pinkfarbenes Blitzen am Himmel. Am anderen Ende der Straße schleppen zwei Werwölfe in Wolfsgestalt einen dritten die Straße entlang, der am Bein blutet. Ich wende schnell den Blick ab. Was, wenn Mom und Bean genauso schwer verletzt sind? Oder Dad?

»Dass ihr euch hier bloß nicht noch mal blicken lasst!«, schreit irgendjemand. Daraufhin heult einer der Wölfe auf und fletscht die Zähne.

Ich schlinge die Arme um meinen Oberkörper und versuche, meinen Atem unter Kontrolle zu halten. Der Schutzzauber ist erst vor ein paar Stunden zerbrochen und schon jetzt spielen hier alle verrückt? Was wird von der Stadt übrig bleiben, wenn es noch einen ganzen Tag lang so weitergeht? Holly hat recht. Ich kann mir nicht einreden, ich hätte nichts damit zu tun. Ich muss zumindest Lock suchen gehen und ihm erzählen, was Mrs Abrams gesagt hat.

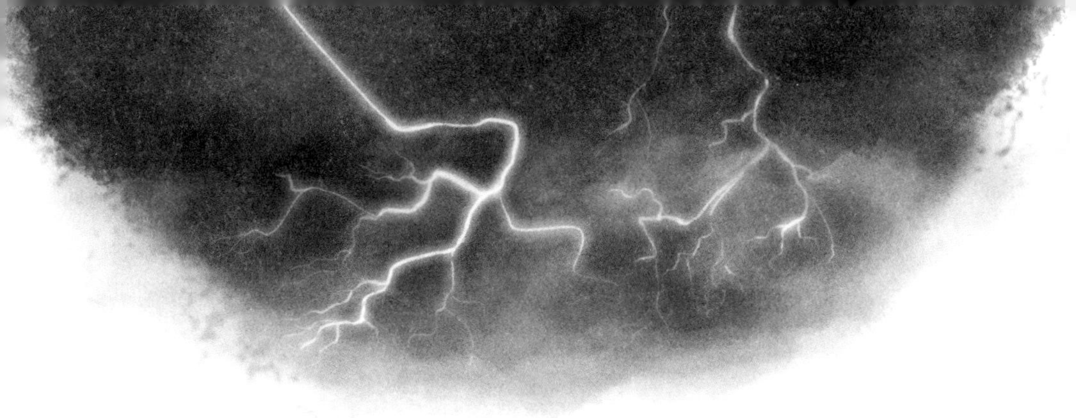

»Aber erst mal muss ich zu Sammy.« Mit einem Ächzen stehe ich auf und mache mich zu Fuß auf den Weg zur Schule. Weit komme ich allerdings nicht – Holly reißt mich an der Schulter herum.

»Wo willst du hin?«, fragt sie.

»Habe ich doch gerade gesagt.« Ich schüttele ihre Hand ab. »Du hast recht. Auch wenn ich das alles nicht wollte, ich habe den Wunsch ausgesprochen. Deswegen muss ich es auch wieder in Ordnung bringen.«

»Und wie stellst du dir das vor?«

»Was?«

Holly richtet sich auf. Zum ersten Mal bemerke ich die Sommersprossen auf ihrer Nasenspitze – und dass sie sich Ohrlöcher hat stechen lassen. Genau solche Ohrringe würde ich mir auch aussuchen, es sind winzige Gespenster.

»Na, eins ist sicher«, entgegnet sie. »Allein hast du keine Chance.«

12. Kapitel

Es regnet Katzen und Hunde – das Sprichwort kennt doch jeder, oder? Es bedeutet, dass es irre heftig regnet, was man aber eben nicht direkt sagt, sondern durch ein sprachliches Bild ausdrückt.

Bisher dachte ich zumindest, das wäre bloß bildlich gemeint.

Seit ich mit Holly durch die Straßen renne, hat sich der Himmel verdunkelt und der Wind aufgefrischt, er faucht uns in scharfen Böen um die Ohren. Und dann hat es auch noch angefangen zu schütten – allerdings kein Regenwasser.

Stattdessen fallen Katzen und Hunde vom Himmel, oder genauer gesagt: Kätzchen und Welpen.

Wirklich echt sind sie nicht, es sind eher Geister mit halbfestem Körper, die auf ihrem Sturzflug zu feuchtem Nebel verdampfen. Das ist auch gut so, denn mit dieser Masse wäre das Tierheim von Hallowstone heillos überfordert. Die Luft ist erfüllt von Maunzen und Kläffen und ich muss mich zusammenreißen, damit ich nicht stehen bleibe und versuche, das eine oder andere Tierchen in den Armen aufzufangen, bevor es sich auflöst.

»Was soll das denn jetzt?«, fragt Holly. »Ist das schräg!«

»Na, es regnet Katzen und Hunde!«, rufe ich.

»Das sehe ich. Aber …«

»Das sagt man doch so.«

»Oh.« Ihr Gesicht wird ernst. Sie verscheucht ein schwebendes Kätzchen, das augenblicklich zu einem kleinen Regenschauer zerplatzt. »Das ist aber kein gutes Zeichen.«

»Wie meinst du das?«

»Na, du kannst dir doch denken, woher das kommt – von einem misslungenen Zauber! Also ist die Magie schon jetzt ein bisschen … durcheinander. Vielleicht spürt sie, dass sich die Schatten nähern, und bekommt deshalb Panik.«

»Durcheinander …« Ich blicke mich um. Wer weiß, ob hier nicht irgendwo ein Schattenwesen lauert? Wir können nur hoffen, dass sie die Stadtgrenzen noch nicht überwunden haben. Ein Welpe platscht in meine Arme, schlabbert meinen Hals ab, hinterlässt einen feuchten Fleck und zerfließt zu einer Dunstwolke. Mir fallen Mrs Keys und ihr herrlicher Garten ein – wahrscheinlich hext sie sich jeden Morgen etwas Gießwasser herbei. Nur heute, ohne funktionierenden Schutzzauber, ist es mächtig in die Hose gegangen. »Das gefällt mir gar nicht.«

»Schwing dich auf meinen Besen«, sagt Holly im Befehlston. »Bis zur Schule ist es noch ein ganzes Stück.«

»Meinetwegen. Aber ab jetzt bestimmen wir gemeinsam, wie es weitergeht.«

»Sag bloß? Hast du inzwischen einen Plan?«

»Ja. Erst zu Sammy. Dann Lock suchen gehen. Dann zur Bibliothek.«

»Zur Bibliothek?« Mit einem kräftigen Tritt katapultiert Holly uns in die Luft. Der Besen wird von Turbulenzen durchgeschüttelt, doch sie hat ihn hervorragend im Griff. Hexenbesen sind ein bisschen wie Pferde – wenn sie Angst wittern, fangen sie an zu bocken.

»Ja, zur Bibliothek an der Uni! Da gibt es Infos zu praktisch allem«, erkläre ich ihr. »Aber vorher müssen wir zu Sammy.«

Obwohl ich mir diesen »Plan« nur spontan ausgedacht habe, geht es mir sofort besser. Ich habe zwar keinen Schimmer, wie man den Schutzzauber repariert, doch in der Bibliothek und mit der Unterstützung meiner besten Freundin entdecke ich vielleicht einen Hinweis. Dad hat mir schon vor Jahren erklärt, wie man das Archiv benutzt, und ich weiß, dass sich darin Antworten auf buchstäblich jede Frage finden lassen. Jedes Geheimnis der Magie ist dort nachzulesen, jeder Code, jeder Fluch und jede Prophezeiung.

Ja, im Moment ergibt die Welt keinen Sinn mehr. Und sobald meine Gedanken zum Ratskabinett abschweifen, in dem immer noch meine Familie festsitzt, pocht mein Herz, als wollte es aus meinem Körper springen – was, wenn Bean schwer verletzt ist? Oder meine Eltern? Oder die Mitglieder des Hohen Hexenrats, selbst wenn es »nur« Victor sein sollte, der Sammy und mich nicht gerade freundlich behandelt hat? Aber ich kann ihnen dort drin nicht helfen, und wenn ich der Sache auf den Grund gehen und die anderen retten will, muss ich einen kühlen Kopf bewahren.

»Also los!«, schreit Holly aus voller Kehle, damit ich sie inmitten des tosenden Sturms hören kann. »Irgendwas werden wir schon tun können, da bin ich mir sicher!«

Seit wann sind sie und ich ein *Wir?* Aber das sage ich nicht laut. Ich kann jede Hilfe gebrauchen, und wenn sie von Holly kommt – umso besser.

Wie sich herausstellt, muss ich mir keine Sorgen machen, dass Sammy bereits im Unterricht ist. Als wir eintreffen, gongt es gerade zur ersten Stunde, doch es scheint kein Mensch in der Schule zu sein. Dafür tummelt sich auf der Wiese davor eine riesige Masse von Schülerinnen und Schülern aus allen Klassen, ein Meer aus schwarzen Uniformen, gesprenkelt mit den Farben der verschiedenen Altersstufen und gekrönt von Hutspitzen – fast die ganze Schule muss hier versammelt sein. Holly legt eine sanfte Landung hin, ich streiche mir den Rock glatt und versuche, mir einen Überblick zu verschaffen. Der Atem der Kinder und Jugendlichen kräuselt sich in der Luft wie Rauch.

Holly tippt eine Stelle an ihrem Besen an, eine Art Knoten. Plötzlich schrumpft das Ding winzig klein zusammen und sie schiebt den Miniaturbesen in ihre Tasche.

Ich stehe mit offenem Mund da. »Wow.«

»Cool, was?«

Und ohne auf meine Antwort zu warten, marschiert Holly in die Menge hinein.

»Sammy!« Ich drängele mich hinter Holly durchs Getümmel. Den größeren Jugendlichen reiche ich kaum bis zur Brust. »Ich bin's! Wo steckst du?«

»Also echt …«, grummelt jemand.

»Ich habe solche Angst«, jammert jemand anders, offensichtlich kurz vorm Heulen.

»Habt ihr schon gehört? Merrows Mom wollte sich mit

einem Hitzezauber Locken drehen und es ist total schiefgegangen! Jetzt hat sie gar keine Haare mehr!«

»Diese Energie in der Luft … wirklich seltsam …«

»Auf dem Schulweg habe ich ein schwebendes Baby gesehen. Es hat ganz allein über der Straße gehangen …«

»Habt ihr auch dieses Heulen gehört?«, schluchzt ein Mädchen. »Irgendwer hat gesagt, das sind Werwölfe!«

Ich habe einen Kloß im Hals. Ob man mir mein schlechtes Gewissen ansieht wie einen Zettel, der mir am Hut klebt und verkündet, dass ich und niemand sonst der Stadt dieses Chaos beschert hat?

»Hey, Prue«, höre ich prompt jemanden sagen.

Ich drehe mich um. Vor mir steht eine Gruppe hoch aufgeschossener Teenager – Crystal und ihre Freunde. Weil ich so oft bei Sammy bin, kenne ich sie alle vom Sehen: zwei blasse, stark geschminkte Mädchen und ein hübscher schwarzhaariger Junge mit dunkler Haut, der eine Sportjacke mit dem Logo der Schulmannschaft trägt. Seine Hand liegt in der eines anderen Jungen.

Crystal blickt stirnrunzelnd auf mich hinab. »Warum bist du nicht bei deiner Klasse?«

»Ich, äh …«

»Sammy hat schon nach dir gesucht. Sie ist weiter vorne.«

»Danke«, quieke ich mit viel zu hoher Stimme. Was müssen die auch alle so groß sein? Der mit der Jacke ist offensichtlich Sportler, auch wenn ich mich abgesehen von Besenrennen nie sonderlich für Sport interessiert habe. Ich umrunde die Teenager, verfolgt von ihrem Gelächter, das ich so gut wie möglich ignoriere. Meine Lederschnürstiefel sind schwer wie Betonblöcke. Crystal trägt auch solche Schuhe, aber zu ihr passen sie, während sie mich erst recht wie ein Kind aussehen lassen. Wie ein Kind mit einem gewaltigen Problem.

Und wo ist eigentlich Holly hin? Schönen Dank auch! Lässt mich einfach stehen. Dabei dachte ich, wir wären jetzt ein Team.

Ich hetze weiter – und pralle frontal gegen eine breite Brust. Vor Schreck gerate ich ins Stolpern und falle beinahe hin, doch mein Gegenüber stützt mich.

»Prue!«

Zwei Augen blicken auf mich hinab, die jedoch nicht zueinanderpassen. Eines ist strahlend blau, das andere braun. Es ist ein Junge, den ich noch nie gesehen habe, seine Haut von Pickeln übersät, seine langen blonden Haare zu einem Pferdeschwanz gebunden. Er lächelt mich freundlich an.

Dann zieht er ein zusammengefaltetes Stück Papier aus der Tasche.

»Mach vielleicht lieber die Augen auf, ja?« Er hält mir das Blatt hin. »Das wird sich noch als nützlich erweisen.«

Zögerlich nehme ich es entgegen. »Wer bist du? Woher weißt du, wie ich heiße?«

»Pass auf dich auf«, erwidert er. »Warte nicht ab. Und hör jetzt gut zu: Bist du auf der Suche nach Macht, sieh dich um nach dem Schloss aus Glas.«

»Was?«

Er nickt bloß stumm, und als ich weiter nachhaken will, taucht er wieder in der Menge unter. Was war das denn? Ich vergrabe den Zettel tief in meiner Rocktasche. Angst hat mir der Kerl eigentlich nicht gemacht, doch nach allem, was heute Morgen passiert ist, kann man wohl nicht vorsichtig genug sein. Möglich, dass er ein Werwolf ist. Oder ein Vampir, ein Troll …

Sieh dich um nach dem Schloss aus Glas.

Ein Schloss? In Hallowstone!?

Ich drängele mich gerade durch einen Pulk Neuntklässler, als ich Hollys entnervte Stimme höre: »Da bist du ja.« Sie zieht mich am Arm zu sich. »Ich dachte schon, du wärst umgetrampelt worden.«

»Nein, ich habe Crystal getroffen.«

»Wen?«

»Die Schwester von Sammy. Sie hat gesagt, Sammy ist da vorne.« Mit diesen Worten rempele ich mich weiter durch die Menge und hoffe, dass Holly mir folgt.

Ich würde zu gerne den Zettel auseinanderfalten, doch dafür habe ich jetzt keine Zeit. Endlich ist unsere Klasse in Sicht – und keine Spur von Ms Crockett, zum Glück.

»Prue!« Sammy stürzt auf mich zu. »Ich habe mir solche Sorgen gemacht!«

Wir begrüßen uns mit einer festen Umarmung. Ein Schluchzen kriecht meine Kehle hinauf. Ich war noch nie so froh, Sammy zu sehen.

»Wohin hat dich diese Frau geschleppt?«, will sie wissen. »Geht's dir gut? Und warum bist du mit Holly unterwegs?«

»Hi, Sammy«, sagt Holly. »Was ist denn hier los?«

Ich nicke. »Warum sind alle draußen?«

»Der Unterricht entfällt!«, dröhnt eine laute Stimme in unser Gespräch hinein. »Bis auf Weiteres bleibt ihr bitte zu Hause oder kommt in die Schulbetreuung. Darüber hinaus solltet ihr, liebe Hexlinge, zu eurem eigenen Schutz die nähere Umgebung des Ratskabinetts meiden.«

Oben auf der Vortreppe steht die Rektorin und hält sich einen goldenen Armreif vor den Mund wie ein Mikrofon – ihr Artefakt. Sie hat grünliche Haut, wie das Wasser eines trüben Tümpels, ihr krauses orangefarbenes Haar wirkt noch wirrer als üblich und ihre Lippen haben sich zu einem dünnen Strich verengt. Ich habe nie mit ihr gesprochen, aber selbst aus der Ferne sehe ich ihr die Sorgen an.

»Bitte geht gruppenweise nach Hause«, fährt sie fort. »Es stehen Lehrkräfte bereit, um euch zu begleiten. Die Gefahr ist nicht zu unterschä…«

Auf einmal wird ihre Stimme zu einem schrillen Quieken, sodass die nächsten paar Worte nicht zu verstehen sind. Das Publikum kichert und oben schüttelt die Rektorin ihren Armreif. Anscheinend will sie den Zauber durch pure Willenskraft zurück in die richtigen Bahnen lenken.

»… handelt sich weder um einen Scherz noch um eine Übung.« Jetzt hallt die Stimme der Rektorin, als würde sie am Grund eines tiefen Brunnens hocken. Ein Lehrer eilt herbei, um ihr Artefakt in Ordnung zu bringen, und unter den Schülerinnen und Schülern wird wieder getuschelt.

Ich kaue auf meiner Unterlippe herum. Wenn das nicht der nächste missglückte Zauber ist …

»Was passiert hier eigentlich?«, ruft irgendjemand.

»Das wissen wir noch nicht«, antwortet die Rektorin mit der kehligen Stimme eines Ochsenfrosches.

»Hat es mit den Werwölfen zu tun?«, meldet sich jemand anders zu Wort.

»Was ist mit dem Ratskabinett?«

Neben mir wird Peter Apple nervös. »Wie war das? Werwölfe?«

»Wir müssen los«, zische ich leise. Holly und Sammy nicken und wir bahnen uns einen Weg durch die aufgebrachte Menge.

Normalerweise geht es mir furchtbar auf die Nerven, dass ich noch so klein bin, heute ist es aber endlich mal ein Vorteil. Ich nehme meinen Hut ab, schlüpfe zwischen Schülergruppen hindurch und gelange auf diese Weise schnell zur Steinmauer am Rand der großen Wiese. Ich schwinge ein Bein über die Kante und will mich auf die andere Seite rollen – da erstarre ich.

Mit offenem Mund.

Vor uns steht Ms Crockett und stemmt die Hände in die Hüften. »Hallo, Prue«, sagt sie. »Holly, Sammy … Wo wollt ihr Mädchen bitte schön hin?«

13. Kapitel

Reglos wie eine hypnotisierte Maus starre ich Ms Crockett an, die erwartungsvoll zurückstarrt. Der Hut sitzt schief auf ihrem Kopf, die Spitzenborte am Kragen ihrer Bluse wirkt wie Schimmel auf ihrer Haut und ihre Arme sind unbarmherzig verschränkt. Mir rutscht das Herz in die Hose. Sie wird uns kein Wort glauben.

Mir liegt schon wieder eine Lüge auf der Zunge, doch Sammy kommt mir zuvor.

»Äh … nach Hause!«, antwortet sie freundlich. »Dazu hat uns die Rektorin doch gerade aufgefordert.«

»Ihr wohnt aber in ganz unterschiedlichen Richtungen«, erwidert Ms Crockett. »Das weiß ich aus eurer Schulakte.«

»Ähhhm …« Sammy sucht nach Worten. »Wir …«

»… wollen unsere Artefakthandhabung üben«, setzt Holly den Satz nahtlos fort. »Wie Sie gesagt haben. Ein Tag ohne Lernen wäre doch Verschwendung!«

Lächelnd hält sie Ms Crocketts Lügendetektorblick stand. Wer hätte gedacht, dass unsere Klassenbeste so gut flunkern kann?

»Ja genau!«, schalte ich mich ein. »Ich werde diesen Rufzauber schon noch hinkriegen, Ms Crockett!«

»Soso.« Ihr Blick wandert zwischen uns dreien hin und her. »Und bei wem wollt ihr üben?«

»Bei mir«, antwortet Holly.

Sammy linst skeptisch zu mir herüber.

»Wie schön«, sagt Ms Crockett. »Dann wollen wir mal!«

»Aber …«

»Ich kann euch drei doch nicht allein losschicken. Bei den ganzen Merkwürdigkeiten, die sich die Magie heute erlaubt … Das wäre viel zu gefährlich. Ihr müsst euch an einen sicheren Ort begeben und auf weitere Anweisungen warten. Habt ihr das verstanden?«

Uns bleibt nichts anderes übrig, als brav mitzumachen. Hinter Ms Crocketts Rücken schaue ich Sammy mit zu Tode betrübter Miene an und sie hält sich die Hand vor den Mund, um nicht laut loszuprusten.

Noch lacht sie. Aber wenn ich ihr erst mal erzähle, was im Ratskabinett geschehen ist …

»Ms Crockett?«, fragt Holly. Wir marschieren schon seit ein paar Minuten zu viert durch die Straßen der Stadt. Ms Crockett hält ihr Artefakt hocherhoben, um uns im Notfall zu verteidigen. Fragt sich nur, wie viel eine einzige Hexe gegen die Schattenwesen ausrichten könnte.

»Ja, Miss Abrams?«, sagt sie geistesabwesend.

»Weiß man schon, was im Ratskabinett passiert ist? Ist es schlimm? Ich habe gehört, wie die anderen darüber geredet haben.«

Ein Hauch von Milde legt sich auf Ms Crocketts Gesicht. »Ach, stimmt. Deine Großmutter ist ja die Sprecherin des Hohen Hexenrats.«

»Es geht ihr doch gut, oder?«

Hollys Angst ist nicht zu überhören. Ich streiche mit dem Daumen über die Wolfsfigur in meiner Rocktasche. Seit der Ansprache der Rektorin ist zumindest klar, dass nicht nur wir wissen, was mit dem Ratskabinett geschehen ist. Doch selbst wenn die Wächter alle Gefangenen herausholen können, ist es für manche vielleicht schon zu spät.

Je länger ich darüber nachdenke, desto schlimmer wird das stechende Gefühl in meinem Herzen.

Ms Crockett späht um die nächste Ecke. »Ich kann es nicht mit Sicherheit sagen. Haltet die Augen offen, Mädchen, hier treiben sich Werwölfe herum.«

Wie bitte? Warum tut sie so, als müssten wir uns vor den Werwölfen in Acht nehmen? Wenn ich als Werwolf in eine fremde Stadt geraten würde, hätte ich furchtbare Angst. Es ist nie leicht, sich an einem neuen Ort zurechtzufinden, selbst an einem so schönen wie Hallowstone.

»Aber sie haben doch gar nichts gemacht.« Ich muss einfach etwas sagen, es geht nicht anders. »Sie können nichts dafür, dass sie hier festsitzen. Und die eigentliche Gefahr sind ja wohl die Schattenw…«

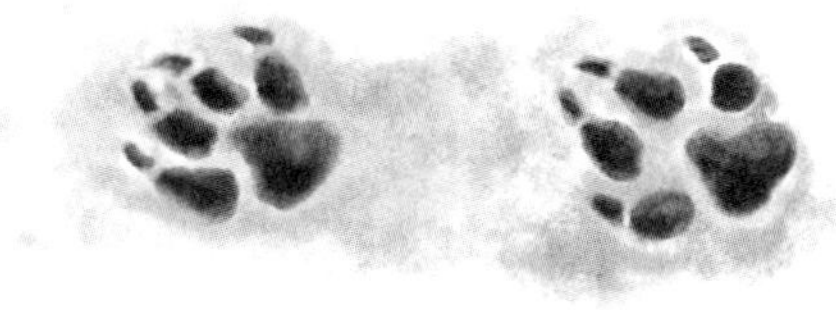

Hollys Fingernägel bohren sich in meinen Unterarm – sie will, dass ich den Mund halte.

Mit zusammengekniffenen Augen mustert Ms Crockett mich. »Hast du uns etwas mitzuteilen, Prudence?«

Ich schüttele schnell den Kopf. Die wenigsten Erwachsenen mögen Widerspruch, das weiß ich aus Erfahrung.

Und zwar besonders, wenn sie wirklich falschliegen.

»Was ich noch sagen wollte«, fährt Ms Crockett fort. »Nach meinen Informationen versuchen die Wächter derzeit, in die Ruine vorzudringen.«

»Ist Lock auch dabei?«, frage ich.

Dafür ernte ich einen scharfen Blick. »Was für eine Frage! Er widmet sich dem Problem mit voller Kraft.« Ms Crocketts runzelige Hand legt sich auf meine Schulter, packt zu und sie zerrt uns die Straße entlang.

Ein Stück voraus entdecke ich einen Wolf – einen kleinen schwarzen Fellschemen mit großen grünen Augen. Langsam schiebe ich mich hinter Ms Crocketts Rücken vorbei.

Sie will mich davon abhalten. »Miss Latham!«

»Das ist doch nur ein Welpe!« Mit einem Ruck reiße ich mich los und renne zu dem Wolfskind hin. Es ist ein kleines Mädchen, ihr Fell vom Wind zerzaust, ihre Ohren aufgestellt. So blickt sie mich aufmerksam an.

»Prue!«, ruft Sammy hinter mir.

»Sie ist nicht gefährlich!« Ich gehe in die Hocke, um die Wölfin zu streicheln. Sie leckt meine Hand. Ich weiß, das ist nicht Bean, der sitzt schließlich mit unseren Eltern im Ratskabinett fest. Doch Bean hätte leicht in dieselbe Lage geraten können. Wäre er nicht bei Mom und Dad gewesen, würde er jetzt mutterseelenallein durch die verwinkelten Straßen von Hallowstone irren. Und was, wenn er jemandem begegnet wäre, der es auf ihn abgesehen hat?

»Zurück«, höre ich Ms Crockett sagen. »Wir müssen das Tier zum Hauptplatz schaffen. Dort wird gerade ein Zwinger errichtet.«

Da gebe ich der Wölfin einen Schubs. »Lauf!« Sie rührt sich nicht von der Stelle.

Mit ihrem Artefakt – dem perlenbesetzten Amulett, das an einer Kette um ihren Hals hängt – zeigt Ms Crockett auf die Wölfin und es leuchtet auf. Sie will dem Kind irgendetwas antun und es kann nichts Gutes sein.

Eine Salve violetten Lichts schießt hervor. Wimmernd flitzt die Wölfin davon, ich hetze ihr mit klopfendem Herzen hinterher. Der nächste Blitzkeil erwischt uns beinahe beide.

An der nächsten Straßenecke werfe ich einen Blick über die Schulter. Ms Crockett zielt immer noch mit dem Artefakt auf die Wölfin, während Holly und Sammy gemeinsam auf sie einreden.

»Sie sollen sie in Ruhe lassen!«, rufe ich. »Tun Sie ihr nichts! Lassen Sie sie!«

»Miss Latham!«

Vor Frust stoße ich einen Schrei aus. Sein Echo hallt laut durch die Luft und für einen Augenblick verstummen alle anderen. Dann fallen plötzlich Ms Crocketts Augen zu, ihr Gesicht erschlafft, ein paar Sekunden lang schwankt sie auf der Stelle – und bricht zusammen. Sofort kniet Sammy neben ihr und schüttelt sie an der Schulter.

Die Wölfin macht einen hastigen Schritt nach vorne, um mir dankbar die Hand zu lecken, und rennt schleunigst davon.

Ich eile zu Ms Crockett. »Was ist mit ihr?«

Holly hat sich eine Hand vor den Mund geschlagen. Mit sperrangelweit aufgerissenen Augen blickt sie zwischen Sammys konzentrierter Miene und Ms Crocketts reglosem Gesicht hin und her.

»War ich das?«, schnaufe ich. »Das wollte ich nicht!«

Ms Crockett stöhnt, kommt aber nicht zu sich. Ein Windstoß pustet ihr die strohblonden Haare aus dem Gesicht.

Sammy richtet sich auf und zieht die Stirn kraus. »Ich würde sagen, ihr geht's so weit gut. Also immerhin atmet sie.«

»War ich das?«

»Keine Ahnung – kann sein? Aber ein richtiger Zauberspruch war das nicht.«

»Sehr komisch«, meint Holly. »Vielleicht ist die Magie durcheinandergeraten und hat irgendwie auf dich reagiert.«

»Das wird schon wieder«, sagt Sammy voller Überzeugung, steht auf und wippt auf den Fußballen. »Klar, es sieht schlimm aus, aber man wird ihr bestimmt helfen können.«

Holly mustert sie misstrauisch. »Du ... du wirkst ja richtig begeistert.«

»Sie will mal Heilhexe werden«, erkläre ich.

Sammy strahlt über das ganze Gesicht. »Besser gesagt: Chefin der Chirurgie im Krankenhaus von Hallowstone.«

Ich hake mich bei ihr unter. Sammy ist so klug – wenn wir groß sind, wird sie bestimmt die beste Ärztin der Stadtgeschichte sein. Durch ihre Zuversicht beruhigt sich mein panisch pochendes Herz ein bisschen.

Im nächsten Moment kommen mir wieder Zweifel. »Bist du dir sicher, dass es ihr gut geht?« Ich knie mich neben unsere Lehrerin und fasse sie an der Schulter. »Ms Crockett, falls Sie mich hören können: Es tut mir leid.«

Als die Ratshexe von den Gefahren unkontrollierter Magie gesprochen hat – hat sie damit so etwas gemeint? Dass die Magie macht, was sie will, sich entlädt, obwohl man es überhaupt nicht beabsichtigt? Was, wenn jetzt einfach alle Zauber von sämtlichen Wesen nach hinten losgehen?

»Sie wird sich schon wieder berappeln«, versichert Sammy mir. »Aber wir sollten irgendwem Bescheid sagen, damit sie ins Krankenhaus gebracht wird.«

»Wir müssen allerdings hier weg sein, bevor uns irgendwer erwischt«, gibt Holly zu bedenken.

Da hat sie recht. Die Mitglieder des Hohen Rats waren überzeugt, dass sofort gehandelt werden muss. Das heißt, wenn wir jetzt nichts tun, wird Sammy ihren Traumjob niemals kriegen ... weil es in dieser finsteren Zukunft kein Krankenhaus, keine Stadt und niemanden mehr geben wird, der dort zu Hause ist. Ohne Magie kann Hallowstone nicht überleben. Die Schattenwesen würden es im Nu in Besitz nehmen und am Ende wäre nur noch ein graues Nichts übrig.

Holly rennt zum nächsten Hauseingang und betätigt einen schweren Messingtürklopfer in Adlerform. Mit einem Knarren öffnet sich die Tür. Ich spüre Sammys Blick und greife nach ihrer Hand, drücke sie.

»Sie ist einfach zusammengebrochen!«, keucht Holly atemlos und zeigt auf Ms Crockett.

Ein älterer Herr mit Glatze kommt aus dem Haus geschlurft.

»Sie müssen dringend die Heilhexen verständigen. Danke und tschüss!« Und schon springt Holly wieder die Vortreppe hinunter.

»Holly, warte!«, ruft der Mann ihr hinterher.

»Ich muss weiter!« Sie hetzt zu uns und zieht uns mit.

»Wer war das denn?«, fragt Sammy.

»Ein Nachbar von uns. Er wird wissen, was zu tun ist. Ich kenne ihn. Er und meine Grandma sind quasi … ein Pärchen.«

»Sagt man das so, in dem Alter?«

»Frag mich was Leichteres«, erwidert Holly und marschiert voraus. Sie führt uns zu einem Haus am Ende einer Sackgasse. Wir sind inzwischen in der Nähe des vornehmen Viertels mit den herrschaftlichen Villen und den efeubewachsenen Mauern. Sammy und ich leben südlich davon im Stadtteil Apfelgarten, der aus bescheidenen Reihenhäusern zwischen Reihen von Apfelbäumen besteht. Hollys Zuhause enttäuscht unsere Erwartungen nicht – es ist riesig, hat mindestens ein Dutzend Fenster und ein Kupferdach, das trotz der dichten Wolkendecke in der Sonne zu glitzern scheint. Wegen der cremeweißen Farbe auf den Ziegelmauern könnte man es glatt für einen gigantischen Marshmallow halten, der mit Karamell übergossen in einem Bett aus grünen Streuseln liegt.

Kein Wunder, dass ich an Essen denken muss, ich habe ja nicht mal gefrühstückt. Und auf nüchternen Magen zu erfahren, dass man vermutlich für den nahenden Untergang des eigenen Zuhauses verantwortlich ist, macht es wohl auch nicht besser.

»Hier wohnst du?«, fragt Sammy.

»Jepp. Los, lasst uns reingehen.« Holly zieht einen silbernen Schlüssel aus der Tasche und entriegelt das imposante Eingangstor. »Wollen wir hoffen, dass Mom bei der Arbeit ist …«

14. Kapitel

Hollys Mom ist nicht bei der Arbeit.

Wir sind kaum zur Tür hereingekommen, da streckt sie uns schon mit strahlendem Gesicht ein Blech Scones entgegen. Das ofenfrische Gebäck duftet köstlich und ich will sofort zugreifen, doch Holly schiebt mich weiter. »Machst du mal wieder Küchenexperimente, Mutter?«

Sie nennt ihre Mom *Mutter?* Auf so eine Idee würde ich nie im Leben kommen. Es hört sich viel zu formell an, irgendwie nach alten Spitzenkleidern und antiken Porzellanfiguren. Ich mustere Holly aus dem Augenwinkel. Sie beobachtet ihre Mutter besorgt – warum eigentlich? Ihre Mom hat die gleichen sanften braunen Locken wie sie und an der Wange ein Muttermal, das bei jedem Lächeln leicht nach innen kippt. Mit einer Hand stützt sie sich auf einen Stock. Ich finde sie ziemlich hübsch, wie Holly in älter.

Ich lächele sie an, sie lächelt zurück.

»Die sind mit Orange-Himbeer«, verkündet sie.

Meine Hand schnellt nach vorne und ich sichere mir einen Scone. Oder lieber zwei.

»Holly-Wolly, willst du mir nicht deine Freundinnen vorstellen?«

Ein Seufzen von Holly. »Das ist Sammy, das ist Prue. Sag mal, Mutter, warst du heute schon draußen?«

»Nein, meine Süße.«

»Okay, gut. Lass es lieber.«

»Du tust aber geheimnisvoll ...«

»Ist heute nicht besonders schön draußen. Ich würde dir raten, auf jeden Fa...«

»In Ordnung, ich bleibe im Haus.«

»Danke.«

Wie seltsam ist das denn alles? Ich blicke Sammy fragend an, sie zuckt mit den Schultern. Hat Holly hier das Sagen, oder was? Aber sie ist doch immer noch das Kind? Wenn ich so mit Dad reden würde ... das würde er mir niemals durchgehen lassen.

Ratlos beiße ich in einen Scone – und seufze vor Genuss. Verhext noch mal, ist der lecker!

»Schmeckt's?«, erkundigt sich Mrs Abrams.

Ich nicke. »Su-per-gut.«

»Weißt du, der Extrapfiff kommt von einer Prise ...«

»Wir haben eine Mission zu erledigen!«, fällt Holly ihr ins Wort. »Bis später, Mutter.«

Sie geht mit schnellen Schritten zu einer Treppe in der Mitte der Eingangshalle und wir müssen ihr wohl oder übel hinterherdackeln. Schon wieder. Was soll das immer? Wer hat denn den verfluchten magischen Wunsch ausgesprochen, sie oder ich?

Trotzdem halte ich den Mund. Holly und ich sind jetzt Freundinnen und Freundinnen müssen einander vertrauen. Das ist eine sehr wichtige Freundschaftsregel, für Sammy und mich sogar die wichtigste. Sonst kann man die Freundschaft nämlich gleich vergessen.

Am Ende des breiten Flurs stößt Holly eine Tür auf – eine Tür zu einer Welt aus Pink.

Eine pinkfarbene Tagesdecke auf dem Bett. Ein flauschiger pinkfarbener Teppich am Boden. Ein Kronleuchter aus pinkfarbenem Kristall an der Decke. Und man kann sich beinahe denken, dass auch die Wände pink sind. Fast schon Magenta, würde ich sagen, mit einem weißen Streifen oben und unten.

»Wow!«, quiekt Sammy aufgeregt. »Ist das toll!«

»Deine Lieblingsfarbe ist auch Pink?«, fragt Holly.

»Ja! Ich finde Pink sooo schön!«

Die beiden sehen mich erwartungsvoll an.

»Pink ist schon schön. Aber Grün …«

»Sie steht total auf Grün«, flüstert Sammy unserer neuen Freundin gut hörbar ins Ohr.

Ich strecke ihr die Zunge raus. »Okay, was sollen wir hier eigentlich?«

»Ich will nur schnell etwas holen«, meint Holly. »Ist mir unterwegs eingefallen – das werden wir vielleicht noch brauchen können. Aber dann geht's zur Unibibliothek, den Plan finde ich super.«

»Rupa kann uns bestimmt sagen, wo wir mit der Suche anfangen sollten«, bestätige ich.

Auch Sammy ist schon überzeugt. »Rupa ist die Beste!«

»Ich war noch nie in der Bibliothek an der Uni«, sagt Holly. »Ich gehe meistens in die Stadtbücherei.«

»Das ist die mit der Skelettsammlung, oder?«

»Ja.«

Ich erschaudere. »Das ist so gruselig.«

Doch Sammy verdreht die Augen. »Na komm, die Ratte mit den zwei Köpfen fandest du auch ziemlich gut.«

»Ziiiemlich gut schon, aber nicht wirklich gut.«

Während Holly in einer Schreibtischschublade kramt, schaue ich mich ein bisschen um. Ich bin einfach zu neugierig. An der gegenüberliegenden Wand hängt ein Poster von *Wicked Witch,* der beliebtesten Band der Stadt – in einer magischen Endlosschleife schmettert Sänger Eddie Fireheart lautlos den Refrain eines ihrer Hits. In der Ecke steht eine Spielzeugkiste, die offenbar schon lange nicht mehr geöffnet wurde. Eine Puppe mit Knopfaugen und einem wirren Schopf aus gelben Schnüren lehnt daran. Als sie meinen Blick bemerkt, hebt sie ihre kleine Hand und winkt.

Und auf einem eigenen Regalbrett neben dem Fenster entdecke ich eine lange Reihe von *Hanna-Hex*-Büchern. Ja, Holly hat sogar den Band mit der Vorgeschichte *Verliebt, verlobt, verhext* – und ich dachte immer, den kennt außer mir nur Rupa! »Du liest auch *Hanna Hex?*«

»Aber klar!«, ruft Holly vom Schreibtisch, wo sie gerade einen langen, altmodischen Schlüssel beäugt.

»Die sind so gut«, jubele ich. »Ich würde total gerne in Woodland leben.«

Sie lächelt mich an. »Ja, oder? Das wäre auch gleich nebenan von New York!«

Hanna aus *Hanna Hex,* die Heldin der hochoffiziell besten Buchreihe aller Zeiten, wohnt in Woodland, einer Stadt, die vor den Toren New York Citys in der nichtmagischen Welt liegen soll. Doch wenn ich jemals einen Abstecher in die andere Dimension machen könnte, würde ich mich trotzdem nicht unbedingt für New York entscheiden. Dad hat mir erzählt, dass die nichtmagischen Menschen dort auf einer Insel lauter gewaltig hohe Gebäude errichtet haben … in denen sie auch noch *wohnen!* Nee, ohne mich. Für mich ist es schon ein Albtraum, immer aufs Schuldach steigen zu müssen, wenn wir Astrologie und Kosmos haben. Müsste ich in einem solchen Riesenhaus leben, würde ich jeden Morgen, wenn ich die Vorhänge öffne, in Ohnmacht fallen.

»In Hallowstone ist es natürlich am schönsten«, sage ich. »Aber wenn ich mich entscheiden müsste, wo ich sonst …«

Sammy lässt mich nicht ausreden. »Was willst du denn jetzt holen?«

Ich lenke meine Gedanken zurück auf unsere Mission. Sobald der ganze Mist überstanden ist, werde ich Holly aber zur Bücherei schleppen und dort mit ihr eine lange Liste unserer *Hanna-Hex*-Lieblingsbücher aufstellen …

Jetzt interessiert mich jedoch erst mal der Schlüssel in ihrer Hand. »Wofür ist der?«

Holly schiebt die Schreibtischschublade zu. »Für einen abschließbaren Kasten«, antwortet sie geheimnisvoll. »Im Schlafzimmer meiner Eltern. Da ist lauter altes Zeug von meiner Mom drin, aus ihrer Zeit als Wächterin. Los, kommt!«

Wir sollen einfach so ins Schlafzimmer ihrer Eltern spazieren? Wäre das nicht ein bisschen komisch? »Vielleicht bleiben wir lieber hier«, sage ich. Ich kenne Hollys Eltern nicht mal und ihre Mutter ist unten in der Küche. Total unangenehm, wenn sie uns in ihrem Zimmer erwischen würde.

Holly ist schon auf dem Weg zur Tür. »Wie ihr wollt!«

Sammy und ich setzen uns auf ihr Bett. Es sieht aus wie ein Berg pinkfarbener Schlagsahne, darüber hängt ein Baldachin wie für eine Märchenprinzessin, sogar mit Vorhängen, die man zuziehen kann, und auf der Matratze türmen sich haufenweise weiße und pinkfarbene Kissen – ich bin ehrlich beeindruckt, wie strikt sie sich an ihr Farbschema hält. Die Innenseite des Betthimmels glitzert, wahrscheinlich ist sie wie meine Zimmerdecke mit Sprühsternen dekoriert.

»Die … zieht ihr Ding echt durch, was?«, spricht Sammy aus, was ich denke – sie ist eben einfach die Beste.

»Holly war vorhin auch im Ratskabinett. Deswegen sind wir zusammen unterwegs. Sie hat mich gerettet, als sich das Gebäude als Sicherheitsmaßnahme abgeschottet hat.«

»Wie bitte?«

»Na ja, es gab … ein Erdbeben? Ich weiß selbst nicht genau, was passiert ist, aber die Kuppel ist komplett eingestürzt und wir sind danach nicht mehr reingekommen. Ms Crockett hat es schon richtig erzählt, die anderen sitzen wirklich alle drinnen fest. Auch meine Familie. Mom und Dad wollten den Hohen Hexenrat warnen.«

Sammy schnappt nach Luft. »Auch Bean?«

Ich nicke. »Und alle Mitglieder des Hohen Rats, zum Beispiel Hollys Großmutter. Die Frau kann einem echt Angst einjagen. Hat mir tausend Fragen gestellt, weil die Magie, die den Schutzzauber beschädigt hat, von meinem Zuhause ausgegangen ist.«

»Aber glaubst du wirklich, du warst …?«

»Die glauben es jedenfalls«, erwidere ich leise. Als würde es nicht stimmen, solange ich es nicht zu laut sage – schon ein bisschen feige von mir. »Sie meinen, ich hätte einen magischen Wunsch ausgesprochen, aus Versehen natürlich, aber trotzdem, und der bringt jetzt alles durcheinander. Und weil der Schutzzauber nicht damit zurechtkommt, dass Werwölfe in der Stadt sind, ist er zusammengebrochen und …«

»… die Schattenwesen können einfach reinspazieren«, folgert Sammy. »Die werden die ganze Magie auffressen.«

»Außer wir finden rechtzeitig heraus, wie man den Schutzzauber reparieren kann.« Ich zucke traurig mit den Schultern. »Ich hab's verbockt, was?«

Sammy reagiert anders als erwartet. Sie lächelt und lässt ihre Knie gegen meine schlenkern. »Wir kriegen das schon hin«, versichert sie mir. »Man soll schließlich nicht tatenlos zuschauen, wie die beste Freundin die ganze Stadt zerstört. Das könnte doch auch eine Regel sein, oder?«

»Ja, Nummer 99 oder so.« Ich stopfe die Hände in meine Rocktaschen – und stoße mit den Fingerspitzen auf zerknittertes Papier. Der Zettel! Wegen Ms Crockett habe ich ihn ganz vergessen. »Kennst du eigentlich alle Freunde von Crystal?«

»Die meisten, ja. Wieso?«

»Das hier hat mir einer von den Älteren gegeben, an der Schule. Ein Typ mit langen Haaren und verschiedenfarbigen Augen.«

Ich falte den Zettel auseinander. Auf dem dicken cremefarbenen Papier steht nur eine einzige Zeile, per Hand geschrieben, eine Adresse: Waldrand 312, 666 Hallowstone.

Sammy studiert die Botschaft. »Und warum gibt der dir so was? Moment, ist das nicht in Old Hallowstone? Uaahh …«

Ein Schauer läuft über meinen Rücken. Bitte nicht Old Hallowstone! Auf einem Wandertag sind wir einmal ganz nah an diesem Teil der Stadt vorbeigekommen, das hat mir schon gereicht. Laut Sammy nennen Crystal und ihre Freunde das Viertel nur »Hellstone«, also »Höllenstein«, und bei ihnen gilt es als Mutprobe, die Brücke dorthin zu überqueren. Warum es da so gruselig ist? Tja, seit einem Brand mit Dutzenden Opfern streifen deren Geister frei durch die Straßen und nach dem Feuer wurden die Häuser nie wiederaufgebaut, sodass nur windschiefe, vermoderte Skelette übrig sind. Auch der Friedhof liegt in Old Hallowstone, ein moosbewachsener Acker, aus dem die Grabsteine hervorragen wie die langen Zahnreihen eines Ungeheuers.

Und das ist noch nicht alles: In Old Hallowstone ist immer Nacht. Es ist dort wirklich wie in einem Albtraum, nur vollkommen real.

»Ich hatte den Typen noch nie gesehen«, berichte ich weiter. »Er war … irgendwie seltsam? Nett, aber seltsam. Glaubst du, er ist ein Freund von Crystal? Schien mir in ihrem Alter zu sein.«

»Weiß nicht.« Sammy lässt sich rückwärts auf die Matratze fallen. »Wenn ich mal ein bisschen mit Crystals Freunden rumhängen will, motzt sie mich immer gleich an.«

Das kann ich bestätigen. Vor zwei Wochen, als wir nach dem Buchclub noch bei Sammy waren, um ein Eis zu essen, hatten Crystal und ihre Freunde gerade das Wohnzimmer in Beschlag genommen und ließen uns nicht mal kurz zuhören.

»Weg hier! Ihr habt zwei Sekunden!«, hat Crystal uns angefahren und wir sind lachend davongerannt, um unsere Eisgeister-am-Stiel – Zitronengeschmack mit Gummiaugen – in der Küche zu schlecken. Da durften wir Mrs Atherton dann sogar beim Trankbrauen helfen.

Ob an diesem Tag auch der langhaarige Junge im Wohnzimmer war? Nicht dass ich wüsste.

»Worüber redet ihr?«

Holly blickt uns von der Tür aus an und hält sich dabei ein undefinierbares Ding vor das linke Auge.

Dann erkenne ich, dass in dem Ding die gegenüberliegende Wand zu sehen ist – es ist ein Handspiegel mit langem Perlmuttgriff. »Was sollen wir damit?«, frage ich.

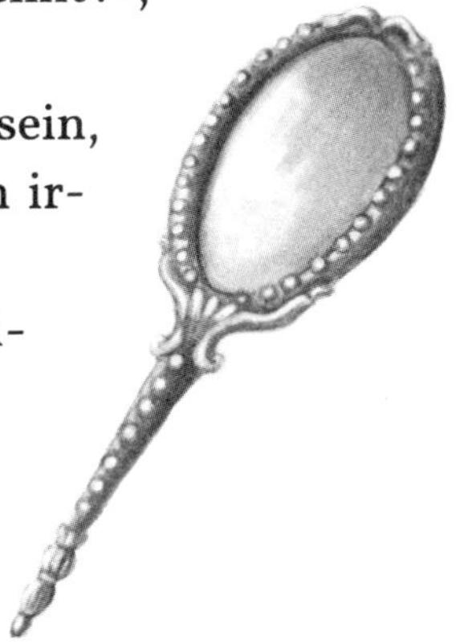

»Das wird sich zeigen – könnte nützlich sein, glaube ich. Aber wie war das? Es geht um irgendeinen Typen?«

»Ein Junge, ungefähr so alt wie meine Schwester, hat Prue einen Zettel mit einer Adresse gegeben«, erzählt Sammy. »Und was soll der Spiegel genau bringen?«

Holly schaut auf uns beide hinab. »Er zeigt die Dinge, wie sie wirklich sind. Die Wächter benutzen solche Spiegel auf Patrouille – was durch einen Zauber getarnt ist, erscheint darin in seiner wahren Gestalt. Ich dachte mir, so was können wir vielleicht gut gebrauchen, falls uns die schräge Magie da draußen irgendwie reinlegen will.«

»Und wie funktioniert es?«

»Man richtet den Spiegel einfach auf das, was man durchleuchten will.« Holly legt ihn zwischen sich und uns auf das Bett. »Schaut.«

Sie winkelt den Spiegel leicht an. Der goldene Rahmen leuchtet auf und in der Mitte erscheinen wir drei.

Sammy sieht aus wie immer. Holly auch. Und ich?

Ein Fleck rötlicher Pelz schimmert auf, ein Stück gebogene Kralle.

15. Kapitel

Ich schiebe den Spiegel weg und rutsche panisch vom Bett.

»Prue?«, sagt jemand. Keine Ahnung, ob Sammy oder Holly. Ich sehe die Welt nur unscharf und höre alles verzerrt.

Das ist noch schlimmer, als vom Hohen Hexenrat befragt zu werden, viel schlimmer.

»Hey.« Sammy kniet sich neben mich. »Was ist mit dir?«

»Hast du's nicht gesehen?«

»Was denn?«

Ich schaue an ihr vorbei zu Holly. Die erwidert meinen Blick mit weit aufgerissenen Augen.

»War das ein Streich?«, frage ich sie. »Ich finde das nicht witzig. Sondern verdammt gemein.« Mir wird speiübel. Ich dachte, Holly und ich würden uns langsam besser verstehen. Jetzt wird sie mich bestimmt hämisch lachend aus ihrem Zimmer werfen und nie wieder zu sich einladen. Zu wissen, wie es hätte sein können, macht es noch bitterer. Es ist wie ein ätzender Geschmack in der Kehle.

»Nein!«, ruft sie. »Prue, ich … ich weiß doch gar nicht, wie der Spiegel genau funktioniert. Ich dachte nur, er könnte uns vielleicht weiterhelfen, weil er meiner Mom gehört hat.«

»Und was war das dann gerade?«, schluchze ich. »Ich habe so hässlich ausgesehen.«

Da lacht Sammy sanft auf. »Hä? So ein Quatsch. Du bist total hübsch. Ehrenwort.«

»Hast du's nicht gesehen?«

»Was denn?« Ich höre die Anspannung in Sammys Stimme. Sie dreht sich zu Holly. »Was soll ich gesehen haben?«

»Schau.« Holly wagt sich einen Schritt vor und geht ebenfalls neben mir in die Hocke. Sie legt mir die Hand auf die Schulter. Und kippt den Spiegel so an, dass darin mein Arm erscheint.

Es ist wie beim ersten Mal. Ein hässlicher Anblick.

Auf meiner Haut wächst Fell. Es ist rostrot wie meine Haare, aber viel kräftiger. Ein Teil meines Arms ist unter dem Pulli verborgen, der schon vom bloßen Hingucken zu jucken anfängt. Am besten ist meine Hand zu erkennen – auch sie ist dicht behaart und meine Nägel sind nicht so abgekaut wie üblich, sondern lang und spitz. Es sind Krallen.

Sammys Mund klappt auf.

Wieder schiebe ich den Spiegel weg. Ich muss nicht lange rätseln, was ich da sehe, schließlich habe ich mehr Erfahrung mit Werwölfen als Holly und Sammy zusammen. Aber es kann einfach nicht sein. Ich bin keine Werwölfin. Ich bin eine Hexe. Ich lebe mit Dad in Hallowstone, weil ich Hexenmagie in mir trage. Im Mutterleib wird man von der einen oder der anderen auserwählt. Man kann nicht beide haben.

»Der Spiegel ist kaputt. Das ist die einzige Erklärung.« Etwas Besseres fällt mir nicht ein.

Holly wirkt verunsichert. »Möglich. Aber …«

»Wisst ihr, was?« Sammy bleibt wie immer ruhig und

sachlich. »Ich schätze, dein magischer Wunsch ist schuld daran, dass du in dem Ding so komisch aussiehst. Ohne Schutzzauber ist die ganze Magie durcheinandergeraten.«

»Ich habe mir nicht gewünscht, ein Werwolf zu sein.«

»Du hast aber die Werwölfe herbeigerufen. Du hast ihre Magie hierhergeholt und jetzt geht es drunter und drüber. Aber das wird schon wieder, ganz sicher!«

Sammy lächelt mich aufmunternd an. Ich strecke zögerlich meine Hände aus – die außerhalb des Spiegels völlig normal aussehen, Morgana sei Dank – und umarme sie.

»Stimmt, das wäre logisch«, überlegt Holly laut. Dann schiebt sie den Spiegel in ihre Jackentasche und steht auf, als hätte sie eine Entscheidung getroffen. »Kommt, gehen wir zur Bibliothek, bevor hier auch noch der Boden einbricht oder so was in der Art.«

Ich werde von Erleichterung überflutet. »Wir alle?«

»Was sonst?« Holly hält mir die Hand hin und ich ergreife sie, wenn auch etwas zaghaft. Auf der einen Seite gefällt es mir inzwischen fast, wenn sie so bestimmerisch ist, auf der anderen hat mein Vertrauen in sie ein paar Kratzer bekommen.

»Aber ich bin doch ein ...«

»Es geht um meine Großmutter«, erwidert Holly. »Um meine Stadt.«

Wie konnte ich das vergessen? Sie hat genauso viel zu verlieren wie ich.

Wie wir alle. Hallowstone ist unser Zuhause. Sollten die Schattenwesen die Magie unserer Stadt – und damit unser aller Magie – verschlingen, gäbe es für uns keine sichere Zuflucht mehr.

Ich erwidere Hollys Blick und versuche ein Lächeln. »Okay, aber können wir uns vorher vielleicht noch ein paar Scones von deiner Mom holen? Als Proviant?«

Jetzt, da ich einen Haufen Scones im Bauch und ein klares Ziel vor Augen habe, geht es mir schon wieder besser. Wo soll es Antworten auf unsere Fragen geben, wenn nicht in der Bibliothek?

Auf dem Weg zur Universität müssen wir natürlich wachsam sein. Offenbar hat sich eine Heilhexe um Ms Crockett gekümmert, am Ende der Straße ist nämlich niemand mehr zu sehen. Kein einziges Heulen hallt durch die Luft, auch der Wind hat sich gelegt. Davon bekomme ich allerdings erst recht Gänsehaut.

Die Bibliothek ist nur ein paar Ecken entfernt und wir schaffen es dorthin, ohne irgendjemandem zu begegnen.

Sammy knufft mich gegen den Arm. »Wenn das nicht das erste Mal war, dass wir Glück hatten!«

Erleichtert schaue ich an dem mächtigen Steingebäude hinauf. Normalerweise stehen die Flügel der Eichenholztür weit offen, damit das Foyer genügend frische Luft und Sonnenlicht abbekommt, heute sind sie jedoch geschlossen. Solange sie nicht verriegelt sind …

Ich ziehe an einem der Kristallgriffe und ohne Widerstand schwingt die Tür auf.

»Wow …«, murmelt Holly, die den Blick auf die hohe Decke der Vorhalle gerichtet hat. Mit den Fingerspitzen streicht sie über eine der vielen im Raum verteilten Skulpturen, eine kleine Meerjungfrau, geschnitzt aus Treibholz. Dieses Stück Holz schwamm einst im Ozean – und muss deshalb von weit her stammen, denn Hallowstone liegt nicht am Meer. Unser See ist zwar riesengroß, doch von Dad weiß ich, dass er trotzdem nicht damit zu vergleichen ist. Meerwasser ist salzig, nicht zuletzt deshalb nimmt Treibholz mit der Zeit die blasse Farbe eines Knochens an.

In die Augenhöhlen der Meerjungfrau sind winzige Smaragde eingelassen und auf ihrer Schwanzflosse glitzern Messingschuppen.

»Ist das cool«, murmelt Holly.

Ich nicke. »Schade, dass die Kaffeebrauerei zuhat. Ich kenne Helena, sie würde uns bestimmt einen Tee oder einen Apfelmost spendieren.«

»Sonst ist hier immer so viel los«, bemerkt Sammy, »aber heute ist anscheinend kein Mensch da …« Sie zeigt auf die Ausleihtheke.

Stimmt, selbst dort ist alles verlassen. »Könnte sein, dass … dass die heute einen Mitarbeitertag haben.«

»Oder es liegt daran, dass die Magie verrücktspielt und der Hohe Hexenrat in seinem Kabinett festsitzt«, sagt Holly nüchtern. Doch im nächsten Augenblick schenkt sie mir ein Lächeln, das strahlt wie der Mond. »Dann schauen wir uns eben selbst um. Kommt!«

Wir laufen die breite, geschwungene Treppe am Ende der Vorhalle hinauf. Sie führt in den Großen Saal, der seinem Namen wirklich alle Ehre macht. Auch hier schwebt die Decke irrsinnig hoch über uns und über den Bücherregalen aus dunklem Holz, die an den vier Wänden aufgereiht sind. Und auch hier ist niemand zu sehen.

»Aaahhh …«, macht Sammy. »Wie leer kann so eine Bibliothek denn sein?«

»Prue? Bist du's?«, meldet sich da eine Singsangstimme zu Wort.

»Rupa!« Freudestrahlend renne ich zur Auskunft. »Wir dachten schon, es ist geschlossen!«

»Wirklich geschlossen haben wir nie.« Rupa späht über die Theke und blinzelt mit ihren drei Augen. »Wie geht es dir, Tochter von Professor Latham?«

»Wir brauchen deine Hilfe«, erwidere ich.

»Ihr seid auf der Suche nach einem Buch?«

»Ja, klar.«

Rupa lächelt. Was für ein Wesen sie ist? Gute Frage. Auf jeden Fall hat sie zwei Reihen kleiner, scharfer Zähne und hellbraune Haut, die zur Hälfte von grünen Schuppen bedeckt ist. Ihre Augen sind ebenfalls grün – ein dunkler, kräftiger Ton, meine Lieblingsfarbe – und öffnen und schließen sich stets im selben Moment. Sie kann also niemandem zuzwinkern. Als ich sie mal danach gefragt habe, hat sie bloß gelacht.

Da sie nur im Wasser überleben kann, bin ich schon darauf gefasst, als Rupa in ihrem Fischglas hinter der Theke hervorrollt, doch Holly japst verblüfft auf. Es ist aber auch ein cooler Anblick. Das Glas selbst könnte genauso gut für einen Goldfisch herhalten und Rupa macht darin immer den Eindruck, als würde sie locker-lässig im Whirlpool entspannen. Über die gesamte Länge ihres Rückens ziehen sich Stacheln, die allerdings gekappt sind, um das Glas vor Kratzern zu bewahren. Sie bewegt sich auf Rädern fort, praktisch wie im Rollstuhl, mit einem kleinen Steuerhebel, über den sie die Apparatur lenken kann. Einmal hat sie mir erzählt, das Technikinstitut habe ihr dieses Vehikel zum ersten Arbeitstag in der Bibliothek geschenkt ... aber keine Ahnung, wie lange das her ist. Ich habe nicht die leiseste Vermutung, wie alt sie sein könnte.

»Hallo«, sagt sie und blickt Sammy freundlich an. »Dich kenne ich. Doch dich ...«

»Ich, äh, ich bin Holly. Holly Abrams.«

Ein wissendes Lächeln. »Die Enkeltochter der Ratshexe.« Rupa nickt und aus ihrem breiten Mund schiebt sich eine Zunge hervor. Japp, sie hat mehrere. »Und wonach sucht ihr, Mädchen?«

»Das wissen wir noch nicht so genau.« *Komm schon,* mache ich mir Mut, *trau dich.* »Aber wir müssen uns über den Schutzzauber schlaumachen.«

»Den Schutzzauber!?« Rupa ist plötzlich ganz aus dem Häuschen. »Meine lieben Kinder, was habt ihr bloß angestellt?«

16. Kapitel

Was habt ihr bloß angestellt?

Rupas Frage hallt in meinem Kopf nach und die Schuldgefühle, die sich gerade ein bisschen gelegt hatten, fahren mir wieder mit voller Wucht in den Magen. Sieht aus, als hätte ich einiges angestellt.

Aber ich werde es wieder in Ordnung bringen. Ich muss. Auch Rupa, die praktisch in der Bücherei wohnt, wahrscheinlich keine Ahnung von dem Chaos da draußen hat und weder Hexe noch Werwolf ist, schwebt in großer Gefahr, so wie wir alle.

Entsprechend kleinlaut folge ich ihr. Sie führt uns ins Untergeschoss, dorthin, wo die besonders alten und bedeutenden Schriften aufbewahrt werden.

Holly schaut sich aufgeregt um. »Gibt es eigentlich Aufzeichnungen über den Ursprung des Schutzzaubers? Grandma macht daraus immer ein großes Geheimnis.«

»Es liegen geschätzt … 979 Bücher zu diesem Thema vor, des Weiteren zwölf Prophezeiungsschriften und zwei antike Schriftrollen«, erwidert Rupa.

»Fast tausend

Bücher?«, quiekt Sammy. »Wie sollen wir da schnell genug das richtige finden!?«

»Ich kenne das Verzeichnis auswendig«, gibt Rupa zurück – im selben Ton, wie andere Leute verkünden würden, dass sie sich gerade die Schuhe gebunden haben.

»Nee, oder?« Ich kann es kaum glauben. »Du hast mir nie verraten, dass du so was draufhast!«

Rupa wackelt gleichgültig in ihrem Glas auf und ab. Im Untergeschoss angekommen, öffnet sie den Mund und legt mit einer hervorschnellenden Zunge einen Schalter um. Eine nach der anderen flackern Lampen auf und tauchen uns in gespenstisches blaues Neonlicht.

»Es ist viel einfacher, den Katalog im Kopf zu durchforsten, als mich mit irgendeiner Hexenapparatur abzumühen«, erläutert sie nebenbei.

»Moment mal.« Abrupt bleibe ich stehen. Ich habe Dad tausendmal gefragt, warum die Werwölfe als einzige magische Wesen keinen Zutritt zu Hallowstone haben, und er hat sich jedes Mal um eine klare Antwort herumgedrückt. Aber Rupa würde mich nicht anlügen.

Sie blickt mich abwartend an. »Ja?«

»Du weißt doch, dass ich immer auf die andere Seite des Schutzzaubers muss, um meine Mom zu besuchen?«

Ihr Kopf neigt sich zur Seite.

»Und ich, na ja, ich habe mich immer gefragt … du bist doch auch ein magisches Wesen, oder? Also wieso kannst du hier leben, aber Werwölfe nicht?«

»Oder Vampire«, wirft Sammy ein. »Die gibt's hier auch. Meine Schwester ist nämlich mit einem zusammen, was echt schräg ist.«

Rupa bremst ihr Fischglas und blickt mit ernster Miene zu uns auf. »Habt ihr diesen Vampir jemals in Gesellschaft anderer Blutsauger gesehen? Mit denen er sich zusammengetan und gemeinsam Magie gewirkt hätte?«

Ich schüttele den Kopf. »Das nicht, aber ...«

»Vampire sind vollkommen andere Wesen als Hexen oder Werwölfe, Kinder.«

»Aber warum?«

»Ihr könnt Magie wirken, nicht wahr? Werwölfe ebenso. Eine andere Art von Magie zwar, aber es ist trotzdem Magie, die das Fundament einer ganzen Gesellschaft bildet.«

»Das weiß ich«, entgegne ich. »Und weiter?«

»Nun, Vampire sind anders. Meinesgleichen ebenfalls. Wie kann ich es in Worte fassen? Vampire *sind* magisch. Sie müssen nicht auf Zaubersprüche zurückgreifen. Dieser Art magischer Wesen wohnen ihre Kräfte schlicht inne. Begreifst du den Unterschied?«

»So ungefähr.«

»Ich will nicht über Richtig und Falsch urteilen. Aber Hallowstone wurde für Hexen und ihre Magie errichtet. Wesen wie ich und der von euch erwähnte Vampir können dieser Magie keinen Schaden zufügen. Bei Werwölfen wäre das anders. Aus diesem Grund leben sie getrennt von euch in den Mondbergen.«

Holly fährt mit dem Zeigefinger über einen staubigen Buchrücken – in Silberlettern ist darauf zu lesen: *Ghul-Zähmung leicht gemacht.* Sie schüttelt den Kopf. »Aber was für ein Wesen sind Sie denn?«

Prompt trifft mich ein empörter Blick von Rupa.

»Tut mir leid«, sage ich schnell. »Sie ist neu hier.«

Rupa wendet uns den Rücken zu und führt uns tiefer in die Bibliothek hinein, vorbei an Spinnweben und endlosen schattigen Bücherreihen.

»Weißt du's?«, flüstert Holly mir zu.

»Nee. Das weiß keiner, glaube ich.«

Sogar Dad hat keine Ahnung. Ich habe ihn schon mindestens zehnmal gefragt.

»Rupa?« Sammy beäugt das Bücherregal vor ihrer Nase. »Kannst du vielleicht nach Titeln mit den Schlagwörtern ›Schutzzauber‹ und ›Werwölfe‹ suchen? Und … und auch ›magische Wünsche‹?«

Ich stöhne auf.

»Was denn?«, fragt Sammy. »Darüber wissen wir doch genauso wenig wie über alles andere.«

Eine Sekunde lang lässt Rupa sich die Frage durch den Kopf gehen. Ein Funkeln tritt in ihre dunklen Augen. Dann rollt sie voraus, in einen engen Gang hinein.

Wir durchqueren eine wahre Bücherhöhle. Zu beiden Seiten und auch über uns türmen sich die Bände tonnenschwer auf. Ich kann kaum noch ruhig atmen, schwanke ständig zwischen Angst und Aufregung. In diesen Bereich des Magazins durfte ich noch nie.

Einmal passieren wir ein Regal voller schwebender Bücher, die sich pausenlos neu anordnen. Aus einem Wälzer fällt Licht, kaum dass er aufgeschlagen wird (was auf Sammys Konto geht), aus einem anderen gellt uns ein Schrei entgegen (was auf mein Konto geht). Rupa hat viele gute Seiten, aber zu ihren besten zählt, dass sie nichts dagegen hat, wenn man Krach macht oder alles Mögliche in die Hand nimmt – sehr untypisch für eine Bibliothekarin.

»Hier könnt ihr euch über magische Wünsche informieren.« Sie deutet auf ein langes, schmales Fach.

Direkt vor meiner Nase entdecke ich einen vielversprechenden Titel: *Magische Wünsche für Einsteiger.* Ich ziehe den dünnen Band heraus und einen Augenblick später öffnet er sich in meinen Händen wie von selbst – genau beim Kapitel *Einen Wunsch aussprechen.* Als hätte er gespürt, wofür ich mich interessiere.

Viele Wege führen zum magischen Wunsch.

Das geht ja gut los.

Zwischen Träumen und Wünschen besteht ein enger Zusammenhang. Ein von Magie beeinflusster Traum lässt sich nicht steuern, ob die Kraft dahinter nun gut oder böse sein mag – auch magische Wünsche rühren vom Herzen her und können deshalb nur schwer bewusst geformt werden. Sie erwachsen aus einer Sehnsucht, die zerstörerische Züge annehmen kann.

Das würde schon einmal passen.

Über meine Schulter gebeugt, atmet Holly schnaufend ein. »Das heißt, du hast dich so sehr nach deiner Mom und deinem Bruder gesehnt …«

»… dass ich die ganze Stadt in Gefahr gebracht habe.« Behutsam schließe ich das Buch und stelle es zurück an seinen Platz. Mir ist zum Heulen zumute.

Etwas Kaltes legt sich auf meinen Unterarm – Rupas Hand. »Verlier nicht den Mut, Prue. Fehler kann man wiedergutmachen.«

»Aber nicht alle.«

»Die meisten schon.« Sie drückt meinen Arm einmal

und lässt wieder los. »Hier. Dieses Grundlagenwerk sollte mehr taugen. Das andere ist ein wenig … dramatisch. Dieses hier hat einen wissenschaftlicheren Ansatz.«

»Cool!« Sammy schnappt sich das Buch, das Rupa uns hinhält. Es ist viel dicker als das andere und an den Rändern der Seiten glitzert Goldfolie. *Magische Wünsche,* steht auf dem Umschlag. *Anwendung, Umkehrung, Theorie.*

»Umkehrung?«, frage ich, doch Sammy blättert schon zum entsprechenden Abschnitt.

Unter der Überschrift UMKEHRUNG steht: *Magische Wünsche entspringen zwar meist spontan der überwältigenden Sehnsucht einer Hexe, mit ihrer Umkehrung verhält es sich jedoch anders. Sie folgt gerade nicht demselben Muster. Magische Wünsche sind in dieser Hinsicht eher mit Flüchen zu vergleichen, sie sind allerdings stärker als ein solcher.*

»Ein Fluch?«, stoße ich hervor. »Ich habe einen Fluch ausgesprochen?«

»Nein, nein«, sagt Sammy geduldig. »Etwas viel Mächtigeres als einen Fluch.«

Wieder stöhne ich und lasse mich gegen das Regal sinken. »Kann man einen Fluch überhaupt wieder aufheben?«

»Ich lese noch.«

»Dann lies schneller.«

»Ja, mit einem Ritual«, schaltet sich Holly ein. »So macht man das normalerweise.«

Sie spricht ganz leise, als würde sie im Grunde lieber schweigen. Ich blicke zu ihr hinüber.

Ihr Gesicht ist kreideweiß, die Lippen kneift sie zusammen. »Aber so was kann sehr schnell sehr schiefgehen.«

»Woher weißt du das?«

Doch Holly braucht gar nicht zu antworten. Ich erkenne es an ihren Augen.

»Aha!«, ruft Sammy.

Ich achte nicht auf sie. Holly denkt an etwas Schlimmes, das sehe ich ihr an. An etwas, das wehtut. Ich strecke die Hände aus, will sie trösten, doch sie stößt mich weg und verschränkt die Arme.

»Es war erst letztes Jahr«, flüstert sie. »Aber das ist jetzt nicht so wichtig. Ich wollte nur sagen ... Rituale sind keine Kleinigkeit, Prue, das solltest du wissen.«

Ein schweres Gewicht zieht mich nach unten, wie ein Felsklotz, der in einem See versinkt. Hollys Mutter war sehr nett zu uns – aber irgendetwas hat nicht mit ihr gestimmt. Und so wie Holly gerade reagiert hat, würde ich vermuten: Das kommt von einem Ritual, das gründlich schiefgegangen ist. So schief, dass in ihrer Mutter etwas Wichtiges kaputtgegangen ist.

»Also den Gehstock hatte sie schon immer«, sagt Holly plötzlich – sie muss meinen Blick richtig gedeutet haben. »Meine Mom ist in einen Besenunfall verwickelt worden, da war ich noch ein Baby, und danach ist ihr Rücken krumm wieder zusammengewachsen. Da ist nichts weiter dabei. Aber früher war sie nicht so wie jetzt.«

In Gedanken schien Hollys Mutter an irgendeinem weit entfernten Ort gewesen zu sein. Sie hat uns angesehen, zugleich aber durch uns hindurchgeblickt, als gäbe es hinter dem Horizont etwas viel Interessanteres zu entdecken.

»War es ein Fluch?«, fragt Rupa. Überrascht drehe ich

mich zu ihr. Ich habe gar nicht bemerkt, dass sie uns zuhört.

Nur Sammy steckt immer noch die Nase in das Buch. »Prue?«, sagt sie. »Das musst du dir anschauen.«

Hollys Gesicht fällt in sich zusammen. »Ach, bei Merlin und Morgana.« Sie schnieft, wischt sich mit dem Ärmel über die Augen und lacht traurig. »Es tut mir leid. Ich sollte nicht immer so viel reden.«

»Ist schon gut.«

»Ja, es war ein Fluch.« Sie zögert. »Ihr wisst doch, dass meine Mom früher bei den Wächtern war? Irgendwer hat ein Portal in die nichtmagische Dimension mit einem Fluch belegt und sie wollte ihn allein brechen. Wir haben keine Ahnung, warum der Fluch überhaupt ausgesprochen wurde oder warum sie sich keine Verstärkung geholt hat. Aber es ist jedenfalls danebengegangen.«

»Es tut mir so leid.«

Mit einem Kopfschütteln späht Holly den büchergesäumten Gang hinunter. »Mein Dad glaubt, das Opfer, das sie dem Ritual gebracht hat, wäre zu groß gewesen. Rituale sind gefährlich, Prue. Die sind viel unberechenbarer als normale Zaubersprüche.«

»Und die letzte Zutat eines Rituals ist stets die Opfergabe«, fügt Rupa hinzu. »Zum erfolgreichen Abschluss muss man bereit sein, etwas von großem Wert aufzugeben.«

Ich schlucke. Was habe ich denn schon Kostbares zu bieten? Bestimmt nichts, was einen magischen Wunsch zufriedenstellen würde.

»Und die anderen Zutaten?«, frage ich.

»Das sind symbolische Gegenstände.« Sammy schiebt mir das Buch unter die Nase. »Hier, schau's dir an.«

Zur erfolgreichen Umkehrung eines magischen Wunsches, steht auf der Seite, *müssen vier Gegenstände von symbolischer Bedeutung zusammengetragen und sodann mit der Opfergabe kombiniert werden. Die vier Gegenstände stehen gleichsam für die vier Himmelsrichtungen eines Kompasses, dessen Mittel- und Schwerpunkt die Opfergabe darstellt. Nach Entzünden der zeremoniellen Kerze tritt die Hexe mit der Opfergabe ins Zentrum des Kompasskreises und trägt ohne Stocken, Stammeln und Nachlassen des Willens die unten angegebene Beschwörungsformel vor. Wünsche sind feinfühlig, ähnlich Tieren und verhexten Gegenständen wie fliegende Besen, und haben daher ein Gespür für jedes Zögern, jeden Moment der Angst und jeden Mangel an Entschlossenheit.*

Die Beschwörungsformel selbst ist länger als die meisten Zaubersprüche, die ich kenne: *Kehre um, kehre zurück,* steht dort, *das Neue lass los, das Alte lass ein, den Wunsch tausche gegen das leere Blatt … Zum guten Ende dieses Opfer nimm.*

»Hört sich kompliziert an.« Ich grabe meine Fingernägel in die Handflächen – ob mir dort wohl inzwischen Fell gewachsen ist? Ich riskiere einen Blick. Nein, noch nicht. Doch da draußen zerfällt gerade die ganze Stadt in ihre Einzelteile – wieso sollte sich da nicht auch mein Körper verändern? Während wir hier herumstehen und reden, verrinnen die Sekunden, bis der Vollmond am Himmel aufgeht. Und dann dauert es nicht mehr lang bis Mitternacht. »Aber auch wenn wir den Wunsch umkehren können«, überlege ich laut, »wäre der Schutzzauber nicht automatisch wieder in Ordnung, oder?«

»Möglicherweise kann ich behilflich sein.« Rupa hält uns ein sehr dünnes, in weiches Leder gebundenes Buch hin. Irgendjemand muss es viel und gerne gelesen haben, denn der Rücken ist geknickt und etliche Seiten sind an der Ecke gefaltet. Einen Titel kann ich aber nicht erkennen.

»Was ist das?« Vorsichtig nehme ich das Buch entgegen. Es sieht aus, als könnte es jeden Moment auseinanderfallen.

»Das sind persönliche Aufzeichnungen«, erwidert Rupa und im selben Moment sagt Holly: »Na, was schon? Ein Tagebuch natürlich.«

»Es ist der einzige Titel im Bestand, dem sowohl das Schlagwort ›Schutzzauber‹ als auch das Schlagwort ›Werwolf‹ zugeordnet ist.« Rupa strahlt mich an, um dann entschuldigend den Kopf zu neigen. »Es ist nicht ausleihbar, aber du kannst es selbstverständlich hier durchsehen.«

Ich öffne das Buch. Auf der Innenseite des Deckels sind ein paar Zeilen für Name und Adresse des Besitzers vorgesehen. Die Unterschrift ist nicht zu entziffern, die Initialen sehen aber nach *G. B. L.* aus. Und die hineingestempelte Adresse erkenne ich auf den ersten Blick.

Da wohnen Dad und ich.

17. Kapitel

Sammy sieht mich an. »Sag mal, ist das nicht …?«

Ich nicke, ohne den Blick vom Tagebuch zu lösen. Als könnte es verschwinden, wenn ich es nur einen Moment aus den Augen lasse.

»Krass«, murmelt Sammy.

»Was denn?«, fragt Holly.

»Die Adresse. Da wohnen wir.«

»Was?«

Ich wirbele herum, um Rupa darauf anzusprechen, doch sie ist verschwunden. Von Ferne schallt ein Läuten herüber, das ich gut kenne – die Glocke auf der Auskunftstheke. Jetzt, da Rupa nicht mehr bei uns ist, fange ich in dem finsteren Gang sofort an zu frösteln. Mit dem Finger fahre ich über die alte Tinte der Buchstaben: *G. B. L. Sie haben dieses Buch gefunden? Bitte zurück an Pfefferkornweg 7, 667 Hallowstone.*

»Ist das seltsam«, stellt Sammy fest. »Ich dachte, schon dein Dad wäre in dem Haus aufgewachsen.«

»Ja, ich auch.« Ich werde immer unruhiger. Wie alt dieses Tagebuch wohl ist? Womöglich hat derjenige – oder diejenige – vor vielen, vielen Jahrzehnten im Pfefferkornweg 7 gewohnt.

»Das sind aber nicht die Initialen von deinem Dad, oder?«, will Holly wissen.

Ich schüttele den Kopf. »Nee, mein Dad heißt Alfred.«

Dann blättere ich das Buch rasch durch. Jede Seite ist bis zum Rand in schwungvoller Schreibschrift beschrieben, doch exakt in der Mitte, da, wo der Faden der Bindung zu sehen ist, stoße ich auf eine Zeichnung – ein Kompass. Anstelle der vier Himmelsrichtungen befinden sich an den Spitzen vier kleine Skizzen und daneben jeweils eine kurze Notiz.

Ein Zweig vom Lebensbaum, steht dort, wo normalerweise der Osten wäre. *Um die Geschichte der Stadt zum Leben zu erwecken. Symbol der Weisheit.*

Ein Milchzahn des Wünschenden, steht im Süden. *Symbol der Hoffnung.*

Ein Becher voll Mondlicht, im Westen. *Mondblumen für Hexen, Mondlicht für Wölfe. Symbol der Wahrheit.*

Und im Norden lautet die Beschriftung: *Haar des Leitwolfs. Zur Anziehung der Kraft. Symbol der Macht.*

Außerdem wurde ein kurzer Hinweis in die Ecke gequetscht: *Fern hat zugestimmt. Zeit: nachdem der Schutzzauber gefallen ist, aber vor dem Vollmond.*

»Nachdem der Schutzzauber gefallen ist«, lese ich vor. »Soll das heißen, wir sind nicht die Ersten, die ihn wieder in Ordnung bringen müssen?«

Wenn G. B. L. den Schutzzauber erneuern wollte, hat er oder sie ihn vorher vielleicht auch zerstört. Es könnte doch sein, dass die Stadt irgendwann schon einmal in dieser Lage war. Dass schon einmal ein Wunsch aus Versehen zur Realität wurde, wodurch ganz Hallowstone in Gefahr geraten ist.

Dass ich nicht die Einzige bin, die so einen gigantischen Mist gebaut hat.

Ich weiß, das Tagebuch ist nicht ausleihbar, und unter normalen Umständen würde ich es nie einfach mitgehen lassen. Doch die Umstände sind alles andere als normal. Ich schiebe es in den Bund meiner Strumpfhose.

Darauf reagiert Sammy mit einem skeptischen Blick.

»Kommt«, sage ich nur. »Nichts wie los.«

»Bist du dir sicher, dass das das richtige Ritual ist?«, erwidert Sammy. »Wäre schon ziemliches Glück …«

»Also unser Tagebuchschreiber musste offensichtlich auch etwas in Ordnung bringen. Und da steht schwarz auf weiß, dass der Schutzzauber gefallen ist.«

Sammy wendet sich an Holly. »Was meinst du?«

Holly fackelt nicht lange. »Wir sollten's probieren.« Sie stößt mich mit dem Ellenbogen an. »Im Moment haben wir ja keine andere Spur. Und Grandma hat gesagt, der Wunsch kann nur bis Mitternacht rückgängig gemacht werden.«

»Aber wenn es eben doch das falsche Ritual ist?«, erwidert Sammy. »Wenn wir damit alles noch mehr durcheinanderbringen?«

»Wir müssen es trotzdem versuchen.« Mit diesen Worten drängele ich mich an ihr vorbei zum Ausgang, damit ihr nichts anderes übrig bleibt, als mir zu folgen.

Sammy hat ja recht, ich weiß nicht wirklich, was ich hier mache. Aber ich kann mir wenigstens einreden, dass ich auf dem richtigen Weg bin.

»Zuerst gehen wir zum Lebensbaum«, beschließe ich. »Der ist gleich nebenan und damit hätten wir schon mal die Weisheit abgehakt. Danach ziehen wir mir meinen letzten Milchzahn, das wäre dann die Hoffnung. Und den Rest überlegen wir uns später.«

»Warum ziehen wir dir das Ding nicht gleich?«, schlägt Sammy vor.

»Urks.« Für zwei Sekunden schließe ich ganz fest den Mund. »Lass mal, das machen wir erst, wenn es wirklich sein muss.«

»Was soll das eigentlich heißen, dass *Fern* zugestimmt hat?«, fragt Holly, die zwei Schritte hinter uns geht. »Habt ihr vielleicht eine Idee?«

Ich zucke mit den Schultern. »Hört sich nach einem Namen an, oder?«

»Von dem, der dieses Ritual durchgeführt hat?«, spekuliert Sammy, während wir durch das taufeuchte Gras der Bibliothekswiese laufen.

»Könnte sein ...« Holly wiegt den Kopf hin und her. »Aber warum schreibt er oder sie dann nicht einfach *ich?*«

Wir arbeiten uns vorsichtig über das Universitätsgelände, immer auf der Hut vor verrückt gewordener Magie. Vor uns rennt ein Wächter über die Wiese, sein langer schwarzer Mantel bläht sich hinter ihm wie Drachenflügel. Schnell werfen wir uns unter eine Hecke, die in Bärenform zurechtgestutzt wurde, und lauschen auf seine allmählich verklingenden Schritte.

»Das war knapp«, flüstere ich. »Die Erwachsenen dürfen nicht wissen, was wir vorhaben.«

»Aber sie könnten uns vielleicht helfen«, wendet Sammy ein.

Ich schüttele den Kopf und tief in mir spüre ich einen Stich. Das ist das schlechte Gewissen.

Ich bin schuld.

Ja, ich bin schuld. Ich habe uns alle in Gefahr gebracht. Aus einem simplen, unschuldigen Wunsch habe ich etwas Ungeheuerliches gemacht. Deshalb muss ich es auch selbst wieder in Ordnung bringen. Und um ehrlich zu sein: Nach der Reaktion des Hohen Hexenrats bin ich nicht gerade wild darauf, noch mehr Erwachsenen meine Untaten zu beichten.

»Nein. Ich habe das alles angerichtet, also muss ich es auch wieder geradebiegen.«

»Pssst!«, zischt Holly da.

Ich mache keinen Mucks mehr, während sie auf die andere Seite der Hecke zeigt. Hinter den Blättern sind weitere schwarze Mäntel zu erkennen, richtig viele davon – ein ganzer Trupp Wächter kommt geradewegs auf uns zu!

»Der Bann wurde wohl noch nicht gebrochen?«, ertönt eine tiefe Stimme.

»Nein«, erwidert eine andere. »Das ist doch lachhaft. Der Hohe Rat hätte uns die Gegenzauber schon vor Ewigkeiten mitteilen müssen.«

Gleich wird die Gruppe an uns vorbeilaufen. Ich schließe die Augen. Ein Mantel streift die Hecke, dann noch einer.

Doch bald werden die Stimmen leiser. Ein paar Sekunden warten wir noch, dann stehen wir auf und klopfen den Dreck von unseren Schuluniformen.

»Das war wieder knapp«, meint Holly.

»Das war zu knapp«, stimme ich ihr zu.

Wir spähen um die Hecke herum. Die Luft ist rein, es kann weitergehen. Nur dass wir jetzt noch wachsamer sind – wir halten Ausschau nach wild gewordener Magie, nach Werwölfen *und* nach Wächtern.

»Na, hoffentlich laufen wir auf dem Weg zu dir nicht meiner Schwester in die Arme«, sagt Sammy. »Die würde uns im Nullkommanichts verpetzen. Sie ist immer noch sauer, dass ich Mom verraten habe, dass Antony einmal nachts zu ihrem Fenster rein ist. Dabei ist das Wochen her.«

Da hat sie recht. Crystal würde uns ganz sicher auffliegen lassen.

»Wer ist Antony?«, erkundigt Holly sich.

»Das ist der supernervige Freund meiner Schwester.«

»Der Vampir«, füge ich grinsend hinzu.

Sammy stößt mich in die Seite. »Musst du das immer allen erzählen?«

Es tut mir ja leid, aber die Geschichte ist einfach zu gut. Ich lehne mich zu Holly hinüber. »Wenn er bei denen zum Abendessen vorbeikommt, trinkt er Blut. Und er fährt Motorrad.«

»Prue!«

»Ein Motorrad, das Seelen tankt.«

»Heftig«, sagt Holly. »Aber hier gibt's doch mehrere Vampire, oder? Wohnen die nicht alle drüben am Friedhof in Old Hallowstone?«

Sammy stöhnt. »Ja schon. Aber …«

»Wir sollten diesen Antony mal besuchen«, fällt Holly ihr ins Wort. »Ist er wirklich so gruselig? Ich bin ja noch nie einem echten Blutsauger begegnet … Oh, hat er eigentlich rote Augen? Ich habe gehört, dass …«

»Ja, ja, ja!«, motzt Sammy sie an. »Er hat krass rote Augen und sein Gehör ist supergut – kann also sein, dass er dich hier plappern hört und dich deswegen beißen kommt!« Sie beschleunigt ihre Schritte und lässt uns hinter sich.

»Hey!« Ich springe über einen klaffenden Riss im Bürgersteig und werfe einen misstrauischen Blick nach unten. Da rumpelt doch etwas … als würde sich in der Tiefe irgendeine Kreatur verbergen.

Da Sammy nicht stehen bleibt, renne ich ihr hinterher und packe sie an der Schulter. »Hey, alles okay mit dir?«

»Ich will nicht über Antony reden.«

»Auch gut.«

»Also ich will wirklich nicht. Ich muss mir schon die ganze Zeit von Crystal anhören, wie toll Antony ist.«

»Was ist denn? War irgendwas?«

Sie wischt sich mit dem Ärmel über die Nase. »Nein.«

Das glaube ich ihr nicht, vor allem, weil ihr Tränen in den Augen stehen – sehr seltsam. Sammy weint nämlich nur extrem selten. Wenn wir zusammen einen rührseligen Film gucken, bin meistens ich die Heulsuse.

»Oookay …«, murmele ich skeptisch. »Tut mir leid.«

»Warum erzählst du das Holly überhaupt? Seit wann ist sie deine neue beste Freundin?«

Ich werfe einen Blick über die Schulter – Holly beobachtet uns mit besorgter Miene, und obwohl gerade alles so schwierig ist, spüre ich im Bauch wieder die flatternden Fledermäuse. Wenn ich ehrlich bin, wünsche ich mir, dass

Holly etwas ganz anderes als meine »beste Freundin« wird.

»Ist sie natürlich nicht. Ich wollte nur nett sein.«

»Ja, klar.« Sammy rempelt mich beiseite und marschiert weiter. Ich schaue ihr traurig hinterher.

Sie dreht sich nicht noch mal um, macht mir kein Friedensangebot. »Na los!«, ruft sie bloß. »Holen wir uns den beknackten Zweig.«

18. Kapitel

Der Lebensbaum im Zentrum des Universitätsgeländes ist so wundervoll wie sonderbar. Er steht in voller Blüte, eingehüllt in einen ewigen Hochsommer, mitten im dauerherbstlichen Hallowstone. Seine Blätter sind tiefgrün und der kräftige Stamm ist mit goldfarbener Rinde überzogen. Der Legende nach haben die Hexen, die unsere Stadt damals unter Führung von Aradia Ashcraft, der Göttin und mächtigsten Hexe aller Zeiten, gegründet haben, jeweils einen Teil ihrer Kräfte abgezweigt und in diesem Baum deponiert. So kommt es, dass er unabhängig von der übrigen Pflanzenwelt wächst und gedeiht. Doch das Beste daran, finde ich jedenfalls, sind die Massen von Früchten, die er trägt. Da gibt es sowohl Äpfel und Kirschen als auch Birnen und Orangen und Pflaumen. Und selbst wenn einem nach einer Handvoll Litschis ist, wird man an einem der Äste garantiert fündig.

An normalen Tagen herrscht an der Uni ein riesiges Gewusel, aber heute ist es seltsam still. Die Buntglasfenster der Backsteingebäude sind dunkel, die gepflasterten Wege menschenleer. Ich recke den Kopf und sehe mich um. Direkt voraus liegt der Turm der Geschichtsfakultät mit der Wendeltreppe in der Mitte. In Dads Büro im 13. Stock brennt kein Licht.

»Komisch hier, wenn es so ruhig ist«, meint Sammy,

während wir an einem großen Kalksteinbau vorbeigehen – ein Laboratorium, in dem neue Tränke entwickelt werden, der Arbeitsplatz von Sammys Mutter, die Trankologin ist. »Glaubst du, meine Mom ist da?«

»Sieht aus, als wäre da kein Mensch«, stelle ich fest. »Die sind wahrscheinlich alle schon nach Hause.«

Sammy wird unruhig. »Oder sie sitzt dadrinnen fest wie die anderen im Ratskabinett. Komm, Prue, lass uns nachschauen!«

»Dafür haben wir keine Zeit«, mischt sich Holly ein.

»Du musst dir ja auch keine Sorgen machen!«, entgegnet Sammy. »Deine Mom ist zu Hause.«

»Ja. Und meine Grandma hockt zusammen mit Prues Familie im Ratskabinett. Ich würde auch am liebsten losrennen und sie da rausholen. Kann ich aber nicht. Wir müssen dieses Ritual hinkriegen, das ist unsere beste Chance.«

»Prue?« Sammy blickt mich an. »Komm schon, gucken wir kurz nach.«

Hin- und hergerissen stehe ich vor Holly und Sammy. »Ich weiß nicht ...«

»Aber wenn sie verletzt ist? Oder ... oder unter einem Bann steht wie deine Mom ...«

Ich schlinge die Arme um meinen Oberkörper. Beim Gedanken an meine Mom wird mir wieder ganz anders. »Ich weiß es nicht«, wiederhole ich in schärferem Ton. »Aber der Lebensbaum ist gleich da vorne. Weiter!«

Sammy macht ein betrübtes Gesicht. Ich weiß, ich sollte ein schlechtes Gewissen haben, dass ich so grob geworden bin – doch irgendwie habe ich keines. Es erleichtert mich sogar, dass sie sich nun auch Sorgen macht. Seit das

Tor vor meinen Augen zerborsten ist, mache ich mir pausenlos Sorgen, da kann sie mir gerne ein paar abnehmen. Hitze steigt mir in die Wangen. Was bin ich nur für eine schreckliche Freundin!

»Holly«, sage ich. »Können wir deinen Spiegel benutzen, um ins Labor zu schauen?«

»Du meinst, er würde uns zeigen, wenn dort etwas nicht stimmt?«, ruft Sammy hoffnungsvoll.

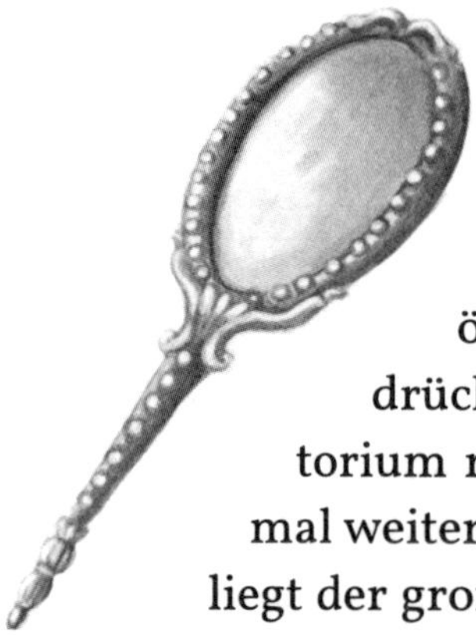

Lange guckt Holly mich nur schweigend an. Ich trete von einem Fuß auf den anderen, halte ihrem Blick aber stand, bis sie seufzend ihren Rucksack öffnet und Sammy den Spiegel in die Hand drückt. Während Sammy ihn auf das Laboratorium richtet, marschieren Holly und ich schon mal weiter zu den nächsten Unigebäuden. Dahinter liegt der große Innenhof mit dem Lebensbaum in der Mitte.

»Wartet auf mich!« Holly und ich sind fast am Eingang zum Hof angekommen, als Sammy uns einholt. »Das Labor ist leer! Aber ich habe den Baum gesehen …«

»Und?« Holly kneift die Augen zusammen. »Stimmt was nicht?«

»Keine Ahnung, aber irgendwas ist anders. Irgendwie falsch.«

Sie geht an Holly und mir vorbei in den Hof. In meinem Bauch kribbelt die Angst. Der Baum ist immer, immer genau gleich. Wenn das plötzlich nicht mehr gilt …

Ich höre Sammy nach Luft schnappen. Instinktiv fasse ich nach Hollys Hand.

Im Zentrum des Hofs breitet der Lebensbaum wie immer seine uralten Äste aus. Doch von Grün und Gold fehlt jede Spur, von den Früchten auch. Selbst von den Blättern. Ich sehe genauer hin und schreie beinahe vor Entsetzen auf. Der Baum bewegt sich in einem Gewand aus glitzerndem Schwarz, er scheint fast zu atmen. Es ist, als würde die Rinde aus fließendem Teer bestehen.

»Was … was ist da los?«, stammele ich.

Holly kneift die Augen zusammen. »Ich würde sagen, da krabbeln lauter Käfer drauf rum. Widerlich.«

»Aber was machen sie da?«

»Sie fressen die Früchte? Oder die Blätter?«

»Was auch immer.« Sammy lässt den Blick schweifen. »Mir wär's lieber, wenn sie uns gar nicht erst bemerken. Hier muss doch irgendwo ein Zweig herumliegen. Den schnappen wir uns und weg.«

Zögerlich nähern wir uns dem Baum. Wir bewegen uns nur langsam vorwärts – ich will mir die Käfer eigentlich gar nicht genauer anschauen und Holly und Sammy geht es sicher genauso. Erst nach einer Weile gelangen wir zum schmiedeeisernen Zaun, der den Baum umgibt. Ich blicke nach oben. Es ist genau wie gedacht: Die Äste sind kahl, aber bedeckt von schimmernden Insekten, die sich wie ein einziger Organismus bewegen.

Weiter unten, rund um den Stamm, fressen sich die Käfer an heruntergefallenen Früchten satt. Ein fauliger Geruch schlägt mir entgegen, es hilft auch nichts, sich den Ärmel auf die Nase zu pressen – und vor lauter Übelkeit und Bloß-nicht-kotzen-Wollen übersehe ich beinahe meinen kleinen Bruder, der sich drüben an einen dicken Ast klammert.

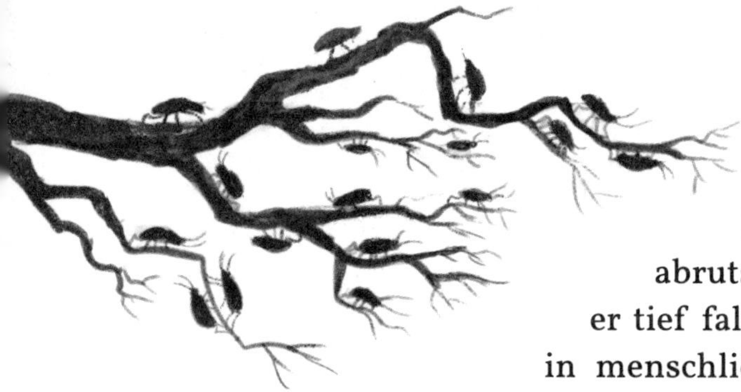

»Bean?«, sage ich fassungslos. »Was machst du da?«

Er tritt mit den Beinen aus. Wenn er abrutschen sollte, würde er tief fallen, doch auch jetzt, in menschlicher Gestalt, ist er fast so agil wie ein Wolf. Im Gesicht hat er eine dreckverklebte Risswunde und unter der Nase eine dicke Rotzkruste und trotzdem ist es wunderbar, ihn so zu sehen, am Leben und offenbar immer noch voller Werwolfsmagie.

»Bist du in Ordnung?«, frage ich. »Wo sind Mom und Dad?«

»Die sind noch in dem großen Haus. Glaube ich …«

»Im Ratskabinett?«, erwidert Holly. »Und wie bist du da rausgekommen?«

»Ich bin irgendwie in einem Tunnel gelandet und einfach immer weitergekrabbelt, bis da eine Lücke war, raus zur Straße.« Beans Stirn kräuselt sich. »Aber das war anstrengend. Es ist mir vorgekommen wie … wie wenn mich die Mauern nicht rauslassen wollten.«

Holly schüttelt den Kopf. »Die Schutzmagie des Kabinetts.«

»Hat es noch irgendwer anders nach draußen geschafft?«, fragt Sammy gespannt.

»Nein.« Beans Lippen beben. »Aber es wollten eine Menge Leute rein. Und einer von denen wollte mich fangen, als sie kapiert haben, dass ich ein Werwolf bin, aber ich bin weggelaufen. Glaubst du, Mom und Dad geht's gut?«

»Aber klar«, antworte ich, dabei macht es mich fertig, nicht zu wissen, was mit ihnen passiert ist. Ich versuche, ein beruhigendes Lächeln aufzusetzen. »Und was machst du da oben in dem Baum?«

»Das war der einzige Baum hier, der normal aussieht. So wie die in den Mondbergen. Aber dann sind auf einmal die ganzen Käfer aufgetaucht und haben die Blätter weggefressen.«

Im Flüsterton wende ich mich an die anderen. »Was machen wir denn jetzt?«

»Könnte dein Bruder uns nicht einen Zweig besorgen?«, erwidert Holly.

Ich werfe einen zweifelnden Blick auf Bean. »Schon möglich. Aber das kann doch nichts Gutes bedeuten, dass der Baum von Käfern aufgefressen wird …«

»Und wenn sie gar nicht echt sind, so wie die Welpen und die Kätzchen?«

»Vorsicht, Bean!«, ruft Sammy plötzlich und stürmt nach vorne. »Ganz ruhig!«

Bean klammert sich nur noch mit einer Hand an den Ast. Auch wenn er sich wahrscheinlich nichts brechen würde, wenn er abstürzen sollte, sind mir die Käfer, die schon jetzt über seine Finger kriechen und sich seinem Unterarm nähern, nicht geheuer. Er hat bestimmt eine Wahnsinnsangst.

Ich klettere ungeschickt über den Zaun und eile zu ihm. Unter meinen Schuhsohlen knirschen Insektenpanzer. Ich schüttele mich. »Okay, hör mir zu!«

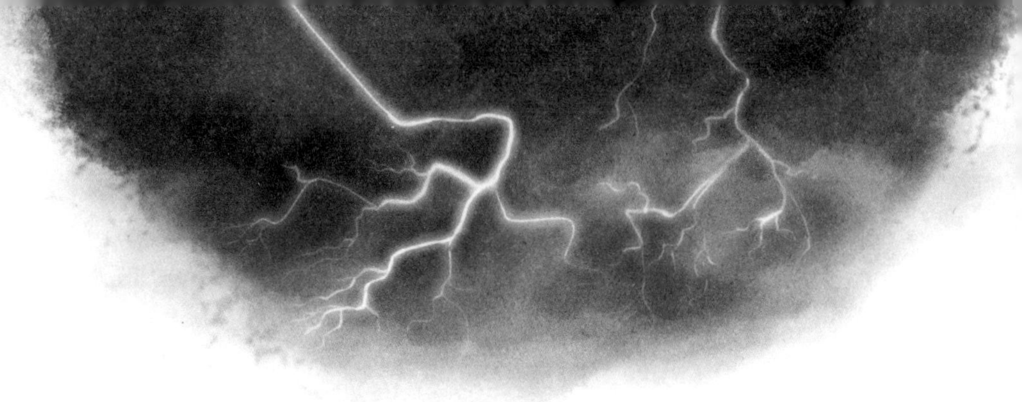

»Aber –«, fängt Bean an.

»Hör mir zu!«

Er macht ein ernstes Gesicht und nickt.

»Wir haben einen Plan, wie wir Mom und Dad und alle anderen retten können. Aber dafür brauchen wir einen Zweig von dem Baum. Kannst du mit deiner freien Hand einen abreißen? Versuch's mal. Mit einem kräftigen Ruck, ja? Danach lässt du dich fallen und ich fange dich auf.«

»Und wenn ich mir wehtue?«

»Du schaffst das schon.« Mit zitternder Stimme strecke ich die Arme nach oben. »Und wenn du dir doch wehtust, macht Sammy dich wieder heile.«

Beans Stirn legt sich in Falten und ich bringe trotz allem ein Lächeln zustande. Bean ist mein kleiner Bruder. Wenn ich für jemanden stark sein muss, dann für ihn.

»Du schaffst das«, sage ich. »Versprochen.«

Da erheben sich die Käfer, formieren sich zu einer Wolke, einem Schwarm und fegen auf mich zu.

19. Kapitel

Prue!«, brüllt Bean.

Es fühlt sich an, wie gegen eine Backsteinmauer zu rennen. Unter dem Ansturm der Käfer stolpere ich zurück und lande schreiend, mit den Armen rudernd auf dem Hintern. Lautes Brummen und Flügelschlagen füllt meine Ohren. Sie wollen mir in die Nase kriechen, sich zwischen meinen Lippen hindurchzwängen. Und ich dachte, das eine Mal, als ich mitten in ein riesiges Spinnennetz hineingelaufen bin, wäre schlimm gewesen, oder als Sammy und ich im Park von verhexten Wespen attackiert wurden. Das war nichts gegen das hier. Vor lauter schwarz glänzenden, abgrundtief hässlichen Käfern sehe ich kaum noch etwas und die Panik lähmt mein Denken.

Das sind keine normalen Insekten. Das sind Dämonenkäfer.

»Prue!«, ruft Holly oder Sammy, ich bin mir nicht sicher. »Zum Tor! Dicht am Boden!«

Ich werfe mich flach auf die Erde, unter meinem Pullover zerplatzt fauliges Obst. Es stinkt so sehr, ich muss würgen. Käfer krabbeln in meine Strumpfhose, meine Stiefel, meinen Kragen.

»Du auch, Bean! Runter da!«

Stimmt, Bean! Er hängt immer noch im Baum. Ich rappele mich irgendwie auf und ringe nach Atem. Ein Schauer aus Käfern fällt von mir ab, Hunderte andere klammern sich aber weiter an mir fest, graben sich beißend und kneifend in meine Kleidung. Während ich mir auf Arme und Beine haue, um sie zu vertreiben, suche ich im Nebel der schwirrenden Insekten nach Bean. Ist er das dort oben?

»Ich fange dich auf, Bean!«

Auf einmal spüre ich einen festen Griff an der Schulter – Sammy hilft mir, schiebt mich mit entschlossener Miene vorwärts und kümmert sich nicht um die an ihr hochkrabbelnden Käfer. Ein Schritt, noch einer, dann rauscht uns eine Armee von Käfern entgegen wie ein Rammbock. Wir fallen hin, ich beiße mir auf die Zunge und schmecke Blut.

»Weiter!« Sammy zerrt schon wieder an mir und schließlich stehe ich auf. Die Zähne fest zusammengepresst, das Kupferaroma meines Bluts im Mund, taumele ich vorwärts. Das sind nur Käfer, wiederhole ich in Gedanken wie einen Zauberspruch. Ich würde es laut aussprechen, müsste ich dann nicht befürchten, dass mir die Insekten sofort in die Kehle kriechen würden. Ich strecke eine Hand aus und streife mit den Fingern einen zappelnden Fuß. Bean.

»Wind in den Weiden!« Hollys Stimme dringt von weit her, aber voller Stärke und Überzeugung zu uns durch.

Über uns zuckt ein weißer Blitz durch die Luft, dicht gefolgt von einem starken Windstoß. Die Käfer stieben auseinander und werden von der kräftigen Brise fortgetragen. Endlich kann ich Bean klar und deutlich erkennen. Trotz seiner Angst, obwohl er unter den staksenden Beinen der letzten verbliebenen Käfer am ganzen Leib bibbert, beobachtet er Holly mit großen Augen.

»Wow!«, ruft er. »Sie hat richtig gehext!«

»Komm runter! Schnell!«, drängele ich. Ein warmes Gefühl der Dankbarkeit breitet sich in meinem Bauch aus. War ja klar, dass Holly weiß, was zu tun ist. »Los, spring! Der Baum …«

Ein beängstigendes Beben geht durch den Lebensbaum. Bean wird hin und her geschaukelt und ein dicker abgestorbener Ast landet mit einem dumpfen Aufprall auf dem Boden. Er hat Bean nur um ein paar Zentimeter verfehlt.

Sammy zuckt zusammen. »Die haben den ganzen Baum morsch gefressen!«

Wenn Bean etwas passiert … unvorstellbar.

Ich höre ihn jammern. »Es ist so tief!«

»Wir fangen dich auf«, rufe ich, obwohl ich weiß, dass ich ihm nichts versprechen kann. Ich strecke die Arme aus. »Du schaffst das, Beanie.«

Er rührt sich immer noch nicht.

»Los!«, rufe ich.

Wie es aussieht, will er sich verwandeln. Ja genau, er versucht es – aber irgendwie wird es nichts. Er schneidet eine Grimasse wie immer, wenn er gleich zur Wolfsgestalt wechselt, doch ihm wächst kein Fell und sein Gesicht verformt sich nicht zu einer länglichen Schnauze.

Mein Herz schlägt so schnell, es tut richtig weh. »Alles okay mit dir?«, stoße ich hervor.

Bean schüttelt den Kopf. »Ich kapiere das nicht. Sonst klappt das Verwandeln immer.«

Über ihm bricht der nächste Ast ab, Bean schwingt gerade noch aus dem Weg und endlich lässt er sich fallen – direkt auf mich drauf.

Wir knallen gemeinsam auf die Erde, ich mit dem Gesicht nach oben. Weitere Äste krachen herunter. Bald wird vom Lebensbaum nur noch der Stamm übrig sein. Meine Haut juckt, als hätte sie Feuer gefangen. Doch Bean ist in meinen Armen und Sammy an meiner Seite, immerhin.

»Hexlinge!«, höre ich eine fremde Stimme rufen. »Nehmt meine Hand.«

Ein Mann blickt auf uns herab. Die Käfer, die nicht von Hollys Windstoß weggeweht wurden, umschwirren ihn, ohne ihn zu berühren. Um seinen Kopf lassen sie eine Art Heiligenschein frei. Er dürfte ungefähr im Alter meiner Eltern sein und trägt einen Pullover und eine Jeans. Um seinen Hals baumelt eine zerschlissene Kette und seine rötlichen Haare hängen ihm in die Stirn, als wäre er ewig nicht beim Friseur gewesen. Sommersprossen sprenkeln sein Gesicht wie Schmutzspritzer. Er lächelt.

Ich fasse seine Hand, lasse mir von ihm aufhelfen.

»Hier, dort, an jeden Ort – nur fort«, spricht er.

Mein Körper versteift sich, wappnet sich für das erstickende, erdrückende Gefühl des Teleportierens. Aber auch als die Welt zu einem Strudel aus Schwarz zusammenschnurrt, lasse ich Beans kleine Hand nicht los.

Ich blicke von der Kloschüssel auf und ächze. Es riecht nach Klaukraut. Gar nicht gut, wenn einem sowieso speiübel ist, nachdem man gerade zum zweiten Mal am selben Tag teleportiert wurde. Kaum waren wir hier angekommen – also im Haus des Fremden –, bin ich zur Toilette gerannt. Ich wollte ihm nicht auf den Boden kotzen.

Erneut muss ich würgen, doch es kommt nichts mehr. Aus dem Flur sind Stimmen zu hören. Ich richte mich unsicher auf und spüle mir den Mund aus.

Klaukraut ist so widerlich. In der Apotheke gibt es Klaukrautsaft zu kaufen, in großen, fest verkorkten Flaschen. Das Zeug riecht wie der algige Grund eines Tümpels – ein erdiger, fauliger, fast süßlicher Duft – und seine gelbe Farbe erinnert an frischen Nasenschleim. Ja, zu Klaukrautsaft habe ich eine eindeutige Meinung: Ich danke Morgana, dass man diesen Saft nicht trinken muss.

Aber es stimmt schon, was Dad immer sagt. Er ist wirklich nützlich. Schrammen, Kratzer und Bisswunden lässt er in Windeseile verheilen, und tupft man ein paar Tropfen davon auf gereizte Haut, vergeht der Schmerz im Handumdrehen. Nichtmagische Kinder, habe ich gehört, werden mit Bussis und Pflastern verarztet, Hexenkinder mit Klaukraut.

Ich öffne zögerlich die Tür. Vorhin konnte ich mich nicht genauer umsehen – wie auch, wo sich doch alles vor meinen Augen gedreht hat, sobald wir hier aufgetaucht waren. Also wo bin ich gelandet? Dem Flur nach zu urteilen, in einem ganz normalen Haus. Auf dem Fußboden liegt ein langer, gewebter Läufer, an den Wänden hängen Leuchter und die Tapete hat ein hässliches dunkles Schnörkelmuster. Ich folge den Stimmen zum Wohnzimmer, das heillos vollgestellt ist – auf den vielen Sitzmöbeln würden fünfzig Gäste Platz finden. Im Kamin tanzen knisternde grünliche Flammen auf ascheweißen Holzscheiten.

»Ah, da ist unsere junge Patientin ja.«

Ich drehe mich um und schon wird mir wieder schwindelig. Vor mir steht der Fremde, der uns hierhergebracht hat, ein Lächeln auf den Lippen und in den Händen … eine Flasche Klaukraut. War ja klar.

»Damit solltest du die Käferbisse behandeln«, sagt er.

»Wer sind Sie?«, frage ich ihn. »Und was haben Sie am Lebensbaum gemacht?«

Er kommt näher und reicht mir den Klaukrautsaft und ein frisches Geschirrhandtuch. »Ich bin Gabriel. Hier, bitte.«

»Wo sind wir?« Nach kurzem Zögern nehme ich den Klaukrautsaft entgegen. Der Geruch lässt meinen aufgewühlten Magen brodeln, ich muss beinahe wieder würgen.

»Wir sind im ältesten Teil von Hallowstone.«

»In Old Hallowstone?« Panik jagt durch mich hindurch.

»Ja, hier bin ich zu Hause, wenn auch nicht ganz freiwillig.« Der Fremde scheint meine Gedanken zu erahnen. Im Licht des Kaminfeuers glitzern seine Augen und für den Bruchteil einer Sekunde glaube ich, sie schon einmal gesehen zu haben. Dann schüttele ich den Kopf, um die wirren Gedanken zu vertreiben.

Und da fällt es mir wieder ein.

Meine Mom und der große Werwolf, Alpha Evanson, haben einen Gabriel erwähnt … für den Alpha Evanson offensichtlich nicht vielübrig hatte. Und war im Hohen Hexenrat nicht die Rede davon, dass hier in Old Hallowstone jemand untergebracht sei? Eine zwielichtige Gestalt, die auf keinen Fall entkommen dürfe? Das kann kein Zufall sein. Angespannt weiche ich zurück.

»Prue!« Sammy stürmt ins Wohnzimmer und zieht mich in ihre Arme. Ich würde sie gerne drücken, doch meine Hände hängen bleischwer an mir herab. »Das ist Gabriel«, sagt sie. »Er hat mitbekommen, was los war, und ist uns zur Rettung geeilt. Erinnerst du dich?«

»Boah.« Ich schüttele mich. »Du stinkst vielleicht.«

»Ja, nach Klaukraut.« Sammy strahlt mich an. »Es hilft aber wirklich.« Atemlos schiebt sie ihre Brille nach oben und hinterlässt dabei einen Abdruck auf einem Glas. »Man kann den Bisswunden beim Verheilen zugucken, echt witzig.«

»Ich muss gleich wieder kotzen.«

»Nicht aufs Sofa, wenn's möglich ist«, kommentiert Gabriel.

Sammy tupft mir einige Tropfen Saft auf die Wangen und natürlich beginne ich zu würgen.

»Sorry ...«, sagt sie. »Aber dein Gesicht ist total geschwollen.«

»Ich habe immer noch keine Ahnung, wo wir genau sind. Und wo ist Bean? Wo ist Holly?«

»Ich bin hier«, höre ich Holly hinter mir mit sanfter Stimme sagen. Ich drehe mich um und blicke in große, sorgenvolle Augen. Sie legt mir eine Hand auf die Wange. Ein Kribbeln auf meiner Haut, ich werde rot. »Bean ist in der Küche und isst was. Geht's dir besser?«

»Typisch Bean«, sage ich und schüttele mich, denn Sammy hat gerade einen meiner Pulliärmel hochgekrempelt, um auch dort Klaukrautsaft aufzutragen. »Aber jetzt sagt doch mal, wo –«

»Ihr seid bei mir zu Hause«, unterbricht Gabriel mich.

»Ihr seid meine Gäste.« Ich rühre mich nicht. »Setz dich doch.«

»Wie kann es sein, dass ich Sie noch nie gesehen habe?«, frage ich ihn.

»Hallowstone ist größer, als man denkt.«

Immer noch skeptisch, wende ich mich an Sammy. »Ist wirklich alles in Ordnung mit Bean? Ich will ihn sehen.«

»Nimm doch Platz«, kommt Gabriel ihr zuvor und nach einer weiteren Sekunde Bedenkzeit setze ich mich endlich hin. »Deinem Bruder geht's gut. Er hatte wirklich bloß Hunger.«

Meine Kopfschmerzen sind immer noch nicht verschwunden, doch ich beiße die Zähne zusammen und ignoriere sie, so gut es geht. Ich muss nachdenken. Währenddessen fährt Sammy mit ihrer Behandlung fort und sie behält recht: Klaukrautsaft lindert das Brennen sofort.

Also, wo waren wir? Am Lebensbaum, um einen Zweig abzubrechen. Ja genau. Das ganze Schlamassel und wir haben nicht einmal das geschafft. *Ich* habe es nicht geschafft. Uns fehlen noch immer drei Dinge, bevor wir auch nur darüber nachdenken können, das Ritual durchzuführen.

»Der Zweig.« Ich blicke von Sammy zu Holly und zurück. »Ich hab's nicht hingekriegt!«

»Ach stimmt«, sagt Holly grinsend. »Da wäre noch was.« Sie hält einen kurzen, krummen Zweig hoch.

Ich atme auf. »Das hättest du auch gleich sagen können.«

»Da haben überall Zweige rumgelegen«, meint Holly. »Also habe ich einen mitgehen lassen. Aber jetzt ist der Baum weg, die Käfer haben ihn aufgefressen.«

Trotz meines dröhnenden Schädels lächele ich sie dankbar an. »Dann nichts wie los. Holen wir uns die beiden anderen Sachen.«

Gabriel beobachtet uns mit wachem Blick. »Ich will nicht neugierig sein, aber was habt ihr vor?«

»Ähhh …« Ich zögere.

»Wir wollen ein Ritual durchführen«, antwortet Holly – damit wäre wohl geklärt, ob wir ihm die Wahrheit sagen oder nicht.

»Ein Ritual?« Gabriel kichert. »Und das aus dem Mund von Gretchen Abrams' Enkeltochter, Nachkommin unserer … hochgeschätzten Ratshexe? Faszinierend.«

In diesem Moment prescht Bean ins Zimmer. Mit der einen Hand stopft er sich einen Keks in den Mund, in der anderen balanciert er eine randvolle Tasse. »Prue! Ich habe dir einen Tee mitgebracht.«

Mit einem Seufzer der Erleichterung drücke ich ihn an mich. Ich darf nicht zulassen, dass ihm etwas passiert – Mom und Dad würden sich nie davon erholen. Von der Schnittwunde an seinem Kinn ist nichts mehr zu sehen, vermutlich hat das Klaukraut auch dort ganze Arbeit geleistet. Ich nehme die Tasse entgegen und trinke einen Schluck übersüßten Ingwertee.

Gabriel streckt die Hand aus, scheint einen Moment zu zögern, dann verstrubbelt er Bean die Haare. »Ihr beide seid … leibliche Geschwister?«

Ich nicke. In der Luft hängt eine unausgesprochene Frage: Wie kommt eine Hexe zu einem kleinen Werwolfsbruder?

»Erzählt mir von diesem Ritual«, sagt er stattdessen.

»Sie haben doch mitbekommen, dass es in Hallowstone gerade ziemlich drunter und drüber geht«, macht Sammy den Anfang.

Gabriel nickt. »Ja, eben am Lebensbaum zum Beispiel. Der ganze Vormittag war … zum Fürchten.«

»Ganz genau. Die Werwölfe sind nämlich nach Hallowstone gekommen und der Schutzzauber ist gefallen und jetzt ist deswegen alles ein einziges Chaos. Und wir wollen den Schutzzauber reparieren, damit sich die Magie wieder normalisiert.« Sammy kann wahnsinnig gut zwischen sehr Wichtigem und nicht ganz so Wichtigem unterscheiden. Ich hätte nicht mal gewusst, wo ich anfangen soll.

»Wie interessant …« Gabriel trommelt mit seinen langen Fingernägeln auf die Tischplatte. »Der Schutzzauber ist also gefallen? Und mithilfe dieses Rituals wollt ihr …?«

»Eine Zutat haben wir schon, einen Zweig vom Lebensbaum«, sage ich. »Aber wir brauchen auch noch ein Haar, eine Portion Mondlicht …«

Da reckt Gabriel den Kopf in die Höhe. »Meine lieben jungen Hexen! Welch ein Glück, dass wir uns begegnet sind.«

20. Kapitel

Was soll das heißen?«, fragt Sammy.

»Nun ja«, erwidert Gabriel. »Wie es der Zufall will, habe ich Erfahrung mit dem Thema Mondlicht.«

Wie bitte? Einen so seltsamen Zufall kann es gar nicht geben. »Das soll wohl ein Witz sein«, sage ich.

»Nein, Prudence.« Das Licht der Lampe verleiht Gabriels Augen einen feierlichen Glanz. Er lächelt und ich sehe, dass ihm ein Zahn fehlt. »Ich meine es todernst.«

Ich auch, denke ich. Der Knoten der Angst, der schon die ganze Zeit in meinem Bauch sitzt, zieht sich noch enger zusammen. Woher weiß Gabriel, wie ich heiße? Hat Sammy oder Holly meinen Namen erwähnt? »Okay, und wie besorgt man sich einen Becher voll Mondlicht?«

»Es ist recht kompliziert«, sagt Gabriel. »Wahrscheinlich wäre es am sinnvollsten, es euch zu demonstrieren. Der Mond steht schon fast so hoch am Himmel, dass es gelingen kann. Wobei hier …« Er reibt sich das Handgelenk. »… natürlich immer Nacht ist.«

Ich erschaudere. Es muss so schrecklich sein, nie aus Old Hallowstone herauszukommen.

»Aber darum soll es jetzt nicht gehen«, fährt er fort. »Seid ihr halbwegs ausgeruht? Für diese Aufgabe muss man seine fünf Sinne beisammenhaben.«

Ich stehe auf. Bean protestiert, als ich ihn von meinem

Schoß auf den Boden rutschen lasse. Je schneller wir an diesen Becher voll Mondlicht kommen, desto schneller sind wir hier wieder weg – vor allem von Gabriel. »Gehen wir.«

»Gut.« Er schnippt mit den Fingern. »Ich rufe das Artefakt.«

Ein Lederarmband schwebt auf Gabriel zu und wickelt sich dreimal um sein Handgelenk. Für einen Moment leuchtet es grün auf, dann nimmt es wieder das alte, abgewetzte Braun an. Ganz ehrlich, ein bisschen eifersüchtig macht es mich immer noch, dass das Hexen allen anderen so leicht zu fallen scheint.

Gabriel zeigt auf den Flur. »Der Jüngste zuerst.« Und im Gänsemarsch laufen wir zur Haustür.

Kühle Nachtluft empfängt uns, ein blassgelber Vollmond scheint auf uns herab. Allerdings hängt er nicht ganz so hoch am Himmel wie befürchtet – ich schöpfe Hoffnung. Bis Mitternacht ist noch ein bisschen Zeit.

Die Kopfsteinpflasterstraße ist gesäumt von ausgebrannten Häusern, weiter hinten erhebt sich der Friedhofshügel. Ich drücke Bean an mich und spüre sein Zittern. Würde ich ihn darauf ansprechen, würde er bestimmt abstreiten, dass er Angst hat. Aber er scheint nichts dagegen zu haben, ohne viele Worte getröstet zu werden.

Sammy sieht mich fragend an. Erst auf mein Nicken

geht sie zu Gabriel, der weiter vorne auf uns wartet. Hinter ihm wirbt ein halb verkohltes Schild für *Zum Heulen gute Angebote.*

Hollys Hand streift meine, ihr Atem meinen Nacken. Ein warmer Hauch in der Kälte. »Echt gruselig«, flüstert sie. »Grandma sagt immer, hier wohnt nur eine Sorte von Geistern – die bösen.«

Wie aufs Stichwort ertönt ein Schrei. Mir bleibt die Luft weg und Bean fährt zusammen.

»Was war das?«, wimmert er.

»Ein Geist, nichts weiter«, erklärt Gabriel. »Kommt, gehen wir. Er ist kein besonders freundlicher Zeitgenosse.«

Ich kneife die Augen zusammen. Wo steckt der Geist? Nachts, wenn sich das Mondlicht an ihrer Silhouette bricht, sind sie eigentlich leicht zu erkennen. Meist scheint dabei das eine oder andere Detail auf, der Saum eines Kleides, ein langer Mantel, ein Gehstock oder ein Diadem.

Wir eilen die Straße hinunter und Sammy blickt zu Gabriel hinauf. »Wie ist er zum Geist geworden?«

»Er kam auf den Scheiterhaufen«, antwortet er. »Ihr wisst doch, was das bedeutet?«

»Klar«, meint Holly. »Er wurde verbrannt.«

Ich muss schlucken. Meine Finger klammern sich so fest um Beans Unterarm, dass er fast ins Stolpern gerät. »Das wird hier aber schon lange nicht mehr gemacht.«

»Eine wahre Kennerin der Magiegeschichte«, sagt Gabriel in einem Ton, der mich aus irgendwelchen Gründen beunruhigt – will er sich über mich lustig machen?

Sammy starrt ihn entnervt an. »Müssen wir die ganze Zeit über Geister reden? Das jagt den anderen Angst ein.«

»Dir nicht?«

»Nein«, entgegnet sie. »Nicht die Bohne.«

Mit Mühe kann ich ein Grinsen unterdrücken. Sammy würde nie zugeben, dass sie Angst hat. Dabei hat sie natürlich welche, klar. Wem wäre hier, zwischen all diesen nebelverhangenen Ruinen, nicht mulmig zumute? Hinter jeder Ecke könnte der Scheiterhaufen liegen, auf dem der arme Hexer-Geist verbrannt wurde. Einmal müssen wir durch ein eingestürztes Haus laufen, weil ein tiefer Riss durch das Straßenpflaster geht. Einige Möbel sind noch ganz, der Tisch ist sogar fürs Abendessen gedeckt und an der stur vor sich hin tickenden Wanduhr sind wie früher die Mondphasen abzulesen. Es ist ein trauriger Anblick.

»Mondblumen«, sagt Gabriel. »Schon mal davon gehört?«

Ich nicke. »Ja.«

»Das hatten wir letztes Jahr in Botanik«, berichtet Holly. »Die Blüten sind winzig und haben die Form einer Glocke. Und sie blühen nur um die Vollmondzeit.«

Ich lächele still in mich hinein. Holly weiß einfach alles.

Nun biegt Gabriel in eine Nebenstraße ein, die zu einem kleinen Fluss hinabführt. Das gemächlich fließende Wasser schimmert im Mondlicht und Sammy atmet hörbar ein. Es sieht wirklich wunderschön aus, wie ein Band aus weißem Glitzer. Meine Schuhe versinken im kalten Uferschlamm.

»Du hältst dich wohl für ein kleines Genie.« Gabriel mustert Holly von oben herab. »Aber lass dir gesagt sein: Was euch auf dieser Schule beigebracht wird, ist völlig nutzlos.«

Sie sieht ihn verdutzt an.

»Hey!«, rufe ich, doch Gabriel lässt mich nicht zu Wort kommen.

»Eine Frage, liebe Holly Abrams. Wir stehen hier doch am Aradia River, nicht wahr? Also, wer war Aradia?«

»Aradia, Göttin der Hexen und sagenumwobene Gründerin von Hallowstone«, leiert Holly herunter. Sammy blickt mich von der Seite an.

»Aradia soll die einzige Gründerin gewesen sein? Nicht doch.« Gabriel verdreht die Augen, was nicht so recht zu seinem lockeren Plauderton passen will. »Mich fragt ja niemand, aber ich finde, der Hohe Hexenrat sollte endlich die Tatsachen anerkennen.«

Holly runzelt die Stirn. »Was soll das heißen?«

Schluss mit dieser Diskussion! Ich will keine Sekunde länger als nötig bleiben, weder in Hellstone noch bei Gabriel. »Sorry, ich komme nicht ganz mit. Wir sind jetzt am Fluss. Aber was sollen wir hier?«

»Es gibt kaum einen besseren Ort zur Gewinnung von Mondlicht.« Mit einer weiten Handbewegung deutet Gabriel auf den Wasserlauf, als würde er uns einen großen Schatz präsentieren. »Doch um noch einmal darauf zurückzukommen, liebe Hexlinge: Sie verschweigen euch also immer noch, dass die Werwölfe die eigentliche Last der Stadtgründung zu tragen hatten?«

»W-was?« Ich blicke zu Holly hinüber.

Sie wirkt genauso ratlos wie ich. »Nach ihrer Flucht aus

der nichtmagischen Welt ins Schattenreich erschuf Aradia mithilfe ihres Zirkels die Stadt Hallowstone.« Es ist, als würde sie aus unserem Geschichtsbuch vorlesen.

Gabriel verliert allmählich die Geduld. »Und die Werwölfe?«

»Hallowstone ist für uns Hexen gedacht«, erwidert Sammy.

»Die Stadt, wo sich Hexe und Hexer Guten Tag sagen«, fügt Holly hinzu. »Das sagt meine Großmutter immer.«

»Ach, tut sie das?« Er schüttelt den Kopf. »Immer wieder der gleiche Müll.«

»Wie meinen Sie das?«, frage ich.

Sein Gesicht nimmt einen merkwürdigen Ausdruck an. Er scheint sich zu ärgern, dahinter schlummert aber so etwas wie Traurigkeit. Er schüttelt langsam den Kopf. »Hier«, sagt er und bückt sich, um eine kleine Blüte vom Stiel zu trennen. »Wer Mondlicht sammeln will, muss sich Zeit nehmen.«

»Wie soll man denn bitte Licht sammeln?«, entgegnet Sammy. »Das kann man nicht mal in den Händen halten.«

»Für gewöhnlich nicht. Doch mit dem passenden Gefäß ist es möglich.«

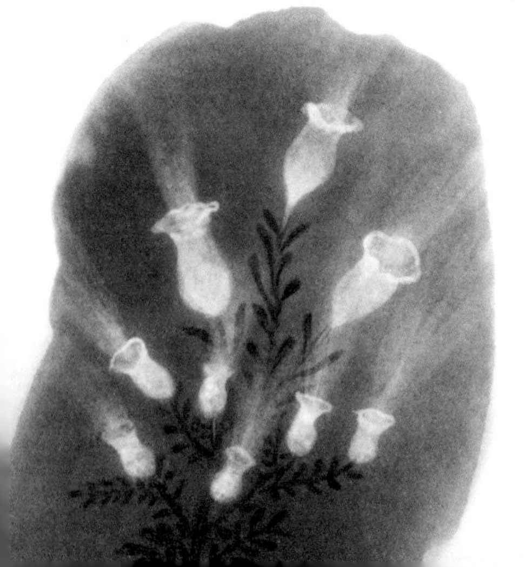

Er deutet auf den Uferstreifen – die Erde ist gesprenkelt von winzigen Mondblumen. Ihre blassen, beinahe durchscheinenden Blüten haben sich geöffnet und zum Mond hin ausgerichtet. In der Luft hängt feiner Nebel, zart wie

Spinnfäden. Schleichen sich da am Ende schon die ersten Geister an?

»Ich kapiere das nicht«, sagt Bean.

Gabriel geht in die Hocke, auf Augenhöhe mit ihm. Mein Griff um Beans Arm wird fester.

»Zuerst brauchst du eine Blüte«, erklärt Gabriel, pflückt eine zweite und hält sie hoch. »Die tauchst du vorsichtig in den Fluss – und sie füllt sich mit Mondlicht, nicht mit Wasser. Komm, versuch's mal, Wolfsjunge.«

Bean nimmt die Blüte entgegen. Er macht einen zögerlichen Schritt. Widerwillig lasse ich ihn los, auch wenn sich meine Kehle zusammenschnürt.

Er geht zum Wasser, beugt sich vor und tunkt die Blüte hinein. Als er sie wieder herauszieht, ist die winzige Blätterglocke randvoll mit dem Hauch einer Flüssigkeit, die leuchtet wie der Mond am Nachthimmel.

»Wow«, haucht Bean. »Ist das cool!«

Gabriel seufzt. »In der Tat. Äußerst … cool.«

»Wie viel brauchen wir noch mal?«, erkundigt Holly sich. »Schauen wir lieber im Buch nach.«

Ich ziehe hektisch das Tagebuch hervor und mit der Erleichterung kommt das schlechte Gewissen – ich habe überhaupt nicht mehr daran gedacht! Wenn ich es am Lebensbaum verloren hätte, hätten wir ganz von vorne anfangen müssen.

»Einen Becher voll, steht hier. Aber was für ein Becher? Eine Tasse oder ein richtig großer Kelch?«

»Darf ich mal?«, fragt Gabriel.

Unentschlossen schaue ich auf seine ausgestreckte Hand. Auf der einen Seite will ich ihm das Buch nicht geben, auf der anderen hätten wir ohne ihn keine Ahnung, wie man Mondlicht sammelt. Vielleicht bin ich einfach zu misstrauisch und er will uns wirklich nur helfen.

Also halte ich ihm das aufgeschlagene Tagebuch hin. Gabriels Armband, sein Artefakt, leuchtet kurz auf und das Buch schwebt ihm in die Hände.

»Ein Dutzend Blüten sollte genügen«, sagt er, ohne einen einzigen Blick ins Buch zu werfen. Stattdessen klappt er es zu und klemmt es sich unter den Arm.

Das kann doch nicht ... »Hey!«

Er grinst mich an. Hatten seine Zähne vorhin auch schon so scharfe Spitzen? »Eine Frage: Wie bist du an mein Tagebuch gekommen, kleine Werhexe?«

21. Kapitel

Langsam weiche ich von Gabriel zurück. »Das Tagebuch gehört Ihnen?« Ich schlucke.

»Werhexe?«, wiederholt Holly. »Das ist aber nicht nett.«

Mit einem Wink deutet Gabriel auf den Fluss. »Ihr braucht noch elf Blütenkelche voll Mondlicht. An die Arbeit, Hexlinge.«

»Moment mal«, schreite ich ein. »Wir haben das Buch aus der Bibliothek. Ist das Ihre Adresse vorne drin?«

Gabriel blickt auf das Tagebuch und streicht liebevoll über das Wellenmuster des Einbands. »Ich hätte ja nicht gedacht, dass sie es aufbewahren. Aber sie konnten sich wohl denken, dass ich eines Tages zurückkehren würde.«

»Äh … können wir es dann bitte wiederhaben?«, frage ich. »Wir brauchen es noch.«

»Lieber nicht.« Er macht einen Schritt auf mich zu und schenkt mir ein zähnefletschendes Lächeln. »Aber nett von euch, dass ihr es mir vorbeigebracht habt. Und jetzt? Wollt ihr mir denn nicht helfen, das Mondlicht zu sam…«

»Einen Augenblick!«, rufe ich, damit er das Tagebuch nicht gleich im Mantel verschwinden lässt. Wenn ich ein Ablenkungsmanöver starte, kann ich es ihm vielleicht irgendwie wieder abnehmen. »Warum haben Sie mich Werhexe genannt? Was soll das sein?«

»Klingt nach einem sehr albernen Sonnwendkostüm«,

wirft Sammy ein. »Werhexe … warum nicht gleich Vamzombie?«

»Mach dich nicht lächerlich«, entgegnet Gabriel. »Wie soll das funktionieren? Sowohl Vampire also auch Zombies sind bereits tot.«

»Dann sagen Sie uns doch einfach, was das Wort bedeutet«, verlange ich. »Statt immer so rätselhaft zu tun.«

Da lacht er. »Wie ähnlich du deiner Mutter bist, Prue! Aber gut: Hexen verfügen über Magie.« Er spricht betont langsam. »So weit richtig?«

Ich bin dermaßen verblüfft, dass ich um ein Haar im Schlamm ausrutsche. »Sie kennen meine Mutter?«

Darauf geht Gabriel nicht ein. »Und Werwölfe verfügen ebenfalls über Magie. Daher verfügt eine Werhexe über beide Typen davon.«

»Unmöglich!«, erwidert Sammy. »Man kann nur eine Art von Magie in sich tragen.«

Gabriel schüttelt den Kopf. »In sehr seltenen Fällen ist es eben doch möglich. Auch wenn häufig einer der beiden Magietypen ruht … bis er vom richtigen Auslöser freigesetzt wird.«

Er starrt mich an und mein Magen zieht sich zusammen. Irgendetwas sagt mir, dass er von dem Wunsch weiß. Er weiß, dass ich ihn ausgesprochen habe und dass der ganze Schlamassel meine Schuld ist. Er weiß alles über mich.

»Woher wissen Sie das?«, flüstere ich.

»Ganz einfach: Ich bin wie du«, gibt er zurück. »Ich bin dahintergekommen, als ich in deinem Alter war. Schließ die Augen und denk nach: Hast du jemals einen solchen

Energieschub gespürt, dass du das Gefühl hattest, du würdest jeden Moment deinen Körper sprengen? Hast du schon einmal davon geträumt, ein Werwolf zu sein, so realistisch, dass du beim Aufwachen damit gerechnet hast, Fell auf deinen Händen zu sehen? Und erzähl mir nicht, du hättest beim Singen nie die magische Kraft deiner Stimme wahrgenommen. Mag sein, dass du im Moment noch dabei bist, deine Magie zu erforschen – und doch war sie immer in dir.«

In meinen Gedanken blitzt eine Erinnerung auf. An eine Nacht, als ich nicht schlafen konnte und mich in den Garten hinter dem Haus geschlichen habe. Das Licht des Vollmonds, das den Himmel flutete, der kühle Wind in meinem Nacken. Zu dieser Zeit hatte ich kurze Haare, weil ich mir die Spitzen in Mrs Athertons Labor angesengt hatte, und Willow war noch ein Welpe. Ich wanderte durch unser kleines Kürbisbeet, bis ich mich schließlich ins Gras setzte, in den feuchten Tau, und den herrlichen Mond betrachtete.

Und das Lied kam. Zu Beginn summte ich es nur leise vor mich hin, um die Stille der Nacht nicht zu stören, doch

nach und nach wurde mein Summen zum Gesang. Es war das Schlaflied meiner Mutter, ein paar Verse, die mir früher die Augen zufallen lassen sollten. Die Kürbisranken krümmten sich um meine Arme und Beine, kitzelten mich und bald war ich eingeschlafen. Am nächsten Morgen fand Dad mich an einen Flaschenkürbis gekuschelt.

Damals lachten wir darüber und bis heute hatte ich diese Nacht fast vergessen. Jetzt erscheint sie in einem anderen Licht. Dad war fest davon überzeugt, dass ich überhaupt keinen magischen Wunsch hätte aussprechen können, erst recht keinen, der dem Schutzzauber gefährlich werden würde, doch das hat Mrs Abrams anders gesehen. Hat sie gespürt, dass ich beide Magietypen in mir trage? Eine normale Hexe hätte der Barriere wohl nichts anhaben können, aber eine Werhexe …

Ich fasse den Gedanken in Worte: »Jetzt weiß ich also, warum ich diesen Wunsch aussprechen konnte. Weil ich eine Werhexe bin.«

»Nein«, erwidert Holly schnell. »Du darfst ihm nicht glauben.«

Sammy nickt. »Das sehe ich genauso. Er redet Unsinn.«

Ich ignoriere sie beide und konzentriere mich auf Gabriel. Was, wenn das alles wirklich stimmt? Wenn in Hollys Spiegel die reine Wahrheit zu sehen war? Wenn ich Werwolfsmagie in mir trage, mit der ich aus Versehen herumgespielt habe, und jetzt steht Hallowstone meinetwegen vor dem Untergang? Meine Hände verkrampfen sich, die Fingernägel bohren sich in meine Haut. Jedes Einatmen tut weh.

»Holly?«, sage ich. »Kannst du mir den Spiegel geben?«

»Spiegel?«, wiederholt Gabriel in scharfem Ton. »Was für ein Spiegel?«

Holly reicht ihn mir, ich werfe rasch einen Blick hinein und sehe einen Wolfsmenschen, wie vorhin. Ich schlucke angestrengt, dann kippe ich den Spiegel leicht an. So, dass Gabriel gleich darin auftauch…

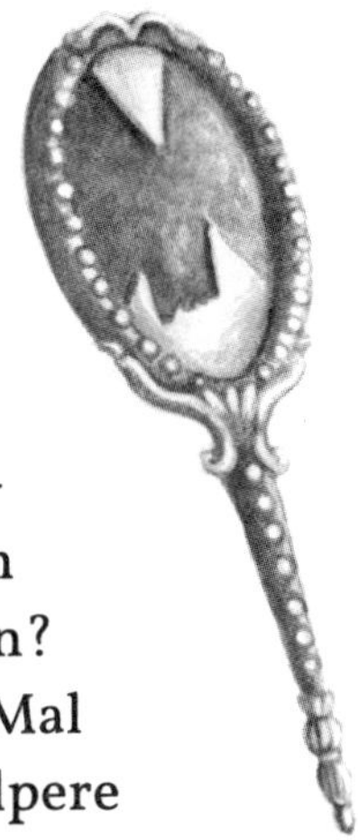

Er reißt ihn mir aus der Hand und schleudert ihn fort. An einem Stein zersplittert das Glas in glitzernde Bruchstücke.

»Hey!«, brüllt Holly. »Der hat meiner Mom gehört!«

»Ihr glaubt, ihr könnt mich mit einem albernen Spiegel hereinlegen?«, faucht Gabriel. »Ich will euch helfen – ist das so schwer zu begreifen? Ich will, dass ihr endlich versteht!« Mit einem Mal stürmt er auf mich zu, schubst mich. Ich stolpere rückwärts über die Uferkante, falle und versinke für eine unendlich lange Sekunde im Fluss. Dann kämpfe ich mich prustend und würgend an die Oberfläche, öffne die Augen und sehe über mir den Himmel, den hellen Mond und eine Handvoll Sterne.

»Aufhören!«, schreit Bean. »Nicht meiner Schwester wehtun!«

Mein kleiner Bruder hechtet über mich hinweg, immer noch in menschlicher Gestalt und trotzdem mehr Raubtier denn je. So stürzt er sich auf Gabriel und donnert ihm seine Kinderfaust gegen das Kinn. Gabriel heult auf und geht zu Boden.

Unter lautem Husten ziehe ich mich die Uferböschung hoch. »Nicht, Bean! Komm her!«

»Du bist so … gemein!«, kreischt Bean, will noch einmal mit der Faust ausholen – doch Gabriel packt ihn am Kragen und wirft ihn beiseite.

Er landet am Ufer und rührt sich nicht mehr. Mir bleibt fast das Herz stehen. »Bean!«

»Ihr nichtsnutzigen Kinder!« Triefend vor Wasser und Schlamm richtet Gabriel sich auf, ein gelbliches Glühen in den Pupillen. »Habt ihr mir nicht zugehört? Ich will euch helfen! Euch die Augen öffnen! Die Bewohner dieser Stadt, Hexen wie Werwölfe, wussten meine Gaben nicht zu schätzen. *Unsere* Gaben, Prudence. Doch jetzt haben wir die Chance, das Ritual zu vollenden und die Herrschaft über Hallowstone zu erlangen.«

Mein Blick fällt auf das Tagebuch – es liegt dicht am Wasser, niemand achtet darauf. Wahrscheinlich ist es ihm aus der Hand gerutscht, als er auf mich losging. »Wie war das? Sie haben den Schutzzauber damals auch zerstört?«

Ein fester Griff um mein Handgelenk. Es ist Holly. »Danke für das Angebot«, wendet sie sich in arrogantem Ton an Gabriel. »Aber auf Ihre Hilfe können wir verzichten.«

Davon lässt Gabriel sich nicht ablenken. Er lächelt mich an. »Du hast noch so viel zu lernen. Was ich dir für Geschichten erzählen könnte … Deine Macht ist größer, als du glaubst. Natürlich werden wir zuerst den Schutzzauber wiederherstellen, denn gegen Schattenwesen sind selbst Werhexen nicht gefeit. Danach verurteilen wir den Hohen Hexenrat für seine Verbrechen an mir zum ewigen Vegetieren im Schattenreich. Wenn ich am Ruder bin, sollen Hexen und Werwölfe für ihre Missetaten bezahlen – es sei denn, versteht sich, sie neigen das Haupt vor mir.«

Für einen Moment sieht er Holly an, ein boshaftes Grinsen auf den Lippen, dann dreht er sich wieder zu mir. »Lass dir nichts einreden von deinen Hexenfreundinnen. Sie werden dich niemals als ihresgleichen betrachten. Doch wenn ich über Hallowstone gebiete, kannst du an meiner Seite herrschen und jeder Wunsch soll dir erfüllt werden.«

Sammy macht einen schnellen Schritt, schnappt sich das Tagebuch und versteckt es unter ihrem Pulli. Sie legt sich einen Finger auf die Lippen und schiebt sich unauffällig hinüber zu Bean. Er richtet sich mit ihrer Hilfe auf und ich kann endlich durchatmen. Dann schüttele ich Hollys Hand ab.

»Prue …«, flüstert sie warnend.

»Und wie wollen Sie das anstellen?«, frage ich Gabriel.

In einer großen Geste breitet er die Arme aus. »Das wisst ihr doch: mithilfe des Rituals. Ich habe es selbst entworfen, mitsamt den vier symbolischen Gegenständen und allem anderen. Gemeinsam können wir es vollenden, den Schutzzauber kitten und das Gleichgewicht der Stadt wiederherstellen.«

»Und das würde ganz bestimmt funktionieren?«

»Du möchtest, dass ich dir sage, auf welche Weise das Ritual wirkt? Von mir aus. Ich könnte dir aber auch ein bisschen was über deine Mutter erzählen …«

Meine Mutter? Ich kaue auf der Unterlippe, kann mich für einen Augenblick unmöglich entscheiden. Gabriel ist nicht zu trauen, klar, aber er kennt meine Mom und selbst Dad spricht nie über ihre Vergangenheit. Wenn ich ihn danach frage, bekomme ich immer dieselbe dahingenuschelte Antwort: dass die Werwölfe in den Mondbergen leben und wir in Hallowstone, wo sich Hexe und Hexer Guten Tag sagen. Dass alles andere zwangsläufig in einer Katastrophe enden würde.

Gabriel beobachtet mich. »Und? Wirst du dich mir anschließen?«

»Hinfort«, sagt Holly plötzlich und reckt voller Entschlossenheit ihr Artefakt in die Höhe. Es erstrahlt in grellem Pink. »Hinweg mit dem Bösen!«

Aus der Spitze des Stabs sprühen Funken. Gabriel reißt schützend die Hände hoch, reagiert aber zu spät – das zuckende Licht trifft ihn mitten in der Brust und schleudert ihn nach hinten, quer über den Fluss, wo er unsanft an einen Baumstamm prallt. Anscheinend ist er durch die Wucht des Zaubers – den Holly noch gar nicht draufhaben dürfte, so viel ist klar – k. o. gegangen. Er kippt vornüber wie eine schlaffe Marionette.

Das Blut schießt mir in die Wangen und ich wirbele herum. »Er wollte mir gerade von meiner Mom erzählen!«

»Äh, Leute?«, sagt Sammy da. »Bilde ich es mir nur ein oder wird der Nebel immer dichter?«

Widerwillig schaue ich mich um. Dort, wo eben noch die Hausruinen über der Uferböschung zu erkennen waren, hängt inzwischen eine Wand aus grauem Dunst. Am Himmel ist der Mond nur noch zu erahnen.

Holly fasst nach meiner Hand. »Wir müssen hier weg.«

Seit der Mond von einem Nebelschleier verhüllt wird, ist es in Old Hallowstone noch unheimlicher. Die Schatten haben sich aus den Gassen verzogen, sind stumpfer Dunkelheit gewichen. Eine Reihe halb abgestorbener Apfelbäume streckt ihre krummen Äste über die Straße wie Klauen.

»Seit wann«, schnaufe ich an Hollys Hand geklammert, »kannst du so gut hexen? Vorhin am Lebensbaum hast du auch schon einen Spruch abgefeuert.«

Wir rennen hintereinander über die moosbewachsenen Pflastersteine, Bean vorneweg, selbst auf zwei Beinen flinker als wir anderen. Aus unerfindlichen Gründen hat er es immer noch nicht hingekriegt, sich zu verwandeln.

Obwohl meine Lunge schon zu platzen droht, halte ich das Tempo aufrecht. Weiter vorne schimmert ein bisschen abendliches Grau, die übliche Farbe des Himmels über Hallowstone, doch Sammy hat recht: Der Nebel um uns wird dichter.

»Ich habe heimlich geübt«, gibt Holly zu.

Als ich zu ihr hinüberblicke, wird sie rot. Jeder weiß, dass wir vor der ersten Magiestunde auf keinen Fall mit Zaubersprüchen experimentieren sollen.

»Dass ausgerechnet du so eine wichtige Regel brichst!«, ruft Sammy. »Das heißt, eigentlich war's klar. Wo du neulich schon Ms Crockett ins Gesicht gelogen hast …«

»Uns soll's recht sein«, keuche ich. »Schaut, da vorne ist die Brücke! Endlich!«

Doch der Nebel hat sich auch um die Brücke gelegt.

Moment! Das ist kein Nebel. Das sind Geister.

Wir kommen schlitternd zum Stillstand, auch Bean, und ich lasse den Blick über den weiten Bogen der hölzernen Brücke schweifen. Überall kreischen, stöhnen, winden sich Gespenster. Der Weg ist versperrt.

»Was machen wir denn jetzt?«, fragt Bean mit ungewohnt schriller Stimme. »Ich hab doch überhaupt noch nie einen Geist gesehen!«

»Und ich noch nie so viele auf einmal.« Holly steht der Mund offen. »Glaubt ihr auch, dass …?«

»Ja«, sage ich grimmig. »Der Schutzzauber.« Ich schaue auf Bean hinab. »Eigentlich kann man einfach durch sie durchlaufen, Beanie. Die haben keinen richtigen Körper.«

Er rümpft die Nase. »Igitt.«

»Ja, schon«, sagt Sammy. »Aber es sind ja nur Gespenster. Die sind längst tot. Die können einem nichts tun. Außer man begegnet ihnen an ihrem Sterbeort.«

»Was ist ein Sterbeort?«

»Na, das ist die Stelle, wo sie gestorben und zu Geistern geworden sind!« Holly klingt fast ein bisschen zu begeistert, wenn man die doch ziemlich ernste Lage bedenkt. »Dann versuchen sie, dich mit sich zu reißen, damit du dasselbe Schicksal erleidest wie sie und ihre Seele dadurch freikommt! Darüber habe ich letztes Jahr in der Projektwoche recherchiert, gab Extrapunkte.«

»Solange wir uns von den Ertrunkenen fernhalten«, fasst Sammy zusammen, »sollte uns also nichts passieren.«

Mir reicht es langsam. »Macht ihm keine Angst. Woher wollt ihr wissen, dass das nicht nur Märchen sind?«

Holly blickt mir fest in die Augen. »Das hätte ich bis gestern auch über Werhexen gesagt.«

Hitze bohrt sich in meinen Magen. Verhext noch mal! Was, wenn sie mich jetzt nicht mehr mag? Wenn sie auf der anderen Seite der Brücke plötzlich sagt, okay, ich gehe nach Hause, kümmert euch doch allein um euer Ritual?

»Prue?« Hollys Stimme reißt mich aus meinen Gedanken. »Komm. Wir müssen weiter.«

»Ich wusste es nicht«, platze ich heraus. »Ich schwöre es dir, ich hatte keine Ahnung.«

Sie nickt. »Woher hättest du es auch wissen sollen?«

»Ich will ja nicht stören«, mischt Sammy sich ein. »Aber hier … hier gibt's echt viele Gespenster. Müssen wir das unbedingt im fiesen Gruselviertel besprechen?«

»Haltet Abstand zu allen Geistern, die nass aussehen oder die euch zur Brüstung zerren wollen«, sagt Holly im Befehlston. »Das sind die Ertrunkenen. Die anderen können uns hier nichts anhaben. Außer sie sind auch auf der Brücke umgekommen, nur anders.«

»Uaaah.« Sammy fröstelt. »Bringen wir's einfach hinter uns.«

»Halt dich an meiner Hand fest«, sage ich zu Bean. »Wir rennen da zusammen durch, ja?«

»Ich habe Angst. Ich will zu Mom.«

»Ich weiß. Ich will ja auch zu ihr. Aber wenn wir sie befreien wollen, müssen wir erst mal da durch.«

»Na gut.« Bean klammert sich mit aller Kraft an meine Hand und schnieft leise. Am liebsten würde ich ihn auf den Arm nehmen, aber rennen könnte ich dann kaum noch.

Schritt für Schritt nähern wir uns der Wand aus Gespenstern. Ich halte den Atem an, um keine verirrte Geistmaterie einzusaugen. Wenn ich schon am ganzen Leib zittere, wie geht es dann erst meinem kleinen Bruder?

Einen halben Meter vor der Brücke werden wir von einem Geist gesichtet. »Hinfooooort!«, ruft er. »Foooort mit euch!«

Gekleidet ist er in Anzug und langen Mantel und auf seiner Nasenspitze ruht eine filigrane Brille. Das allein macht mir noch keine Angst – die klaffende Wunde in seiner Kehle allerdings schon. Ein blutiger Wasserfall schießt daraus hervor, kein echtes Blut natürlich, sondern silbrige Fäden aus Geistmaterie, doch die Geschichte dahinter ist trotzdem leicht zu erraten: Er wurde erstochen und ist als Gespenst zurückgekehrt.

»Du brauchst ihn gar nicht zu beachten«, flüstere ich Bean ins Ohr. »Der kann uns nichts.«

»Auf drei«, sagt Sammy. »Eins, zwei …«

Wenn wir noch eine Sekunde länger warten, werde ich mich garantiert nicht mehr trauen. Ich zwinge mich zu einem ersten Schritt. Mit Bean im Schlepptau bin ich zwar langsamer als sonst, doch ich kämpfe mich energisch durch das Geistergespinst. Erstaunlich, wie dicht es ist. Es verschluckt alle Geräusche um uns herum. In meinem Kopf wispern dafür die Gespenster, versuchen, mich in ihre Reichweite zu locken. Eine Frau im tropfnassen Kleid streckt die Hand nach mir aus, ihr Mund ist zu einem Fauchen erstarrt.

Ich taste nach der kleinen Wolfsfigur, bekomme sie zuerst nicht zu fassen, dann doch, und schleudere sie auf die Frau. Ein Schrei ertönt, ein Platschen, der Geist ist verschwunden. Ich hebe die Figur vom Boden auf und sprinte die letzten paar Meter. Geschafft. Die Hände auf die Knie gestützt, schnappe ich keuchend nach Luft. Bean blickt hellwach zu mir hoch, nicht verängstigt, sondern aufgeregt.

»Das war eine Ertrunkene!«, ruft er, schon wieder fast der Alte. »Wir haben eine echte Ertrunkene gesehen!«

Hinter uns bricht Holly aus der Gespensterwolke, die Arme schützend vorgestreckt. Sie sieht uns, stoppt ab und atmet ebenfalls tief durch, während sie eine Hand auf ihr Herz presst. »Na, das war ja einfacher als erwartet. Obwohl da schon ein paar Ertrunkene unterwegs waren.«

Bean blickt zurück. »Wo ist Sammy?«

Die Wolfsfigur fest in der Hand, mache ich einen Schritt zur Brücke. »Sammy?«

Keine Antwort, abgesehen vom Seufzen der Geister und vom Ächzen des Windes. Rauchiger Geruch weht mir entgegen, als hätte irgendwer in der Nähe ein Lagerfeuer entzündet.

»Sammy!«, brüllt Holly.

Stille.

Bean blickt unruhig zu mir hoch. »Und wenn sie von einer Ertrunkenen geschnappt wurde?«

22. Kapitel

Ich stürze mich wieder ins Gespenstergewühl. Hollys und Beans erschrockene Rufe höre ich kaum.

Sammy. Wo ist Sammy? Von allen Seiten rücken mir die Geister auf die Pelle, schmiegen ihre kühlen, zerfließenden Leiber an mich. Ich schreie noch einmal nach Sammy und blicke mich verzweifelt um, nach irgendetwas, das sich vom Grauweiß der Verstorbenen abhebt. Eine pinkfarbene Brille, lockige Haare, silberne Stiefelspitzen, egal was.

»Prue!«

Eine halbe Sekunde lang glaube ich, ich hätte es mir bloß eingebildet. Dann höre ich es zum zweiten Mal.

»Prue!«

»Sammy!«, brülle ich und dringe weiter vor, quer durch zig Geister. Ich weiß selbst nicht, wie ich die klebrige Kälte ertrage oder dieses Gefühl, aus allen Winkeln beobachtet zu werden. »Wo bist du?«

»Sie ist … unter den Ertrunkenen … nun«, erwidert eine Stimme.

Die Ertrunkenen, singen die Geister im Chor, wie ein Echo, das tief in mir widerhallt. *Die Ertrunkenen, die Ertrunkenen.*

Da – etwas Pinkes.

»Rührt sie nicht an!« Ich halte die Wolfsfigur vor mich wie einen Schild und stürme los. Im Nebelschleier tut

sich eine Lücke auf, ganz kurz nur, und trotzdem setzt mein Herz beinahe aus. Ich sehe Sammy auf der Brüstung stehen, umgeben von Ertrunkenen. Darunter auch die Frau, die mich in ihren Bann ziehen wollte.

»Sammy, hör mir zu! Nicht springen!«

Ich hole aus, um die Wolfsfigur zu werfen wie vorhin, doch eine scharfe Kälte fährt in mich hinein wie ein Messer.

Mit einem Ächzen lande ich auf den Knien. Ich blicke an mir hinunter, während vor meinen Augen alles verschwimmt. Ich rechne damit, Blut zu sehen, vielleicht eine silberfarbene Klinge … Doch da ist nur der weißliche Umriss einer Pfote. Der Pfote eines Geists. Eines Geistertiers?

»Nicht so schnell«, sagt eine tiefe Stimme. Mit einem kräftigen Ruck zieht mich der eiskalte Arm, der immer noch mitten durch mich hindurchragt, auf die Beine. Mein Kopf wird nach hinten gerissen und ich blicke ins geisterhafte Gesicht eines Werwolfs.

»Sammy!«, brülle ich erneut. Mein Atem scheuert in der Kehle wie Eissplitter.

»Nicht.« Der Geist lächelt auf mich hinab. Er hat lange silberfarbene Zähne. »Sie ist jetzt in den Händen der Ertrunkenen.«

Kurz entschlossen stoße ich meine Faust – mitsamt Wolfsfigur – in ihn hinein. »Ist sie *nicht!*«

Der Werwolf verfliegt zu einer Dunstwolke und im selben Moment strömt wieder Wärme in meine Glieder.

Weiter! Ich renne los, weiche Geistern aus, die sich mir in den Weg stellen wollen, und kralle eine Hand in Sammys Pullover.

»Sammy!« Ich nehme meine ganze Kraft zusammen und ziehe. »Samantha, bitte! Komm da runter!«

Die Frau dreht sich zu mir. Ihr langes Haar hängt herab, als wäre es triefnass, doch würde ich es berühren, wäre es trocken wie kalter Rauch. Sie sieht mich an, ein schwermütiger Blick aus großen Augen. »Komm hinauf.«

»Komm hinauf«, stimmt ein anderer ein.

»Und spring«, sagt ein Dritter.

Komm hinauf und spring. Komm hinauf und spring.

Ich spähe über die Brüstung. Das Flusswasser schwappt mir entgegen, füllt mein ganzes Blickfeld aus. Schwarzes Wasser, weißer Schaum und das flimmernde Gleißen des Mondlichts auf der Geistermasse.

Komm hinauf und spring. Komm hinauf und spring.

Die Wolfsfigur pulsiert in meiner Hand, als würde sie meine Angst spüren. Als wollte sie mir Mut machen, mir Kraft geben. Ich drehe mich zu den Geistern und rufe, so laut ich kann: »Nein!«

Ich werde meine Gedanken nicht in diese Richtung lenken lassen. Ich werde mich nicht in der Dunkelheit verlieren.

Sammy blickt mich mit weit aufgerissenen Augen an.

»Wir müssen hier weg«, sage ich und zerre sie von der Brüstung herunter. Ich halte die Wolfsfigur in die Höhe – inzwischen verströmt sie ein helles Licht. Zischend schrecken die Geister davor zurück und wir rennen, so schnell wir können.

Etwas später brechen wir alle im verwelkten Gras zusammen. Wir haben es auf einen Hang am Rand der Stadt geschafft – am Rand der normalen Stadt, zum Glück, nicht der gruseligen Geisterstadt. Seit der Gespensterattacke bibbert Sammy, deshalb nehme ich sie in die Arme. Bin ich froh, dass wir hier sind! Vor meinem inneren Auge erscheint ein Bild von Sammy auf der Brüstung, doch ich schüttele es schnell ab.

»Was jetzt?«, fragt sie.

»Moment, ich muss kurz durchschnaufen«, sagt Bean müde, worüber wir irgendwie alle aus vollem Hals lachen.

Ich richte mich auf und spähe zur Stadt hinüber. Schon weht wieder der penetrante Rauchgestank heran. Mit zusammengekniffenen Augen kann ich gerade so die Spitze des Schulglockenturms erkennen. Es ist Abend, am blauen Himmel breitet sich das Rosaviolett der Dämmerung aus und hinter ein paar Wolken linst der Mond hervor. Bis Mitternacht muss der magische Wunsch aufgehoben werden, hat Hollys Großmutter gesagt … Wie spät wird es jetzt sein? Wenn wir die anderen vor dem Schattenreich retten wollen, haben wir jedenfalls keine Zeit zu verlieren.

»Dann bin ich wohl eine Werhexe«, murmele ich und muss plötzlich heftig husten. In der Luft ist mein Atem zu sehen wie an einem besonders kühlen Tag. Ich denke an den Werwolfsgeist, an die Kälte in mir, und fröstele.

»Werhexen gibt's gar nicht«, widerspricht Holly ohne Zögern. »Vergiss einfach, was der Typ gesagt hat.«

»Ich glaube ihm aber«, zische ich und wische mir trockenes Gras von den Knien. »Warum sollte er mich anlügen?«

»Ich traue ihm auch nicht«, verkündet Sammy. »Er hat den Schutzzauber zerstört.«

Ich reiße den Kopf hoch, sehe sie an. »So wie ich.«

»Ja, schon«, sagt sie eilig. »Aber du bist nicht wie er.«

»Woher willst du das wissen?«

»Der war so hochnäsig«, wirft Bean ein. »Ich mag ihn auch nicht.«

Ich blicke auf meinen kleinen Bruder hinab und seufze. Er hat eine frische Schnittwunde am Kinn, die mir noch gar nicht aufgefallen war, davon abgesehen wirkt er aber recht munter. Trotzdem, fragen schadet nicht. »Alles okay mit dir?«

Bean nickt. »Und wann gehen wir jetzt Mom und Dad holen?«

»Gute Frage. Bald, hoffe ich.« Ich will ihn nicht immer weiter vertrösten, aber was bleibt mir anderes übrig? Bean macht ein trauriges Gesicht, ich schlinge die Arme um meine Knie und schließe die Augen. Gabriel wollte mir von unserer Mutter erzählen … Das heißt, er muss sie gekannt haben, früher einmal. Aber wann soll Mom in Old Hallowstone gewesen sein? Bis heute war sie doch nicht mal im normalen Hallowstone. Wieso – und wann – soll es sie ins schreckliche Hellstone verschlagen haben?

Sammy blickt nachdenklich in die Luft. »Gabriel meinte doch, dass er sich das Ritual selber ausgedacht hat.«

»Ja«, bestätigt Holly. »Aber wann denn bitte? Ich habe meine Großmutter tausendmal über Hallowstone ausgefragt und so eine Geschichte hat sie nie erwähnt. Eigentlich sagt sie immer nur dasselbe – dass Hallowstone von Hexen erschaffen wurde und für Hexen gedacht ist.«

»Trotzdem, es ist sein Ritual«, meint Sammy. Ohne den Kopf zu heben, beobachte ich, wie sie das Tagebuch aus dem Versteck unter ihrem Pulli holt. Es ist klitschnass und auf den vollgesogenen Seiten zerläuft die Tinte, doch die Skizze in der Mitte ist noch einigermaßen zu erkennen. Mit der Fingerspitze zeichnet Sammy den Kompass nach.

»Den Zweig haben wir«, fasse ich zusammen. »Den Zahn … können wir mir ausreißen, auch wenn das ziemlich furchtbar wird. Und das Mondlicht bekommen wir auch irgendwie zusammen. Wo wachsen denn noch Mondblumen?«

»Solche wie die hier?« Bean zupft an meinem Pulli, hält mir seine geschlossene Hand hin und öffnet sie. Darin liegt eine winzige weiße Blüte, deren Blättern immer noch ein silbriger Glanz anhaftet. Mondlicht.

»Bean!«, rufe ich. »Du hast sie einfach mitgenommen!«

»Ist sie noch zu was gut?«, fragt er mit besorgtem Unterton.

Vorsichtig nehme ich die Blüte, und kaum kommt sie in meiner Hand zu liegen, leuchtet sie strahlend blau auf. Ich schnappe nach Luft, dann schaue ich sie mir näher an. Sie ist genau wie zuvor, nur dass jetzt dieses hellblaue Licht von ihr ausgeht. Als ich hineinsehe, werde ich ganz ruhig, fühle mich so viel besser. Auch Sammy studiert die Blüte aus der Nähe, ihre Brille ganz nach oben geschoben, wie immer, wenn sie an einem schwierigen Problem knobelt.

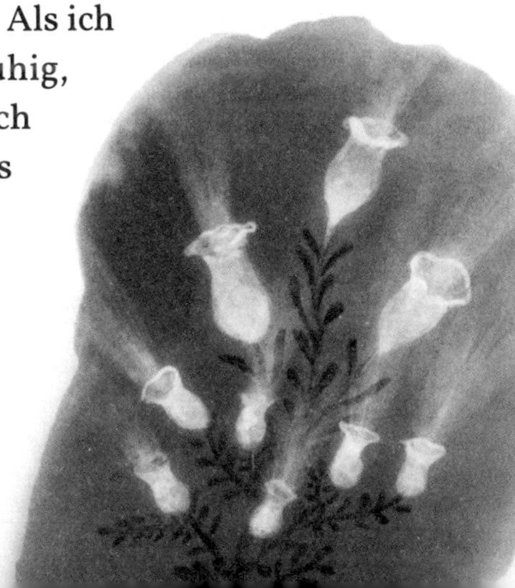

»Was ist mit dem Haar des Leitwolfs?«, merkt Holly an.

Ich zögere kurz. »Ich glaube, ich habe ihn mal gesehen. Den werden wir schon irgendwie finden.«

Sammy hat eine Weile schweigend gegrübelt. Jetzt schaut sie hoch, als wäre sie zu einem Ergebnis gekommen. »Aber das sind seine symbolischen Gegenstände, nicht deine.«

Hollys Mund klappt auf. »Stimmt ...«

»Was?«, frage ich ungeduldig. »Ich kapier's nicht.«

»Gabriel hat sich ein Ritual ausgedacht, das zu seinem Wunsch passt«, erklärt Sammy. »Oder? Aber jetzt geht es nicht um seinen Wunsch, sondern um deinen. Wenn wir es auf seine Art machen, kann es also nicht hinhauen.«

»Andererseits wollte er das Ritual mit Prue zusammen durchführen«, wendet Holly ein.

Doch Sammy schüttelt den Kopf. »Ich glaube, wir müssen ein neues Ritual zusammenstellen. Ein Ritual speziell für dich, Prue. Sonst kann es nicht funktionieren. Sonst wirkt es auf den Schutzzauber, wie er es will, nicht wie du willst.«

»Und woher sollen wir dann wissen, welche Gegenstände wir brauchen?« Holly klingt frustriert. »Wenn wir uns jetzt ein komplett neues Ritual ausdenken sollen, müssen wir praktisch von vorne anfangen.«

»Die Gegenstände sollten für etwas ganz Bestimmtes stehen«, sagt Sammy. »So viel müsste klar sein, oder?«

»Weisheit, Wahrheit, Hoffnung, Macht«, rattert Holly herunter. »Aber zum Beispiel Macht – das kann so vieles bedeuten. Woher sollen wir einen einzigen Gegenstand nehmen, der alles zusammen symbolisieren kann?«

»Gabriel hat es auch hingekriegt. Prue, was fällt dir ein, wenn du an Macht denkst?«

»Äh … keine Ahnung?« Ich sehe es wie Holly. Wir sind hier nicht in der Schule, wo es auf jede Frage eine klare Antwort gibt. Und in meinem Gehirn herrscht gähnende Leere.

»Vielleicht ein Heilkristall?«, schlägt Sammy vor. »Das wäre ein mächtiger Gegenstand.«

Holly wiegt den Kopf hin und her. »Aber kann er wirklich für Macht allgemein stehen? Vielleicht eher was vom Hohen Hexenrat?«

»Da können wir nicht hin. Am Ratskabinett treiben sich bestimmt haufenweise Wächter rum.« Sammy poliert ihre Brillengläser am Blusensaum. »Was ist mit der Wahrheit?«

»Dafür könnten wir eine Glaskugel nehmen. Oder so.«

»Oder deinen Spiegel«, merkt Sammy an.

Holly scheint nicht überzeugt. »Nur wenn es *mein* Ritual wäre. Hmm, vielleicht ein Wahrheitstrank?«

»Sie leuchtet«, sagt Bean auf einmal. Er deutet auf meine geöffnete Hand. Von der Blüte strahlt immer noch ein blaues, leicht pulsierendes Licht ab.

»Stimmt«, sage ich abwesend. Inzwischen zicken sich Sammy und Holly richtig an.

»Ein Wahrheitstrank?«, fragt Sammy ungläubig. »So was gibt's doch nur im Märchen.«

»Von wegen.«

»Oh doch. Das weiß ich von meiner Mom und die kennt sich mit Tränken aus, das ist ihr Job. Oder, Prue?«

Doch Bean deutet immer noch energisch auf die Blüte. »Ist das nicht auch ein Gegenstand?«

Ich mache große Augen. »Für das Ritual, meinst du?«
»Bei mir hat sie nicht so geleuchtet«, sagt er.
Testweise lege ich ihm die Blüte noch einmal in die Hand. Das Licht erlischt. Ich nehme sie wieder an mich. Das Licht kehrt zurück. Es ist blau wie der Himmel zur Mittagszeit, ein warmes, einladendes Schimmern.
»Und wenn wir es trotzdem mit dem Zweig vom Lebensbaum versuchen?«, höre ich Sammy sagen.
»Oder irgendwas aus der Unibibliothek?«
»Oder vom Bauernmarkt?«
»Ich hab's!«, ruft Holly. »Wie wär's, wenn wir für eins von den Symbolen ein *Hanna-Hex*-Buch nehmen? In denen geht es doch immer um Hoffnung und Wahrheit und so.«
»Prue?« Sammy schaut mich an. »Was sagst du dazu?«
Anstatt auf ihre Diskussion einzugehen, halte ich die Blüte hoch. »Ich sehe es genau wie Bean – das muss einer der Gegenstände sein.«
»Was?«, fragt Sammy entgeistert. »Wie kannst du dir da so sicher sein?«
»Dieses Licht«, antworte ich. »Und es fühlt sich einfach richtig an, nach … nach Hoffnung.«
Holly wirkt ganz aufgeregt. »Dann ist die Blüte dein Symbol der Hoffnung?«
»Leuchtet doch ein, oder?« Ich muss grinsen. »Wenn ich sie in der Hand halte, habe ich das Gefühl, dass noch nicht alles verloren ist. Ja, das muss es sein.«
»Klingt gut«, sagt Sammy. »Okay, was noch?«
Für ein paar Sekunden knabbere ich stumm an meinem Daumennagel, den Blick in die Ferne gerichtet. Vor dem

Abendhimmel ist ganz schwach der Glockenturm der Schule zu erkennen. Mächtig wie eh und je steht er da. Bis auf eine kleine Öffnung für die Glocke wurden alle Fenster zugemauert. Dad hat erzählt, dass sie in seiner Jugend noch jeden Morgen von Hand geläutet wurde ... bis plötzlich niemand mehr in den dritten Stock durfte. Heutzutage wird sie durch einen Zauberbann zum Klingen gebracht. Ob das magische Durcheinander auch die Schule ins Chaos gestürzt hat? Das Gebäude ist zumindest noch nicht in sich zusammengebrochen.

Doch warum wurde das oberste Stockwerk abgeriegelt? Andererseits – wirklich gebraucht hat man den Platz wahrscheinlich nie, außer es waren einmal viel mehr Schüler als heute, vielleicht doppelt so viele.

Ohne den schemenhaften Glockenturm aus den Augen zu lassen, stehe ich vom Boden auf. Gabriel will meine Mom gekannt haben ...

»Ich muss zur Schule«, sage ich zu den anderen.

»Ich finde, wir sollten lieber zu dir«, meint Sammy. »Für das neue Ritual brauchen wir Sachen, die dir etwas bedeuten. Zum Beispiel eins von deinen *Hanna-Hex*-Büchern.«

Ich schüttele den Kopf. Mein Herzschlag beschleunigt sich. »Erst müssen wir in den dritten Stock. Gabriel hat doch vom Geschichtsunterricht an der Akademie erzählt ...«

Mir wird beinahe schwindelig, so schnell schnappen die Puzzleteile in meinem Geist zusammen. Gabriel hat mehr oder weniger deutlich gesagt, dass früher einmal auch Werwölfe in Hallowstone gelebt haben. Sollte das stimmen, wäre es doch gut möglich, dass ihre Kinder im dritten Stock der Schule Unterricht hatten. Und wenn das so war, dann müssen sie dort Spuren hinterlassen haben, ein Jahrbuch, ein Klassenfoto ... irgendwas. Ich habe zwar keine Vorstellung davon, warum die Erwachsenen solche Lügen über die Schule erzählen sollten, über unsere ganze Stadt, aber es kommt mir vor, als wäre die Wahrheit endlich in Reichweite. Als müsste ich nur noch ein bisschen durchhalten und weitermachen, um bald das fertige Puzzle vor mir zu sehen.

Außerdem gibt es in der Schule vielleicht irgendwelche Hinweise darauf, wer Gabriel wirklich ist ... und woher er meine Mom kennt.

In Gedanken sehe ich seine intelligenten braunen Augen. Er weiß mehr, als er zugeben wollte, da bin ich mir sicher. Zum Beispiel, wieso die Erwachsenen so tun, als hätten in Hallowstone seit jeher nur Hexen gelebt. Oder was es mit dem wahren Ursprung der Stadt auf sich hat.

»Aber warum?« Holly steht auf und wischt sich das Gras von den Knien. »Ich bin Sammys Meinung. Wir müssen uns ein neues Ritual überlegen.«

»Gabriel hat doch behauptet, die Werwölfe hätten bei der Gründung der Stadt mitgeholfen. Fragt mich nicht, warum das geheim gehalten wird, aber ich glaube ihm. Die Werwölfe haben mal hier gelebt.« Ich deute auf den Glockenturm. »Sie sind hier zur Schule gegangen.«

Neben mir atmet Holly schnaufend ein. »Stimmt, der dritte Stock! Warum soll der noch mal abgeriegelt worden sein?«

»Weil da jemand umgekommen ist«, meint Sammy. »Behauptet jedenfalls meine Schwester. Das soll aber mindestens zehn Jahre her sein.«

Wir blicken uns an.

Das Gefühl, der Wahrheit dicht auf den Fersen zu sein, ist schon wieder verflogen, verdrängt von einem dumpfen Schmerz. »Vorhin hat meine Mom zu mir gesagt, dass in Hallowstone früher vieles anders war. Und wenn sie damit gemeint hat, dass die Werwölfe mal hier gelebt haben?«

»Weiß nicht ...« Sammy runzelt die Stirn. »Wie soll man denn so etwas geheim halten?«

»Könnte es nicht sein, dass Gabriel genau dort sein Ritual durchführen wollte?«, sagt Holly. »Im dritten Stock?«

»Wir müssen mehr wissen«, entscheide ich. »Lasst uns heimlich in die Schule einsteigen.«

»Ja, klar«, erwidert Sammy leise. »So was ist ja neuerdings voll unser Ding.«

»Wir müssen uns da oben umschauen. Du brauchst ja nicht mitzukommen, wenn du nicht willst. Aber ich dachte, du willst unsere Mission genauso durchziehen wie ich.«

Sie grummelt immer noch. »Wir sollen da wirklich *einbrechen?*«

»Wir müssen. Vor allem, weil ...«

Mein Blick wandert zu Bean und ich verstumme. Kann sein, dass ich falschliege. Kann aber genauso sein, dass ich richtigliege. Wenn Gabriel wirklich meine Mom kennt, meine ganze Familie ... Ich muss einfach herausfinden, was dahintersteckt. Mom hat zwar nie von einem Bruder erzählt – sie hat aber auch nie erwähnt, dass sie früher einmal in Hallowstone gelebt hätte. Und Gabriel hat dieselbe Haarfarbe wie ich, dieselbe Augenfarbe. Kann das Zufall sein? Warum weiß er so viel über mich? Warum

ist Alpha Evanson offensichtlich davon ausgegangen, dass Mom ihm sagen kann, wo Gabriel steckt?

Gut möglich, dass Gabriel und ich miteinander verwandt sind. Aber deswegen gehört er noch lange nicht zur Familie, so viel steht fest.

Sammy sieht mich aufmerksam an. »Was ist?«

»Ich bin mir natürlich nicht sicher«, antworte ich. »Aber ich glaube, Gabriel und meine Mom sind Geschwister.«

Da horcht Bean auf. »Dann ist er unser Onkel!?«

»Ja, vielleicht.«

Sammy dreht sich zu ihm. »Hat deine Mom mal von irgendwelchen anderen Verwandten erzählt?«

Er schüttelt verunsichert den Kopf. »Nur von Grandma und Granddad und die sind gestorben, da war sie noch klein.«

»Hmmm …«, macht Sammy. »Es würde schon Sinn ergeben. Möglicherweise ist diese … diese Werhexensache erblich.«

Holly nickt. »Er hat mit dir geredet, als würde er dich schon kennen, Prue. War ziemlich seltsam.«

»Ja, aber wenn sie echt mal hier gelebt haben!«, rufe ich aufgeregt. »Dann wäre klar, wie sich meine Mom und mein Dad kennengelernt haben, dann wären sie einfach zusammen zur Schule gegangen! Und bei den anderen Kindern mit einem Werwolf als Mom oder Dad wäre es genauso. Außerdem, der dritte Stock … Ich kann mir sehr gut vorstellen, dass Gabriel dort sein Ritual durchführen wollte. Und diese Etage ist doch schon seit so vielen Jahren abgeriegelt, also muss es da noch Spuren geben. Vielleicht sogar irgendwas, was wir für unser Ritual gebrauchen können. Könnte da nicht das perfekte Symbol der Wahrheit dabei sein?«

»Ja, stimmt!« Sammys Stimme überschlägt sich. »Alles klar, ich bin dabei.«

Ich gehe voraus in Richtung Schule. Mein Herz klopft immer schneller und trotz der ernsten Lage muss ich lächeln. Ich werde die Wahrheit ans Licht bringen – über meine Familie und über meine Heimatstadt.

23. Kapitel

Wir erreichen die Stadt erst, als die Abenddämmerung schon von der Nachtdunkelheit verdrängt wird. Es riecht nach offenem Feuer, alle paar Sekunden gellt eine Sirene und plötzlich müssen wir abrupt stehen bleiben, weil ein Trupp Hexen an uns vorbeizischt. An den Besenstielen hängt jeweils ein Eimer mit Wasser.

Der Himmel ist voller Rauch und Flammen, immer wieder ertönt durchdringendes Schreien und in der verqualmten Finsternis blitzen hier und da grelle Lichtschimmer auf, mal orange, mal blau und grün.

»Zaubersprüche«, schnauft Holly. »Bestimmt die Wächter.«

Bean klammert sich ängstlich an meine Hand. »Das sieht nicht gut aus, Prue.«

»Dieser Bereich ist gesperrt!« Über das bröckelnde Straßenpflaster marschiert jemand auf uns zu, eine Gestalt in einem großen, flatternden Mantel – ein Wächter. »Es wurde eine Ausgangssperre verhängt. Wer weder Wächter noch Heilhexe ist, hat zu Hause zu blei… arrgh!«

Ein anderer Hexer rennt ihn über den Haufen, und noch während die beiden ineinander verkeilt zu Boden gehen, entschuldigt sich der Neuankömmling dafür, dass er den Wächter – und sich selbst – mit einem Eimer Wasser durchnässt hat.

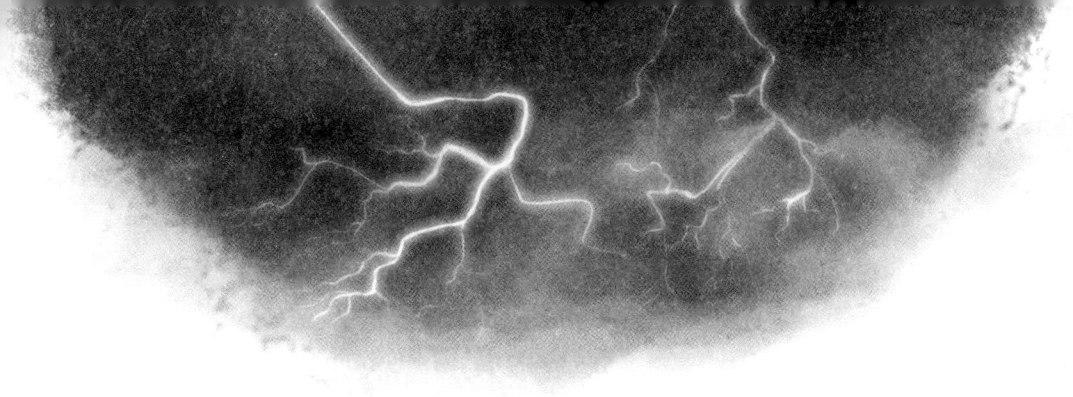

»Gegen das Feuer!«, ruft er. »Kein Löschzauber tut noch, was er soll! Bitte vielmals um Verzeihung, Wächter Patel!«

»Gehen wir.« Ich zerre Bean hinter mir den Bürgersteig entlang. »Los jetzt. Wir müssen zur Schule.«

»Hexlinge!« Es ist Wächter Patels Stimme. »Wartet! Ich bringe euch nach Hause!«

Wir drehen uns nicht um.

Wir müssen weiter.

Den Mund in die Ellenbogenbeuge gepresst, damit ich nicht andauernd husten muss, biege ich in eine Seitenstraße aus bescheidenen Doppelhäusern ein. Auch hier hängt dichter Rauch in der Luft, obwohl dieses Viertel ausnahmsweise nicht in Flammen steht. Ich drücke Beans Hand, allerdings eher, um mir selbst Sicherheit zu geben. Die Wächter und Heilhexen wissen, was sie tun, rede ich mir ein. Wenn wir Glück haben, hat es noch keine Verletzten gegeben.

Im Vorbeilaufen sehe ich eine Wanduhr in einem Schaufenster – es ist erst kurz nach fünf. Morgana sei Dank, noch gar nicht so spät! In Hellstone ist mir anscheinend das Zeitgefühl abhandengekommen, so dunkel war es dort. Aber noch haben wir genügend Zeit für das Ritual!

Durch rissige Straßen, unter windschiefen Straßenlaternen hindurch und über entwurzelte Pflanzen hinweg kämpfen wir uns zur Schule, vorbei an den Spuren etlicher frisch abgefeuerter Zaubersprüche. Wir kauern uns hinter die Steinmauer am Rand des Geländes, um einen Blick auf das mächtige Gebäude zu werfen. Sicherheitshalber schiebe ich mich vor Bean. Wer weiß, vielleicht herrscht auch hier das reinste Chaos.

Ja, wahrscheinlich liegt inzwischen auch die Schule in Trümmern, so wie das Ratskabinett … Irrtum. Sie steht noch, imposant und prachtvoll wie eh und je. Okay, von den Torbögen der kleinen Innenhöfe, dem Lieblingspausentreff der Teenager, tropft seltsamer Schleim und die Besenrennstrecke wird von einem heftigen Regenguss gebeutelt, aber abgesehen davon … Ich spähe nach oben, wo der verrammelte Glockenturm wie eine Faust in den Himmel ragt.

»Seid ihr euch sicher, dass das eine gute Idee ist?«, flüstert Sammy.

Ich bin mir definitiv nicht sicher. Aber wie soll ich sonst herausfinden, ob an meinem Verdacht etwas dran ist? Und was soll Gabriel sonst damit gemeint haben, dass er das Gleichgewicht Hallowstones wiederherstellen will?

Man kann nur wiederherstellen, was es einmal gab. Etwa indem man die verlorene Hälfte der Stadtbevölkerung zurückholt?

Ich nicke. »Ich muss es versuchen.«

»Aber schaut mal – die Statuen …«

Oh. Sammy hat recht. Von den Skulpturen, die sonst an jeder Ecke des Turms und des Schuldachs hocken, ist nichts mehr zu sehen. Ich stutze und meine Kehle trocknet aus. »Wo sind die denn hin?«

»Schätze, sie beschützen die Schule«, meint Holly nervös. »Wo doch die halbe Stadt in Flammen steht …«

»Da!«, kreischt Sammy. »Was war das?«

»Was?«

»Da!« Sie zeigt mit dem Finger.

Ich packe Bean am Arm und blicke mich in alle Richtungen um. Ein gewaltiger Lichtblitz erhellt den Himmel und endlich sehe ich es: Da kommt etwas auf uns zu.

»Was jetzt?«, japst Sammy.

»Keine Ah… Bean!«

Doch er klettert einfach über die Mauer und rennt über die Wiese vor der Schule. Ich schreie auf und hieve mich ebenfalls irgendwie über die Barriere. Auf der anderen Seite bückt Bean sich und hebt mit ausgestreckten Armen etwas auf – eine lange grüne Echse mit pergamentartigen Flügeln, die aufgeregt flattern. Er drückt das Tier an sich. Es leckt ihm das Gesicht.

»Guckt mal!«, gluckst er. »Hier gibt's auch Kröten!«

Ich gucke nach unten. Vor mir hopst eine dickliche Kröte durchs Gras, das Gesicht zu einer leicht angewiderten Grimasse verzogen, und in der Nähe schwingt sich eine weitere Echse in die Luft, genau wie die in Beans Armen.

»Verhext noch mal!« Ich zucke zusammen, als die Echse haarscharf an mir vorbeisegelt. Dann schaue ich hinüber zur Schule – wo eindeutig keine Wasserspeier und Drachenskulpturen mehr zu sehen sind – und wieder auf die merkwürdigen Tierchen. »Hey, kommt rüber!«, rufe ich den anderen zu.

»Was sind das denn für Viecher?« Holly eilt zu uns. »Bäh, was für fette Kröten!«

»Ich würde sagen, das sind die Wasserspeier. Und die Echsen …«

»… sind die Drachen.« Ihre Augen weiten sich. »Es hört einfach nicht auf. Die Magie verzerrt sich überall.«

»Aber in dem Fall soll es mir recht sein«, meint Sammy, die ebenfalls angetrabt kommt. »Ich kann Wasserspeier nicht leiden. Andererseits, so ein Drache wäre schon ganz cool gewesen.«

Bean hält immer noch die Echse in den Armen. »Kann ich nicht hierbleiben? Eure Schule sieht echt gruselig aus.«

»Sorry, aber du musst mit«, erwidere ich. »Wenn jemand fragt, sagen wir einfach, dass ich auf dich aufpasse.«

»Aber ich will da nicht rein! Da riecht es so alt. Und so komisch.«

»Warum komisch?«, fragt Sammy.

Mein Blick zuckt von Bean zu ihr.

Und er sagt: »Es riecht nach Werwölfen.«

Auf Zehenspitzen wagen wir uns in das dunkle, offenbar menschenleere Schulgebäude hinein. Ein Schauer kriecht über meinen Rücken. Es ist so still wie in einer Gruft voller Überbleibsel aus uralten Zeiten. Normalerweise herrscht hier penible Ordnung – jetzt hängen Spinnweben über dem Empfang, als wäre er seit Jahrzehnten nicht mehr besetzt gewesen, und mitten in der Treppe, die hinauf zu den Lehrerbüros führt, klafft ein Riss. Oben sickert grünliches, geisterhaftes Licht unter den Türen hervor.

»Ist wirklich gruselig hier«, stellt Holly fest.

»Jepp«, sagt Sammy düster. »Die Magie spielt einfach überall verrückt. Haltet die Augen offen nach Schattenwesen, ja?«

»Klar.« Ich werfe einen Blick in die Höhe. Durch das Oberlicht in der Decke sind die rötlich glühenden Risse und Brüche im Schutzzauber zu erkennen. »Sieht aus, als wäre hier ewig niemand mehr gewesen. Dabei war gestern noch alles wie immer.«

Als wir an den Türen der Büros vorbeischleichen, leuchten unsere Schuhe grünlich auf. Keine Lehrer weit und breit. Am Ende des Flurs kommt die nächste Treppe. Wir steigen die geborstenen Stufen hinauf. Bean klammert sich fest an meine Hand. Da ist schon die Tür zum zweiten Stock, wo Crystal und die anderen aus der Oberstufe Unterricht haben.

In den höheren Klassen gibt es für jedes Fach eigene Lehrer. Crystal hat bei der einen Hexe Bannzauber, bei einer anderen Naturmagie und Rituale. An der Tür des ersten Unterrichtsraums steht TRANKLABOR. Ich werfe einen Blick hinein. Kaum ein Tisch steht noch, wo er hingehört, und über die Tafel, über gekritzelte Zahlen und Buchstaben, rinnt der gleiche grüne Schleim wie überall. Schülerkessel liegen auf dem Boden, manche zerbrochen, andere dampfen noch. Über der Feuerstelle flackern pinkfarbene Flammen, darüber blubbert ein großer gusseiserner Kessel fröhlich vor sich hin und es riecht leicht nach Eierpunsch. Abgesehen von der Unordnung – und dem Schleim –, ist nichts wirklich Besorgniserregendes zu sehen und trotzdem stellen sich die Härchen in meinem Nacken auf. Irgendetwas fühlt sich einfach falsch ein.

Da – ein Huschen bei der Feuerstelle.

Gesehen habe ich nur einen Schatten, und auch den nur für einen winzigen Moment. War es bloß Einbildung? Bestimmt nicht. Wir sind nicht allein. Ich muss schlucken.

»Was macht ihr hier?«, keift jemand.

Ich zucke zusammen, mein Herz rast. Die Hände in die Rocktaschen gestopft, fahre ich herum. Die Stimme kommt mir bekannt vor – was meine Vorfreude auf das folgende Gespräch nicht unbedingt steigert.

»Ähh …«, sagt Sammy. »Und was machst du hier, Crystal?«

24. Kapitel

Perfekt herausgeputzt wie immer und die Arme fest verschränkt, starrt Crystal auf uns herab. Wegen ihres weißen Glitzer-Make-ups wirkt ihr Blick schneidend wie Dolchspitzen. Mir wird heiß. Eigentlich finde ich Sammys Schwester super, aber wenn sie uns jetzt in die Quere kommt, dann war's das.

»Was«, sagt sie noch einmal mit einer Geste, die uns alle umfasst, »macht ihr hier?«

»Und du?«, gibt Sammy zurück.

»Na, was schon? Ich suche nach dir! Mom und Dad sind völlig fertig mit den Nerven! Der Unterricht wurde abgesagt, aber du bist nicht nach Hause gekommen. Und da draußen geht es völlig drunter und drüber. Ein Tornado ist durch den Bauernmarkt gefegt, vom Brodel und Blubber ist nur noch ein Krater übrig und in der Chimärenstraße soll eine ganze Häuserreihe abgebrannt sein, weil ein Zauber schiefgegangen ist. Und überall dieser Rauch, ü-ber-all! Kein Spruch funktioniert noch – auf dem Weg hierher habe ich einen Richtungszauber verbockt und das ist mir seit Jahren nicht mehr passiert! Es ist wirklich verhext, ich habe auf dem Flug sogar eine riesige Schlägerei beobachtet. Und die Wächter laufen total kopflos durch die Gegend, um die Magie wieder in Ordnung zu bringen, aber es hilft alles nichts.«

»Sorry, aber …«, fängt Sammy an. »Aber du vermasselst doch ständig irgendwelche Zauber.«

Crystal schnaubt empört, doch dann reißt sie ihre Schwester in ihre Arme und drückt sie mit aller Kraft. »Im Ernst, ich hatte einen Wahn-sinns-schiss. Komm her, Prue! Hätte mir denken können, dass ihr zwei zusammen unterwegs seid …«

Jetzt zerquetscht sie auch mich. Sie duftet nach Hexenflair-Parfüm und Rauch und für einen Augenblick lasse ich mich von ihrer Erleichterung mitreißen. Nur eine Sekunde lang fühlt es sich so an, als wäre alles wieder gut.

»Moment mal, ist das nicht Bean?«, fragt Crystal da. »Ist das schräg. Ich kenne ihn ja nur von Fotos. Dann sind die Werwölfe also wirklich hier, oder wie? Bei uns!?«

Bean winkt schüchtern. »Hi.«

Crystal verstrubbelt ihm die Haare, was ihn fast zum Lächeln bringt.

»Sind die Wächter schon ins Ratskabinett reingekommen?«, will Holly wissen.

»Nein, das ist immer noch versiegelt. Hey, woher wisst ihr das eigentlich?«

Anstatt zu antworten, blickt Holly nur sorgenvoll in meine Richtung.

»Und die Schattenwesen?«, frage ich.

Crystal schüttelt den Kopf. »Klar macht sich jeder Sorgen wegen der Gefahren aus dem Schattenreich, aber passiert ist bisher anscheinend nichts, da gibt es höchstens Gerüchte. Trotzdem drehen natürlich alle durch. Auch Mom und Dad. Komm, Sam, gehen wir nach Hause.«

»Na ja, also …« Ich schiebe die aufflackernde Panik beiseite. »Also das Ganze ist meine Schuld. Und wir wollen es gerade wieder in Ordnung bringen.«

Da lacht Crystal. »Was wollt ihr in Ordnung bringen?«

»Den Schutzzauber. Ich habe aus Versehen einen magischen Wunsch ausgesprochen und dadurch die Werwölfe in die Stadt gelockt und außerdem den Schutzzauber zerstört.«

Ganz gleich, wem ich begegne, ich muss immer erst mal ein Geständnis ablegen. Wann wird das aufhören? Wenn ich mich nicht mehr so schuldig fühle?

Crystal macht große Augen. Und noch größere Augen. »Was zur ... Antony!«

»Auch das noch«, grummelt Sammy.

Aus dem Nichts taucht Antony auf. »Crystal! Hast du sie gefunden?«

Sie deutet auf uns. »Rate mal.«

»Oh, super«, sagt er.

»Nichts ist super. Im Gegenteil. Prue denkt, sie wäre schuld an dem ganzen Schlamassel.«

Holly kann den Blick nicht von Antony lösen. Sie quiekt, als wäre sie einem Superstar begegnet. »E-e-es stimmt aber«, stammelt sie. »Wir waren dabei, als der Lebensbaum ausgelöscht wurde.«

Crystals Verwunderung wächst immer weiter. »Aber euch ist nichts passiert, oder?« Abrupt dreht sie sich um und zerrt ihren Freund nach vorne. »Kannst du nicht irgendwas tun?«

»Aber Schatz.« Er zuckt mit den Schultern. »Ich kann doch nicht hexen.«

Sammy verdreht die Augen.

»Ja, schon klar«, zischt Crystal ihn an. »Dafür kannst du dich wunderbar in eine Fledermaus verwandeln und den ganzen Tag verpennen.«

»Du kannst dich echt in eine Fledermaus verwandeln?«, schnauft Holly. »Ist das cool!«

»Warte mal«, schalte ich mich wieder ein. »Antony, du … du kannst das also wirklich?«

Eine seiner schmalen Augenbrauen wandert nach oben.

Ich sehe ihn an. »Könntest du für uns nachgucken, ob man irgendwie in den dritten Stock kommt?«

»Aber warum?«, fragt Crystal. »Lasst uns endlich abhauen. Mir wird es hier langsam zu ungemütlich.«

»Es ist wichtig«, beharre ich.

»Wir müssen uns dringend da oben umschauen«, fügt Sammy hinzu.

»Der dritte Stock wurde vor Jahren abgeriegelt«, klärt Crystal ihren Freund auf. »Irgendein Junge soll gestorben sein, nachdem er von seinem Kumpel aus dem Fenster geschubst wurde. Behauptet zumindest Angie Hernandez, aber was weiß ich, der würde ich jetzt nicht unbedingt alles glauben. Höchstens siebzig Prozent.«

»Egal«, sagt Sammy. »Wir müssen da hoch, und Punkt.«

Antony zuckt die Achseln. »Wie du meinst, Sam. Ich stehe zu Diensten.«

»Stopp, stopp, stopp«, schreitet Crystal ein. »Kein Mensch weiß, wie man in den dritten Stock kommt. Es wird schon seinen Grund haben, dass man da nicht raufdarf.«

Sammy kneift die Augen zusammen. »Hast du es schon mal versucht?«

»Darauf werde ich gar nicht erst antworten«, entgegnet Crystal.

Soll heißen: Ja.

»Ich kann's ja mal probieren«, sagt Antony da. »Wartet kurz, okay?«

Damit verschwindet er. Genauso plötzlich, wie er aufgetaucht ist.

Überraschenderweise macht Crystal keinen Mucks. Niemand sagt etwas, nicht mal Bean, der immer noch zittert.

»Hey.« In meinem Kopf ist gerade eine Idee aufgeploppt. »Der Katzenschädel von gestern ... Der steht doch für Weisheit, oder?«

»Na ja, er ist von einem Kater, der Meister Schlau hieß.« Hollys Stirn legt sich in Falten. »Und weiter?«

Doch Sammy hat schon verstanden. »Ohhh ja! Gute Idee! Gucken wir doch mal, ob er auch leuchtet, wenn du ihn in die Hand nimmst!«

»Ihr bleibt gefälligst hier!«, ruft Crystal, doch da laufen wir schon den Flur hinunter zur Treppe.

Im ersten Stock steht die Tür zu unserem Klassenzimmer sperrangelweit offen und auch dort sieht es aus, als hätte ein Wirbelsturm gewütet. Durch die zerschlagenen Fenster zischt Wind, der ein leichtes Raucharoma mit sich trägt.

»Habt ihr das gehört?«, fragt Sammy.

Ich lege den Kopf schief.

»Dieses leise Kratzen ...« Sie macht ein paar Schritte ins Zimmer hinein. »Woher kommt das?«

»Von der Tafel.« Holly zeigt auf die breite schwarze, von

Holzstreben eingefasste Tafel. Ein Riss zieht sich durch ihre Mitte und vor unseren Augen quietscht ein Stück Kreide über ihre Oberfläche. Es buchstabiert ein Wort:

W E I S H E I T

Weisheit. Weisheit. Weisheit. Es steht bereits hundertmal in Ms Crocketts Schrift an der Tafel, mindestens. Als hätte sie einen Diktatzauber gestartet, der nun in Endlosschleife läuft.

»Ms Crockett?«, rufe ich versuchsweise. Wir haben sie seit heute Vormittag nicht mehr gesehen.

Es kommt keine Antwort.

Vor der Tafel liegt ein Haufen zertrümmertes Holz – Ms Crocketts Pult – und mitten darin leuchtet etwas, wenn auch nur schwach.

Ich wühle mich durch Splitter, Papiere und Bücher und fische ihn schließlich heraus: den Katzenschädel. Er ist noch ganz, und sobald ich ihn berühre, strahlt er heller als zuvor. In der Hand spüre ich seine Wärme. Es ist wie bei der schimmernden Mondblume, ein angenehmes, beruhigendes Gefühl.

Der Schädel wirkt zerbrechlich, angeknackst, gerade so zusammengehalten von Magie – das geht auf meine Kappe. Mit dem Finger fahre ich eine Augenhöhle nach. Obwohl ich ihn erst gestern kaputt gemacht habe, kommt es mir vor, als hätte ich darüber vor langer Zeit in einem Buch gelesen. Nicht als wäre es tatsächlich passiert.

»Er leuchtet wirklich.« Sammys Stimme ist kaum zu hören.

»Glaubt ihr, wir können ihn als Symbol der Weisheit nehmen?«, fragt Holly.

Zögernd streckt Sammy die Hand aus und legt einen Finger auf den Schädel. Dort, wo sie ihn berührt, erlischt das Licht. Sie nimmt den Finger weg und das Licht kehrt zurück.

»Weisheit bedeutet, immer weiterzulernen und nie aufzugeben, auch wenn es schwierig wird … Ms Crockett beginnt ihre erste Stunde mit genau dieser Lektion. Und der Kater hieß auch noch Meister Schlau. Und ich habe den Schädel gestern selbst kaputt gemacht und jetzt leuchtet er nur für mich. Es passt zusammen.« Das alles sprudelt aus mir heraus, ohne dass ich an einem einzigen Wort zweifeln würde. Der Schädel ist mein nächstes Symbol, ich bin mir absolut sicher. In meinem Bauch lockert sich der Knoten der Angst ein wenig. Zwei Symbole haben wir, zwei brauchen wir noch.

Da schallt es von oben herab: »Geschafft! Kommt!«

Das war Antonys Stimme.

Ich übergebe den Schädel an Sammy, sie verstaut ihn sorgfältig in ihrem Rucksack.

»Und weiter«, sage ich. »Zur Wahrheit.«

Mit ungläubigem Blick schaut uns Crystal entgegen, als wir in den zweiten Stock zurückkehren. Doch dann geht sie voraus in die Richtung, aus der Antonys Stimme kam.

Holly hat anscheinend nur darauf gewartet, dass Crystal außer Hörweite ist.

»Ich glaub's nicht!«, quiekt sie. »Jetzt kenne ich einen echten Vampir!«

Schon unten war es ziemlich ungemütlich im Dunkeln, der dritte Stock aber ist das reinste Geisterhaus. Ich wische mir ein riesiges Spinnennetz aus dem Gesicht und schlucke einen Schrei hinunter. Auf die Frage, was mir beim Betreten des Stockwerks den größten Schrecken einjagen würde, hätte ich bis vor fünf Minuten geantwortet: totales Chaos, wie wenn die Etage nach einer erbitterten Schlacht abgeriegelt worden wäre. Doch da hätte ich mich getäuscht – so wirkt es noch viel unheimlicher.

Alles ist am rechten Platz.

Am Schwarzen Brett hängen Bekanntmachungen, etwas vergilbt, aber noch zu entziffern: *Kommt alle zum Vollmondheulen!*, ist auf der einen zu lesen und auf einer anderen: *Oberstufenjagd der Werwölfe – Anmeldung hier.* Neben dem ersten Zimmer ist ein Schild angebracht, so wie unten, nur dass darauf nichts Alltägliches steht wie SPORT oder SPRUCHKUNDE, sondern MONDRITUALE. Durch die offene Tür ist ein vorbildlich aufgeräumter Klassenraum zu sehen: Tische in ordentlichen Reihen, die Stühle daruntergeschoben. Ich kneife die Augen zusammen. An die Tafel neben den Fenstern ist sogar noch etwas angeschrieben.

»Das ist echt …«, murmelt Sammy.

Ich stupse sie an. »Unheimlich, was?«

»Jepp.« Sie macht einen zaghaften Schritt. »Es ist genau wie in der restlichen Schule. Nur … nur die Werwolf- statt die Hexenversion.«

Wir sehen uns an. Hinter den Brillengläsern werden Sammys Augen immer größer.

»Es stimmt wirklich«, flüstere ich. »Alles.«

»Ja.« Sie nickt. »Das ist unglaublich!«

»Was?«, ruft Crystal.

»Was ist unglaublich?«

Holly geht schon weiter, den Flur hinunter. Ihre Schuhe klackern laut über den Boden. »Dass man so etwas überhaupt geheim halten kann.«

»Wir müssen deine Großmutter danach fragen«, erwidere ich. »Sobald alles wieder normal ist. Hat sie sich nicht schon im Ratskabinett irgendwie komisch benommen?«

»Es gibt bestimmt einen Grund, warum daraus so ein Geheimnis gemacht wird.« Holly krallt eine Hand in ihre Jacke. »Meine Grandma ist keine Lügnerin.«

Die Antwort, die mir darauf einfällt, spare ich mir lieber. »Lasst uns mal schauen, ob es hier auch einen Gemeinschaftsraum gibt«, sage ich stattdessen.

Unten hat jede Klassenstufe einen eigenen, richtig schönen Raum, ein gemütliches Zimmer mit bequemen Sesseln und langen Tischen für die Hausaufgaben, mit Büchern zum Schmökern und einem Wasserkessel, der einem auf Wunsch jederzeit eine Tasse frisch gebrühten Tee einschenkt.

Wie es wohl in einem Gemeinschaftsraum für Werwölfe aussieht?

»Warum?«, fragt Crystal. »Was soll es ausgerechnet da Besonderes geben?«

»Ich wüsste schon was …«, sage ich und laufe voraus, um die Schilder an den Türen zu überfliegen. »Die Jahrbücher! Die werden doch da aufbewahrt.«

In unserem Gemeinschaftsraum reichen sie bis in sehr, sehr alte Zeiten zurück. Wieso nicht auch hier?

Vor der Tür mit dem passenden Schild bleibe ich stehen. Mein Herz klopft fast schon verzweifelt. Entweder liege ich richtig … oder ich habe uns in eine Sackgasse geführt. Ich merke, wie skeptisch mich alle anderen anblicken. Sogar Antony.

»Guckt euch nach Jahrbüchern um, nach Fotos … nach allem, was uns etwas über die Geschichte der Stadt verraten könnte«, sage ich. »Und über Gabriel. Zum Beispiel, ob er das Ritual wirklich hier durchgeführt hat.«

Dann stoße ich die Tür auf. Sie ächzt und knarrt, so lange wurde sie nicht mehr geöffnet. Das Mondlicht zeichnet ein Zickzackmuster auf den Boden und Tische und Stühle werfen lange Schatten, wie schlanke Gespenster. Schnell das Licht anmachen. Erst tut sich nichts, dann flackern Lampen und ein Kronleuchter taucht den Gemeinschaftsraum in einen warmen gelben Schein.

An der Wand tickt eine Mondphasenuhr, deren Zeiger auf den Vollmond ausgerichtet sind, daneben hängt ein ausgeblichenes Werbeposter für eine Theateraufführung der Werwolf-Oberstufe: *Rotkäppchen mal anders.* Mein Herz schlägt noch schneller.

Es ist wie in einer Zeitkapsel, als wäre der Raum am Ende eines x-beliebigen Schultages eingefroren worden. An der gegenüberliegenden Wand steht ein abgewetztes, L-förmiges Sofa, die Mitte des Zimmers wird wie üblich von einer langen Reihe aus Holztischen eingenommen, die dazugehörigen Stühle sind auch noch da. Rechts führt eine Tür zu den Toiletten, links gibt es ein Regal mit zerfledderten Taschenbüchern. Ob *Hanna Hex* dabei ist? Aber ja doch – allerdings auch einige Bände aus einer Reihe namens *Wolfram Wer*. Und daneben stapeln sich beschriftete Aufbewahrungsboxen: Mondsaft, Kristalle, Krallenscheren, Kämme …

Die Wände sind hellblau gestrichen. Über die dunkelblaue Decke erstreckt sich ein Gemälde, das mich an das Ratskabinett erinnert: Sternbilder in der Dämmerung, ein Stück vom Mond.

»Wow«, haucht Crystal. »Wie geschaffen für Werwölfe.«

»Ja.« Meine Stimme ist ganz leise. »Es gab eine Zeit, da waren in Hallowstone nicht nur Hexen willkommen.«

Wir blicken uns ausgiebig um. So viele Kleinigkeiten aus einem vergangenen Alltag, doch ich finde kein Regal mit Jahrbüchern, auch keinen Stapel davon in der Ecke.

»Wo sind die Dinger nur?«, fragt Holly.

»Vielleicht in dem Schrank da?«, schlägt Sammy vor.

Ich ziehe am Türgriff. »Abgeschlossen.«

»Crystal?«, fragt Sammy hoffnungsvoll. »Könntest du vielleicht …?«

»Na klar kann ich.« Mit diesen Worten zieht Crystal einen schmalen Dolch aus ihrem Haar.

Ich staune. »Nicht schlecht! Ich dachte immer, das wäre bloß Schmuck – aber es ist dein Artefakt, oder?«

Crystal lächelt. »Bitte einen Schritt zurücktreten, Kinder.«

»Bist doch selber noch ein Kind«, grummelt Sammy, setzt sich aber mit ausreichend Abstand auf einen Tisch. Ich lasse mich in einen Sessel sinken.

Drüben lehnt sich Antony in den Türrahmen und klatscht in die Hände. »Du machst das, Baby.«

Okay, das finde ich jetzt sogar irgendwie süß. Er wirkt fast schon normal. Also, so normal, wie ein Typ in dem Alter eben sein kann.

Mit der Dolchspitze zeigt Crystal auf das Schrankschloss, schließt die Augen und atmet tief ein. Die Klinge leuchtet auf, als ob ein heller Sonnenstrahl darauf fallen würde.

»Schließ auf das Schloss«, sagt sie. »Schließ auf das Schloss!«

Und der ganze Türgriff fällt ab.

Sammy muss kichern. »Super Leistung, Crystal.«

»Ach Mist«, murmelt sie und öffnet die Augen wieder. »Warum muss immer alles kaputtgehen? Und ich dachte eigentlich, ich hätte es langsam drauf.«

»Was soll's«, versucht Antony, sie aufzumuntern. »Offen ist offen.«

Wo er recht hat ... Ohne Schloss hat sich die Schranktür bereits mit einem Knarren einen Spaltbreit geöffnet. Crystal schiebt den Dolch hinein und hebelt sie komplett auf.

Mein Magen verkrampft sich, doch wider Erwarten springt uns kein Untier entgegen. Nein, im Schrank stehen nur eine Menge ordentlich aufgetürmter Boxen.

»Das wäre dann wohl die richtige.« Holly deutet auf eine Kiste ziemlich weit oben. »Jahrbücher.«

Die Wahrheit wartet auf uns.

25. Kapitel

Mit etwas Mühe bekommt Crystal den Deckel von der Kiste und wir stürzen uns auf die Jahrbücher. Eine Staubwolke hüllt uns ein, lässt uns husten und niesen. Sammy zieht einfach irgendeinen großen Band heraus, wischt die dicke graue Schicht herunter und muss schon wieder niesen.

»Wie weit in die Vergangenheit?«, fragt sie.

»Prue? Wie alt waren deine Eltern, als du geboren wurdest?«, will Crystal wissen.

Nachdem sie die Schranktür geöffnet hatte, habe ich ihr meine Theorie erklärt – dass meine Mutter in einem Jahrbuch auftauchen müsste, falls die Werwölfe früher einmal in Hallowstone gelebt haben, genau wie ein gewisser Gabriel, dem wir in Old Hallowstone begegnet seien – und schon war sie Feuer und Flamme.

»Auch wenn die Geschichte ziemlich verrückt klingt«, hat sie eilig hinterhergeschoben. »Ich meine, wenn es hier wirklich mal Werwölfe gegeben hat, warum sollten uns die Erwachsenen was vormachen?«

Egal. Sie tut immer noch so, als wäre sie wider Willen von ihrer Schwester und deren kindischen Freundinnen in die ganze Sache hineingezogen worden, aber ich sehe ihr an, was sie wirklich denkt – das ist das Abenteuer ihres Lebens.

»Ähhhm.« Ich runzele die Stirn. »Wie alt meine Eltern waren … Es ist jedenfalls elf Jahre her.«

»Ach herrje«, sagt Antony. »Bin ich hier im Kindergarten gelandet, oder wie?«

Da wird Holly neugierig. »Wie alt bist *du* denn?«

»Ich will's gar nicht wissen«, kommt Sammy ihm zuvor. »Nee, wirklich nicht.«

»So alt ist er nun auch wieder nicht«, sagt Crystal. »Und er ist mit 19 gestorben.«

Antony nickt. »Vor euch steht ein ganz gewöhnlicher 19-Jähriger.«

»Aus Russland, drüben in der nichtmagischen Dimension«, fügt Sammy hinzu. »Als das noch eine Monarchie war.« Sie hievt einen ganzen Stapel Jahrbücher aus der Kiste und lässt ihn auf den Boden fallen. Es rumst und staubt. »Aber wie alt waren deine Eltern denn jetzt, Prue?«

»Soweit ich weiß, haben sie gleich nach dem Schulabschluss geheiratet«, antworte ich. »Und dann kam ich … ziemlich bald danach? Das heißt, mit der Schule waren sie so vor … 13 Jahren fertig?«

»Das wäre 2008«, meint Holly. »Oder?«

»Mathe ist nicht so meine Stärke«, murmele ich.

Die Augen verdrehend durchwühlt Sammy den Stapel nach dem richtigen Jahrbuch. »Gefunden! Hier hätten wir 2008 …«

Ich reiße den Wälzer an mich. *Schule für Hexen Hallowstone* steht auf der ersten Seite hinter dem Deckel. *Abschlussklasse 2008.* Von Werwölfen ist nicht die Rede. Ich überfliege das Namensverzeichnis trotzdem, finde aber keine LaRues. »Los, gehen wir weiter zurück.«

Sammy angelt das 2007er-Jahrbuch hervor und schlägt die erste Seite auf: *Schule für Hexen und Werwölfe Hallowstone. Abschlussklasse 2007.*

Ich wippe auf den Fersen, irgendwo zwischen Nervosität und Aufregung. »Ich frage mich schon so lange, wie sich meine Eltern eigentlich kennengelernt haben. Schnell, blätter zu meiner Mom.«

Crystal schnaubt, als könnte sie das alles nicht glauben. »Nicht zu fassen. Sie haben es uns einfach verheimlicht. Hier an der Schule und überall.«

»Ja«, sage ich. »Sie haben die ganze Zeit gelogen.«

Darüber darf ich gar nicht zu lange nachdenken – dass meine Eltern mir nie die Wahrheit gesagt haben. Dass mir keiner der Erwachsenen, die doch meistens so nett zu mir sind, je die Wahrheit gesagt hat. Ich knirsche mit den Zähnen. Wie können die nur so tun, als hätten die Werwölfe niemals hier gewohnt? Nicht dass ich Gabriel nun voll und ganz vertrauen würde, aber in einem Punkt sind wir uns einig: Wir haben ein Recht darauf, unsere Geschichte zu kennen.

»Da ist sie ja.« Sammys Stimme setzt meiner Grübelei ein Ende. »Marin LaRue.«

Mein Herz klopft wie wild. Ich blicke über Sammys Schulter.

In Menschengestalt, aber mit spitzen Ohren und Krallen, deren Schärfe selbst auf dem Foto gut herüberkommt, strahlt meine Mutter in die Kamera. Ihre Uniform, ein dunkler Pullover und ein langer schwarzer Rock, ähnelt meiner, doch anstelle des Hexenhut-Aufnähers trägt sie einen Tatzen-Aufnäher auf dem Pulli.

Marin LaRue, steht unter dem Bild. *Stufensprecherin Werwölfe.*

Lieblingsbuch: »Mordmond« von R. L. Gordon
Lieblingsgericht: Dörrfleisch
Lieblingsfach: Verwandlungsmagie

»Wie hübsch sie war!«, ruft Holly. »Und sie war Stufensprecherin!«

»Gibt es noch einen LaRue?«, frage ich.

Sammy sieht mich an und schüttelt den Kopf, fast ein bisschen nervös. »Ich weiß, was du denkst. Aber dafür bräuchten wir das Jahrbuch der ganzen Schule, nicht nur der Abschlussklasse. Außer du glaubst, die beiden sind Zwillinge.«

»Leute, was redet ihr denn da?«, fragt Crystal.

Auch Holly schaut mich ungläubig an und ich habe das Gefühl, mich rechtfertigen zu müssen. »Ich traue Gabriel ja auch nicht und mit seinen komischen Plänen will ich nichts zu tun haben. Aber ich muss wissen, ob ich mit ihm verwandt bin.«

Dann gehe ich die Jahrbücher durch, während Sammy kurz und knapp für ihre Schwester zusammenfasst, wer dieser Gabriel eigentlich sein soll.

»Aber Werhexen gibt's doch gar nicht«, sagt Crystal ein oder zwei Mal – allerdings so, als wäre sie sich selbst nicht mehr ganz sicher. Willkommen im Club.

Bald habe ich das passende Jahrbuch gefunden. Es wird still. Sammy blättert für mich zur richtigen Seite und wir starren alle zusammen auf das Foto. Meine Kehle ist staubtrocken. Ich will etwas sagen, kann aber nicht. Als hätte mir jemand die Stimme stibitzt.

Gabriel Benedict LaRue, steht dort in ausgeblichener Tinte. *11. Klasse Werwölfe.* Für einen Teeniejungen ist er sogar ganz süß, wie er grimmig in die Kamera starrt und seine Haare zurückwirft. Seine Uniform wirkt irgendwie zerschlissen. Und ob ich will oder nicht – ich will nicht –, die Ähnlichkeit zu meiner Mom, aber auch zu Bean und mir, ist auf diesem Foto erst recht nicht zu übersehen.

»Was bedeutet das da?«, fragt Bean plötzlich.

Sein Finger liegt auf einem Wort, das in roter Farbe auf Gabriels Foto gekrakelt wurde: MONSTER. Darunter geht es weiter: MISSGEBURT. KÖTER. MONDSÜCHTIGER. KRANK.

»Das ist eine Beleidigung«, erkläre ich ihm. »So was … so was sagen böse Leute.«

Bean nickt. »Er war wirklich ziemlich böse. Ich will ihn eigentlich nicht als Onkel.«

Mich macht dieser Anblick einfach nur traurig. Offensichtlich wurde Gabriel gemobbt. Vielleicht ist er nicht mit seiner Magie zurechtgekommen, so wie ich. Vielleicht haben sich seine Klassenkameraden deswegen über ihn lustig gemacht.

»Hey«, meldet sich Antony zu Wort. »War vorhin nicht die Rede davon, dass hier ein Kind umgekommen sein soll?«

»Ja«, sagt Crystal. »Warum?«

Er zeigt auf die untere Ecke der Seite. Da steht ein Satz in Druckbuchstaben. Die Tinte ist dunkler als die übrigen Schmierereien auf der Seite.

DU BIST EIN MÖRDER.

Und ein Pfeil führt zu Gabriels Foto.

Seufzend blättert Sammy in dem durchweichten Tagebuch. »Musstest du ihm das Ding geben? Jetzt ist die Tinte total verlaufen.«

»Ich konnte ja nicht ahnen, dass er es uns gleich wegnehmen will«, erwidere ich deprimiert. »Kann man noch irgendwas lesen?«

Sie hält das aufgeschlagene Buch hoch, ohne etwas zu sagen. Von der Schrift ist nur eine Art Wasserfarbengemälde übrig.

Ich lasse mich auf den Rücken fallen.

So ein Mist.

»Hey, kannst du vielleicht Wasserschäden rückgängig machen?«, wendet sich Sammy an ihre Schwester.

Crystal schüttelt den Kopf. »Nee, keine Ahnung.«

»Wenn wir wenigstens ein paar der Einträge entziffern könnten«, murmelt Holly. »Zum Beispiel, was passiert ist, als er den Schutzzauber aufgebrochen hat? Ist bei ihm auch die Magie durchgedreht? Hatten auch alle Angst vor Schattenwesen?«

»Und gibt es da einen Zusammenhang?«, fügt Sammy leise hinzu. »Zwischen dem Schutzzauber und dem toten Jungen?«

Für einen Moment sagt niemand mehr etwas.

»Na, immerhin kommen wir mit dem neuen Ritual

voran«, meint Holly dann. »Wir haben schon fast alle Symbole zusammen.«

Ich drücke Gabriels Jahrbuchfoto noch fester an mich. Es glüht in meinen Händen, ein warmer Pulsschlag. Nicht dass ich besonders daran hängen würde, aber es ist mein Symbol der Wahrheit. Und damit sind wir unserem Ziel, den Schutzzauber in Ordnung zu bringen, wieder einen Schritt näher. Schlagartig verzieht sich die Verzweiflung, an ihrer Stelle leuchtet nun ein bisschen Hoffnung.

»Wahrheit, Weisheit, Hoffnung«, sagt Sammy. »Und woher bekommen wir jetzt die Macht?«

»Was?« Ich schiebe das Foto in meine Tasche. »Wie war das?«

»Wie war was?«

»Das letzte Symbol …« Ich grabe in der anderen Tasche. »An der Schule hat mir doch so ein Typ einen Zettel gegeben. Wenn ich Macht brauche, hat er gesagt, dann … Damals habe ich nicht kapiert, worum es geht, aber jetzt …«

Sammy sieht mich erstaunt an. »Ohhhhh ja! Könnte sein, dass er das letzte Symbol gemeint hat!«

»Crystal?« Ich falte das kleine Stück Papier auseinander und lese noch einmal die Adresse: Waldrand 312, 666 Hallowstone. »Das habe ich von einem Freund von dir.«

»Von wem genau?«, fragt sie.

»Von einem langhaarigen Typen«, antwortet Sammy.

Crystal blickt ratlos drein.

»Du weißt schon, der mit einem blauen und einem braunen Auge.«

Sie zuckt mit den Schultern. »Nie gesehen.«

»Na super«, erwidere ich. »Aber okay, er hat mir diese Adresse hier gegeben.«

Prompt pflückt Crystal mir den Zettel aus der Hand. »So was! Antony, müsste das nicht gleich nebenan von unserem Trampelpfad sein?«

»Welcher Trampelpfad?«, hakt Sammy nach.

»Da brettern wir immer mit Antonys Motorrad lang.« Crystal hält ihm die Adresse hin. »Der ist am äußersten Rand der Stadt, im Wald.«

Ich schnappe mir den Zettel wieder und verstaue ihn sorgfältig in der Tasche. »Gut, dann nichts wie hin.«

»Seid vorsichtig«, sagt Antony. »Wen man nicht kennt, dem kann man nicht ohne Weiteres trauen.«

»Glaub mir«, entgegne ich, während Gabriels Gesicht in meinen Gedanken aufblitzt, »das weiß ich am besten.«

Sammy dreht sich zu Crystal. »Kannst du dir irgendeine Ausrede für Mom und Dad ausdenken, wo ich bin?«

Darüber lacht Crystal bloß. »Äh ... nein? Wir kommen selbstverständlich mit.«

»Was?«

»Dachtest du, ich lasse mir so etwas entgehen? Das ist tausendmal besser, als mir zu Hause mit Mom und Dad die Fingernägel runterzukauen. Und überhaupt ...« Sie legt ihre Hand auf Sammys. »... wir sind doch Schwestern.«

Es ist nicht gerade das Team meiner Träume, aber was soll man machen? Und wenn wir – ein Werwolfswelpe, ein jahrhundertealter Vampir, eine fast erwachsene und zwei eindeutig nicht erwachsene Hexen sowie eine komplett verwirrte Werhexe –, also wenn wir den Schutzzauber nicht rechtzeitig in Ordnung bringen können, wer dann?

Die anderen haben den Gemeinschaftsraum schon verlassen, da halte ich Sammy am Ärmel fest.

»Was ist?«, fragt sie.

»Ich wollte mich noch mal bei dir entschuldigen. Dass ich vorhin am Lebensbaum so vor Holly rumgelabert habe – das tut mir leid. Ich weiß, Antony ist ein schwieriges Thema.«

Sammys Gesicht entspannt sich. »Du brauchst dich nicht zu entschuldigen. Ich bin da viel zu empfindlich.«

»Ich will aber. Seit ich das gesagt habe. Aber ich ... na ja ... ich mag Holly eben.«

»Das macht mir nichts aus«, sagt Sammy. »Früher fand ich sie ja ziemlich arrogant, aber eigentlich ist sie schon in Ordnung.«

Ich starre auf meine Stiefelspitzen. Jetzt oder nie. Schluss mit der Heimlichtuerei.

»Was ich sagen will ... Ich mag sie richtig. So wie du ... wie du Henry Chen magst.«

»Oh.«

Ich fummele an einem Fingernagel herum. Ich zittere. Ich habe es noch nie ausgesprochen und jetzt, als es doch passiert ist, kommt es mir irgendwie realer vor. Das war mein größtes Geheimnis. Das Einzige, was ich nicht mal meiner besten Freundin sagen konnte.

In Hallowstone gibt es viele Mädchen, die auf Mädchen stehen, und viele Jungs, die auf Jungs stehen. Oder eben Paare aus Männern und Paare aus Frauen. Zum Beispiel Carmela und Evelyn Peacock, die Süßigkeitenmacherinnen vom Bauernmarkt – die sind verheiratet und haben sogar Katzen! So gesehen muss ich keine Angst haben, dass Sammy komisch reagieren könnte. Eigentlich ist es genau wie damals, als sie mir zum ersten Mal gestanden hat, dass sie verknallt ist.

Und gleichzeitig ist es überhaupt nicht wie damals. Weil dadurch wieder bei mir etwas anders ist als bei ihr. Und weil das längst nicht der erste Unterschied ist, der seit der Sache mit dem magischen Wunsch aufgetaucht ist. Neuerdings bin ich eine Werhexe. Und außerdem total verschossen in Holly Abrams. Ich dachte immer, Sammy und ich wären zwei wie Finsterpech und Nachtschwefel, aber stimmt das denn?

Sammy umarmt mich. »Danke, dass du es mir gesagt hast«, flüstert sie.

Ich drücke sie an mich. Meine Augen werden feucht, ich muss schniefen und höre sie kichern.

»Ich finde das voll süß!«, ruft sie. »Aber keine Sorge, ich sag's niemandem weiter.«

Mit der Linken nimmt sie meine Hand, mit der Rechten stößt sie die Tür auf und im selben Augenblick sinken wir durch den Fußboden wie durch flüssiges Wachs.

Schmatzend landen wir ein Stockwerk tiefer. Auch hier gibt der Boden nach und wir stürzen noch mal ab – und noch mal. Und dann *noch mal.* Vier Etagen weiter unten angekommen, richte ich mich auf und muss erst einmal husten. Meine Kehle ist furchtbar rau. Kein Wunder, wenn man kreischt wie auf einem ausgetickten Hexenbesen. An meiner Seite stößt Sammy ein tiefes Seufzen aus.

»Meine Brille. Sie ist kaputt.«

Sie hält die beiden verbogenen Plastikteile hoch.

»Ach, verdammt. Das ist ja blöd, Sam.« Ich spähe nach

oben und sehe ein Loch mit zähflüssigen Rändern in der Decke. Wie konnte das passieren? Vorhin, als wir noch alle im Gemeinschaftsraum in den Jahrbüchern geblättert haben, hat sich der Boden absolut solide angefühlt. Mit schmerzenden Gliedern stehe ich auf. Hier ist der Untergrund jedenfalls *extrem* hart …

»Kann man sie reparieren?«, frage ich Sammy. »Vielleicht liegt hier irgendwo eine Rolle Klebeband herum.«

»Ich kriege das schon hin.« Sie gräbt in einem Innenfach ihres Rucksacks und zieht einen Ring mit violettem Edelstein heraus, schiebt ihn auf ihren Finger, schließt die Augen und macht ein konzentriertes Gesicht.

»Repariere die Brille«, flüstert sie energisch.

Ein kleiner Lichtblitz und die beiden Hälften des Gestells verschmelzen miteinander.

»Wow.« Ich packe Sammy an der Schulter. »Gut gemacht!«

»Das habe ich mir schon vor einer Weile beigebracht«, erwidert sie, aber ohne anzugeben. »Mir geht ja andauernd die Brille kaputt. Da hat Dad gesagt, er erlaubt mir diesen einen Spruch. Aber nur wenn ich niemandem verrate, dass ich schon vor dem Magieunterricht mit dem Hexen angefangen habe.«

»Dass du es nicht mal mir erzählt hast …«

Sie zuckt mit den Schultern. »Nicht mal dir, hat er ausdrücklich gesagt. Die Erwachsenen haben anscheinend eine Wahnsinnsangst davor, dass wir zu früh mit der Magie loslegen.«

Fast hätte ich die Augen verdreht, aber na ja – irgendwo haben sie recht. Ich denke da zum Beispiel an einen Rufzauber-Schrägstrich-magischen-Wunsch, der nun wirklich gründlich schiefgegangen ist.

Doch ich habe noch mehr Fragen an Sammy. »Woher hast du das Artefakt?«

»Es ist nicht meins. Es war das von meiner Grandma. Dad hat gesagt, für diesen einen Spruch kann ich es benutzen.«

»So was geht?«

»Ja, wie es aussieht, erkennt es die Verwandtschaft zwischen ihr und mir.« Auch Sammy steht auf. Sie klopft sich den Staub von den Knien. »Was ist das hier eigentlich für ein Klassenzimmer? Und wo sind die anderen?«

»Ich würde sagen, wir sind im Keller gelandet. Schau, hier ist alles gut verräumt. Keine Tische, keine Tafel …« Ich blinzele den Staub aus meinen Augen und spähe noch einmal in die Höhe. »Hallo, Leute! Seid ihr noch da!?«

Wir warten einige Sekunden, doch es antwortet niemand.

»Crystal?«, ruft Sammy. »Antony?«

»Holly?«

»Bean?«

Mit schmalen Augen blickt Sammy sich im Kellergeschoss um. »Uff, ist das unangenehm hier unten. Und warum ist eigentlich auf einmal der Boden weggesackt?«

Ich kann auch nur raten. »Wegen der übergeschnappten Magie vielleicht?«

Irgendwo krächzt etwas.

Sammy und ich sehen uns an.

»Was war das?«, flüstert sie.

Noch ein Krächzen, ein bisschen näher diesmal.

Ich stolpere zurück und ziehe Sammy am Rucksack mit. Hier muss es doch irgendwo eine Tür geben oder ein Fenster oder irgendwas … Das Untergeschoss der Schule kann schließlich kein Verlies sein, aus dem es kein Entkommen gibt! Andererseits würde mich das auch nicht mehr überraschen, nach allem, was in letzter Zeit los ist.

Im finsteren Keller rennen wir blind gegen eine glitschige Mauer und das Krächzen kommt noch näher.

»Wie ging dieser Zauber noch mal, den Holly auf Gabriel abgefeuert hat?«, wispert Sammy. »Und funktioniert er auch bei einem Vogel?«

Die Dunkelheit ist wie eine Wand, man kann sie beinahe berühren. Sie fühlt sich feucht an. Ich taste sie mit dem Blick ab, wieder und wieder, erkenne aber nichts.

»Hinfort mit …«, überlege ich. »Irgendwas?«

Da schreit Sammy, ich schreie reflexartig mit, gemeinsam stürzen wir auf den kalten Boden – und da sehe ich ihn. Ein silbriger Schatten rast auf uns zu, ein riesiges, gefiedertes Etwas mit dürren, zu Klauen gekrümmten Beinen. Die Hände vors Gesicht geschlagen, brülle ich noch einmal los. Bestimmt gebe ich einen jämmerlichen Anblick ab, aber ich will mir nicht die Augen aushacken lassen!

Ein lautes, hässliches Krähen dröhnt mir in den Ohren. Am Arm spüre ich Sammys Hand. Der Schatten erfasst uns … und verschmilzt mit der Mauer in unserem Rücken.

Stille kehrt ein.

Ich spähe zwischen meinen gespreizten Fingern hindurch. »Ist er weg?«

Das ganze Schulgebäude bebt, Putz rieselt in Brocken

von der Decke. Sammy säubert erst einmal ihre geflickte Brille, das Gesicht zu einer Grimasse verzogen.

Das war ein echtes Schattenwesen. Ich versuche zu schlucken, doch meine Kehle ist zu trocken.

»Wir müssen hier raus.« Ein paar vorsichtige Schritte, dann stehe ich wieder unter dem Loch, durch das wir in den Keller gerauscht sind. »Wenn die Schattenwesen schon in der Stadt sind ... das ist nicht gut. Was, wenn dieser ... dieser Vogel, oder was das war, Bean und die anderen entdeckt?«

Sammy rümpft die Nase. »Ich will's gar nicht wissen. Erst mal weg hier ... Irgendwie muss man doch aus dem blöden Keller rauskommen!« Sie ruft noch einmal in die Dunkelheit hinein und reckt dabei ihren Ring in die Höhe wie ein Schutzamulett. »Hallo, ist da jemand!?«

Ich blicke über Sammys Schulter und spähe nach weiteren gefiederten Schrecken. Zum zweiten Mal infolge erzittert die Schule und diesmal vergrößert sich dadurch das Loch in der Decke.

Über uns ertönt ein Schrei.

»Holly!«, brülle ich in die Finsternis. »Alles in Ordnung?«

»Da war ein Schattenwesen!«, höre ich sie rufen.

»Ich weiß!«

»Verdammt«, kommt Crystals Stimme von oben. »Verdammt, verdammt ...« Über uns flammt Licht auf. Crystals Artefakt, der Dolch, leuchtet wie eine Fackel, in deren Schein ihr eigenes und Antonys Gesicht zu erkennen sind. »Seid ihr okay, Sam? Prue?«

»Prue! Es war irre groß!« Bean lehnt sich über den Rand.

»Und es hat den Schnabel ganz weit aufgemacht und so komisch gegluckst und geschluckt, wie ein Truthahn, nur gruseliger als ein Truthahn, weil vor normalen Vögeln habe ich ja keine Angst, und dann ist so eine Wolke aus Mag…«

Holly zerrt ihn nach hinten, wo er in Sicherheit ist. »Hier!«, ruft sie hinunter. »Ich werfe euch meinen Besen zu. Bitte auffangen!«

Ich strecke die Hände aus und sie peilt uns mit ihrem Miniaturbesen an. Im Fallen löst sich der Verkleinerungsbann – der Besen plustert sich auf, was mich automatisch zurückzucken lässt, doch Sammy erwischt ihn, noch bevor er den Boden berührt.

»Danke!«, ruft sie hoch.

Ich steige hinter Sammy auf und halte mich an ihr fest. Endlich raus aus diesem schrecklichen Keller! Wenn es sich irgendwie vermeiden lässt, werde ich nie, nie wieder hierher zurückkehren. Ja, inzwischen jagt mir die ganze Schule Angst ein. Es ist, als würde mich jeder Winkel anbrüllen: *Dir läuft die Zeit davon!*

Sammy stößt sich mit den Füßen ab.

Wir bleiben, wo wir sind.

Ich klammere mich mit aller Kraft an Sammys Hüfte. »Äh, warum sind wir nicht abgehoben?«

Sie atmet tief ein und aus und wischt meine Hände weg. »Weiß ich nicht. Aber dreh jetzt bitte nicht durch!«

Ich starre nach oben. »Es klappt nicht!«

»Verteufelt noch mal …« Über uns erscheint Hollys Gesicht. »Bei mir macht er immer, was er soll!«

»Bean …«, warne ich, denn mein kleiner Bruder hat sich schon wieder gefährlich nahe an den Rand getastet.

Crystal zieht ihn eng an sich, flüstert ihm etwas ins Ohr und sieht uns an. »Versucht's noch mal!«

Aus heiterem Himmel muss ich an meine Mom denken und mir wird übel, so schlimm vermisse ich sie. Dann lege ich wieder die Arme um Sammy, achte aber darauf, sie nicht abzulenken. Sie stößt sich erneut ab und erneut bewegt sich der Besen nicht. Er ist zu einem schlichten Stück Holz geworden – den Boden könnte man noch damit fegen, aber mehr nicht. Ich werfe einen Blick über die Schulter. Wo ist das Schattenwesen hin? Ich sehe es nirgends und trotzdem kriecht mir ein unangenehmes Kribbeln über den Nacken.

»Wir müssen uns etwas anderes überlegen«, stellt Sammy fest. »Das wird nichts.«

»Das wollte ich euch doch die ganze Zeit sagen!«, ruft Bean empört. »Das Schattenvogeldings hat die Magie aus Hollys Besen rausgepickt.«

»Bei Morgana …« Sammy dreht sich zu mir. »Das hört sich echt nicht gut an.«

Auch Crystal und Antony blicken einander an.

»Das gefällt mir alles nicht«, sagt Crystal. »Wenn die jetzt schon frei in der Stadt rumlaufen, fressen sie wahrscheinlich überall die Magie. Bevor es wieder auftaucht, müssen wir unbedingt hier weg sein. Denkt nach!«

»Ich weiß was!«

Mit diesen Worten flitzt Holly in Richtung Eingangshalle davon und kehrt eine Minute später mit einem riesigen Stoffberg in den Armen zurück. Ich schaue genauer hin – es sind die seidenen Wandteppiche, die normalerweise in langen Reihen an den Mauern der Halle hängen. Manche davon sind mit den Klassenmaskottchen bestickt, andere mit dem Schulwappen.

»Hey, Bean«, sagt Holly. »Hilfst du mir, daraus ein Seil zu machen?«

Während ich unten von einem Bein aufs andere hüpfe und versuche, mich nicht zu genau im Keller umzugucken, reißen Holly, Bean und Crystal oben die Teppiche in schmale Bahnen und verknoten sie zu einem Seil. Selbst Antony hilft mit und schließlich bindet Crystal das eine Ende am Treppengeländer fest, das andere wirft Bean uns zu.

Wir lassen uns nicht lange bitten.

»Streng genommen ist das Sachbeschädigung«, murmelt Crystal, schließt ihre Schwester aber dankbar in die Arme.

»Glaube kaum, dass die Rektorin das im Moment so eng sieht.« Holly holt das selbst gebastelte Rettungsseil wieder ein. »Schlimm genug, dass meinem Besen die Magie abgesaugt wurde – und hier könnte jederzeit eine ganze Horde Schattenwesen auftauchen. Aber euch geht's gut, oder?«

»Ja«, sagt Sammy. »Trotzdem, wir müssen uns beeilen.«

Ich nicke, will mir die Hände am Rock abwischen und merke dabei, wie stark sie zittern. In meinem Rachen klebt Staub. »Mir geht's gut.«

»Da bin ich froh.« Holly macht einen kleinen Schritt auf mich zu. »Als wir euch zuerst nicht finden konnten – da hatte ich solche Angst.«

Erst jetzt fällt mir auf, wie dicht sie vor mir steht. Ich kann die einzelnen Sommersprossen auf ihrer Nase erkennen. Auch eine winzige Narbe unter ihrem Auge, die mir noch nie aufgefallen ist.

»Mir geht's wirklich gut«, sage ich noch einmal, leiser. Sie streckt die Hand aus und verschränkt ihre Finger mit meinen. Ein Flattern in meinem Bauch, die unsichtbaren Fledermäuschen darin spielen verrückt. Holly drückt meine Hand, ich drücke ihre. Ich habe noch nie jemanden geküsst und ich weiß nicht, ob ich schon bereit dafür bin. Aber wenn ich jemanden küssen würde, dann sie.

Und als ich ihr aufgeregtes Lächeln sehe, denke ich: Sie mich auch.

26. Kapitel

»*An alle Einwohner von Hallowstone*«, schallt es aus einem Lautsprecher, »*bitte bleiben Sie zu Hause oder suchen Sie einen anderen sicheren Ort auf. Wir arbeiten daran, die Lage unter Kontrolle zu bringen. Bitte verzichten Sie in der Zwischenzeit auf jeglichen Magiegebrauch, der für Ihre Gesundheit und Ihr Wohlergehen nicht unbedingt notwendig ist. Sichtungen von Schattenwesen und unerklärlichen magischen Phänomenen müssen dem Wächterbüro gemeldet werden. An alle Einwohner von Hallowstone …*«

»Das geht schon eine Weile so«, sagt Antony. Wir stehen auf dem Bürgersteig vor der Schule beisammen. »Auf die leichte Schulter nehmen eure Leute das Ganze jedenfalls nicht.«

Ich blicke mich unruhig um. Wer weiß, ob um die Ecke nicht schon die nächsten Schattenwesen lauern. Der wolkige Himmel hat sich dunkelviolett eingefärbt, gelegentlich erhellt von zischenden Zauberfunken, die wie Lichtpfeile durch die Finsternis fliegen. Vor uns ist die Straße in zwei Hälften zerbrochen, der Riss gleicht einem aufgeklappten Maul. Der Rauch hat sich großteils verzogen, die letzten Reste verbreiten aber einen scharfen, beinahe säuerlichen Gestank. Gegenüber ist ein Haus halb in die Erde eingesunken, weil darunter wohl der Boden eingebrochen ist. Das Dach qualmt.

Drei Hexen sausen auf ihren Besen vorüber. Allerdings

segeln sie ziellos durch die Luft, als hätten sie keine Kontrolle über ihre fliegenden Untersätze. Schon prallt die eine Hexe frontal gegen einen Baum und kurz darauf plumpsen die anderen zwei auf die Straße. Ihre Besen wollten einfach nicht mehr schweben.

»Bei Morgana …«, murmelt Crystal.

»Alles okay mit Ihnen?«, ruft Sammy.

Die eine Hexe rappelt sich taumelnd auf und fasst ihre Begleiterin an der Schulter. »Mildred? Schnell, wir müssen irgendwo unterkriechen!«

Ein Blitz zuckt vom Himmel herab und schlägt mitten in einen großen, fast vollständig entlaubten Ahornbaum ein. Der Riese qualmt, wankt – und stürzt knapp vor den beiden Hexen auf den Boden.

»Wir müssen ihnen helfen!«, schreit Sammy. »Kommt!«

»Stopp, stopp!« Holly zerrt sie vom Straßenrand zurück. »Wenn das alles aufhören soll, müssen wir das Ritual durchführen und sonst nichts!«

Wie gebannt blicke ich auf den umgestürzten Baum. Er war so groß und mächtig und jetzt … Der Wind pfeift mir feucht um den Nacken, ein Prickeln wie von Nadelstichen. Aus dem Nichts bebt die Erde, ich falle beinahe hin und taste blind nach Beans Hand. In der Ferne donnert es lautstark, undeutliche Rufe hallen herüber und auf der anderen Straßenseite versinkt das Haus endgültig im Boden.

»Hexlinge!«, ruft die Hexe, die mit dem Baum kollidiert ist, und winkt uns zu. »Kommt! Ihr habt hier draußen nichts verloren! Die Schattenwesen – sie sind da!«

Mir wird eiskalt, von den Zehen bis in die Haarspitzen. Was hatten Sammy und ich für ein Glück, dass das Schat-

tenwesen nicht auf uns losgegangen ist. Was hatte Holly für ein Glück, dass es sich nur für die Magie in ihrem Besen interessiert hat … Ich will etwas sagen, doch aus meiner Kehle kommt bloß ein leises Schluchzen. Wenn wir den Schutzzauber nicht in Ordnung bringen, und zwar bald, wird es keinen Unterschied mehr machen, ob wir endlich die wahre Geschichte der Stadt kennen oder ob die Werwölfe nach langer Zeit heimgekehrt sind. Von Hallowstone, ihrem alten Zuhause, wäre nichts mehr übrig.

Es gäbe nur noch Schatten, die alle Magie verschlungen hätten. Und es wäre meine Schuld.

»Also wenn die Schattenwesen die Stadt schon erobert hätten«, sagt Crystal, »müssten wir doch irgendwie toter sein.« Dennoch zieht sie Antony näher an sich heran. Auch der flapsige Spruch kann nicht überspielen, wie nervös sie ist.

In der Ferne ertönt ein undefinierbares Brüllen.

»Okay, okay.« Crystal schnauft. Es fällt ihr sichtlich schwer, ruhig zu atmen. »Bleibt dicht bei mir. Wir laufen jetzt zu dieser Hexe da, klar?«

Stück für Stück wagen wir uns weiter vor, suchen nach einem Weg über die geborstene Straße – und bleiben plötzlich wie angewurzelt stehen.

Vor uns ist ein Schattenwesen aufgetaucht. Und es ist eindeutig größer als ein Truthahn.

Aus dem Erdloch gegenüber steigt ein Geisterdrache. In Sekundenschnelle nehmen uns seine schwarzen Augen ins Visier. Lange, sehnige, zerfledderte Schwingen, ein beinahe durchsichtiger Skelettkörper. Sein Brüllen wird von allen Mauern zurückgeworfen, bohrt sich in mich hinein und trifft uns alle, sogar Antony, mit einer solchen Wucht, dass wir zu Boden geschleudert werden. Zum ersten Mal, seit ich sie kenne, ist Crystal absolut sprachlos.

Auf einmal bekomme ich keine Luft mehr. Als hätte sich eine riesige Zange um meine Eingeweide gelegt.

Das darf nicht sein. So kann es mit unserer Magie nicht zu Ende gehen. Jeder und jede von uns trägt eine wundervolle, einzigartige Zauberkraft in sich – eine Kraft, die der Schattendrache ohne das winzigste Zögern auffressen würde. Ich krabbele rückwärts von ihm weg und ziehe Bean mit mir. Aber wohin sollen wir fliehen? Wo uns verstecken? Ich kann nur noch daran denken, wie es sich anfühlen wird. Ob es wehtut.

Dann kneife ich die Augen zusammen und warte darauf, dass mich meine Magie verlässt.

Aber das geschieht nicht. Dafür gellt mir ein lautes Jaulen in den Ohren.

Ich öffne die Augen. Drei Werwölfe springen über uns hinweg und von ihrem markerschütternden Heulen lässt sich der Schattendrache kurz ablenken, sodass wir uns ein paar Meter zurückziehen können. Da geht das Heulen bereits in Gesang über. Harmonisch schmiegen sich die drei Stimmen ineinander.

»Ein Fangzauber«, flüstert Bean mir ins Ohr. »So einen lauten habe ich noch nie gehört.«

Die Melodie nimmt buchstäblich Gestalt an, wird zu einem Leuchten in der Luft. Mit schief gelegtem Kopf wie ein verdutzter Welpe betrachtet der Schattendrache die wundersame Magie. Ich muss beinahe lachen. Der Drache sperrt das Maul auf – da endet das Lied. Die Werwölfe stellen sich auf die Hinterbeine, zugleich schnellt das Zauberlicht nach vorne und formt sich währenddessen zu einem großen goldenen Netz, das den Drachen vollständig einhüllt und sich um ihn zusammenzieht wie ein Käfig. Ein paar Sekunden später ist von dem Schattenwesen nichts mehr zu sehen. Es hat sich im Wind verflüchtigt wie der Rauch eines Feuers.

Eilig rappele ich mich auf. »Ihr habt uns gerettet!«

Die Werwölfe drehen sich zu uns um. Der größte hat einen dichten schwarzen Pelz, das hellbraune Fell der anderen beiden erinnert an nassen Sand und alle drei haben blaue Augen. Der Wind zischt durch ihre aufgestellten Nackenhaare.

»Prudence Latham«, sagt der Schwarzpelz mit rauer Stimme. Es klingt wie über Felsen rieselnde Kiesel. »Die Tochter von Marin.«

»Und der kleine Bean«, fügt einer der anderen hinzu. »Es hat dich weit in die Ferne verschlagen, Welpe.«

»Ja, aber …« Ich trete rasch einen Schritt vor. Die anderen, selbst Bean, rühren sich nicht von der Stelle. Antony versteckt sich sogar hinter Crystal und klammert sich an ihren Arm. »Aber wir wollen es wieder in Ordnung bringen.«

Drei blaue Augenpaare richten sich auf mich. »Jetzt

sprechen die Wölfe, Werhexe. Du hast uns hierhergelockt und nun sind wir gefangen in einer Stadt der bröckelnden Ruinen.«

Werhexe. Das Wort jagt mir eine Gänsehaut über den Rücken. Ich werde mich wohl nie daran gewöhnen.

»Das war aber keine Absicht«, erwidere ich schnell. »Wir wollen ein Ritual durchführen, um den Schutzzauber zu reparieren. Und wenn die Magie wieder normal funktioniert, könnt ihr bestimmt zurück nach Hause, oder? Also … wenn ihr mögt.«

»Bestimmt?«, wiederholt einer der Sandpelze.

»Aller Anfang ist schwer«, sinniert der Schwarzpelz. »Du bist wie ein Welpe, der noch lernen muss, die Verwandlung von Wolf in Mensch in Wolf zu steuern.«

»Äh … okay?«

»Mein Name ist Evan«, sagt er.

Bean wagt sich ein Stückchen vor. »Ich habe Sie schon mal gesehen. In den Mondbergen.«

Evan nickt und Bean streckt die Hand aus, streicht ihm leicht über die Schnauze. »Meine Schwester muss ganz schnell zum Wald.« Bean sieht mich fragend an. Ich nicke und er wendet sich wieder an Evan. »Könnt ihr uns helfen?«

»Können wir«, entgegnet Evan. »Mit unseren Beinen kann kein Flugzauber mithalten.«

»Nicht einmal annähernd«, meint einer der anderen. »Unsere Pfoten berühren kaum den Boden.«

»Wir sind schnell wie der Wind«, fasst der letzte zusammen, was die anderen mit leisem Heulen bestätigen.

Erleichterung schwappt durch mich hindurch. Wir hätten ja schließlich nicht in aller Ruhe durch die Stadt zum Wald spazieren können. »Also helft ihr uns?«

Evan schaut mir in die Augen. »Ja, wir können euch in den Wald bringen.«

Ich spähe zu Holly und Sammy. Die beiden blicken sich an, dann nickt Sammy.

Aber Crystal hat Bedenken. »Moment mal. Ihr könnt doch nicht einfach mit irgendwelchen Werwölfen abdampfen. Ihr kennt die drei doch gar nicht.«

»Wenn wir zu Fuß durch die halbe Stadt wandern, kriegen wir es nie bis Mitternacht hin«, wendet Sammy ein.

Holly nickt. »Und am Ende würden wir bloß irgendwem in die Arme laufen, der uns direkt nach Hause schickt, und dann würden die Schattenwesen die ganze Magie auffressen und wir hätten bald gar kein Zuhause mehr und …«

Ein Seufzen von Crystal. »Na schön. Aber dann komme ich mit.«

»Muss das sein?«, stöhnt Antony. »Du wirst erbärmlich nach Wolf stinken.«

»Na, du kannst ja fliegen.« Crystal schnieft. »Und ich würde mich gerne von dir tragen lassen, wenn du könntest. Aber das Thema hatten wir ja schon.«

Ich drehe mich wieder zu Evan und den anderen Wölfen. »Okay. Wir wären dann so weit.«

Die Werwölfe haben nicht zu viel versprochen – es ist wirklich, als würden wir durch die Luft fliegen.

An Evans Rücken geklammert, genieße ich den kühlen

Nachtwind in meinen Haaren. Hinter mir sitzt Bean, die Arme um meine Hüfte geschlungen.

In Hallowstone hat sich Dunkelheit breitgemacht. Hier und da spenden vereinzelte Lampionketten und Straßenlampen ein wenig Licht, nachlassende Leuchtzauber und Kürbislaternen, denen das Wachs ausgeht, schimmern matt und mancherorts schlagen Funken empor, grüne, blaue, sogar silberne. Bei jedem Schritt schnellt Evan hoch durch die Luft und mir bleibt jedes Mal die Puste weg. In meinen Beinen kribbelt es, am liebsten würde ich selbst rennen. Wie federleicht seine Pfoten über den Boden streichen …

Links von mir klammert sich Crystal an einen der Sandpelze, es ist eine Wölfin namens Pickett, rechts halten sich Sammy und Holly aneinander und an Paul fest, Picketts Zwillingsbruder, und irgendwo hoch am Nachthimmel segelt Antony.

So geht es an den letzten Häusern vorbei und mit einem unguten Gefühl im Bauch in den Wald hinein.

Im Reich der Bäume muss man sich vor manchem in Acht nehmen, wie eigentlich überall. Ich war noch nie

allein hier, das erlaubt Dad nicht. Wenn Sammy und ich auf Erkundungstour gehen, begleitet er uns und auch ihre Eltern sind ab und zu mit von der Partie, sodass daraus teils richtige Familienausflüge werden. Es gibt viele Pfade und einiges zu sehen, zum Beispiel ein uraltes, luftdicht in Bernstein eingeschlossenes Feenlager und die himmelhoch aufragende Treppe ins Nirgendwo. Oder natürlich den See im Zentrum des Waldes.

Je weiter wir vordringen, desto lauter wird es. Im Wald tobt die Panik: Magische wie nichtmagische Tiere hetzen durchs Unterholz, Vögel stoßen beunruhigend menschlich klingende Schreie aus, Hasen jagen Füchse, anstatt von ihnen gejagt zu werden, und als wir an einem Fluss entlanglaufen, schleudern sich die Fische aus dem Wasser und schnappen japsend nach Luft. Einmal muss Evan abrupt abstoppen, um nicht geradewegs in eine Gruppe aus drei Einhörnern hineinzurasen – in der schattigen Dunkelheit schimmern ihre Mähnen wie feinste Seide. Ich kann den Blick nicht davon abwenden. Ich habe noch nie ein Einhorn gesehen, geschweige denn drei auf einmal.

»Ojemine!«, höre ich da eine kleine Elfe jammern. »Wo können wir uns nur verstecken?«

»Vielleicht im hohlen Baum?«, erwidert eine andere.

»Den haben sich die Schatten schon genommen«, sagt eine dritte und trudelt kurz darauf durch die Luft – ein Vogel hat sich auf das Trio gestürzt. Unter lautem Geschrei schlagen die drei mit ihren Flügelchen, um seinen Krallen zu entkommen.

Mir wird heiß und kalt. Sollten wir den Schutzzauber nicht rechtzeitig in Ordnung bringen können, wird dann mit der Stadt auch dieser Teil Hallowstones untergehen? Wird der Wald an seinen Wurzeln ausgerissen werden, als hätte es ihn nie gegeben?

Ich muss an Vera denken, die Elfe von heute Morgen – bestimmt sitzt sie immer noch unter den Trümmern des Ratskabinetts fest. Das hat sie nicht verdient. Diese Katastrophe hat niemand verdient.

Evan weicht einem weiteren Vogel aus, der konfus umherschwirrt, im nächsten Augenblick taucht er unter wild um sich schlagendem Dornengestrüpp hindurch. Ich klammere mich mit aller Kraft an seinen Pelz. Bei Evan fühle ich mich sicher. Irgendetwas sagt mir, dass er mich beschützen würde, falls plötzlich ein Angreifer aus der Dunkelheit springen sollte. Ich weiß selbst nicht, wie ich es angestellt habe, aber offensichtlich habe ich sein Vertrauen gewonnen. In einem anderen Hallowstone wären meine Familie und er vielleicht miteinander befreundet.

»Wir sind gleich am Ziel«, sagt er leise und ich könnte schwören, dass ich seine Stimme im Kopf höre.

Die Sprache der Wölfe.

Gut, antworte ich in Gedanken und presse kurz die Oberschenkel um seine Flanken zusammen, als säße ich auf einem Pferd.

Mit einem großen Satz segelt Evan über eine umgestürzte Kiefer, deren grünes Nadelkleid schon lange zu Staub zerfallen ist – und ich komme aus dem Staunen nicht mehr heraus. Meine Hände krampfen sich in Evans Fell. Direkt vor uns glitzert ein gewaltiges Gebäude im Mondlicht, eine Villa – nein, ein Schloss.

27. Kapitel

In den ersten paar Sekunden stehe ich nur da und kann den Anblick nicht fassen.

Da ist es. Das Schloss. Und ich dachte, in Hallowstone gäbe es keines.

Um die weitläufige Anlage gähnt ein Burggraben voller knisternder Flammen. Wir überqueren ihn auf einer kleinen Zugbrücke – genau wie im Bilderbuch –, bis wir vor dem Eingangsportal angekommen sind. Jetzt erst bemerke ich es: Das Schloss ist nicht aus Stein. Es ist aus Glas. Aus durchsichtigem Glas, Milchglas und Buntglas. Da ist zersplittertes Glas, das aussieht, als wäre es aus anderen Häusern herausgebrochen worden, und makelloses, dem Anschein nach erst vor Minuten glatt geschliffenes Glas. Tausende filigraner Glasschindeln lassen das Dach schimmern und an allen Seiten ragen Türme und Türmchen in den Himmel, gekrönt von Flaggen aus hauchzartem, leise in der Brise klirrendem Glas.

»Wow«, haucht Crystal kaum hörbar. »Das ist ja unglaublich.«

Sie wusste noch am besten, wohin wir müssen, doch anscheinend hatte auch sie keine Ahnung, was wir hier vorfinden würden. Sonst würde sie kaum so ein Gesicht machen. So guckt man also, wenn man zum ersten Mal etwas entdeckt, das noch stärker glitzert als man selbst.

»Wunderschön!«, jubelt Holly. »Es sieht aus wie aus Zucker gemacht.«

»Knapp daneben«, erwidert eine Stimme, die mir bekannt vorkommt. »Doch tatsächlich hatte ich mir beim Brainstorming vor dem Bau *Zuckerwatte* notiert.«

Vor uns schwingen goldene Glastüren nach außen. Eine hochgewachsene Gestalt tritt hinaus. Ich sehe genau hin – ja, er ist es. Der Junge, von dem ich die Botschaft bekommen habe. Diesmal hat er eine bodenlange Robe an, himmelblau mit silbernen und goldenen Stickereien, seine Locken fallen ihm bis auf die Schultern und er trägt einen Hut mit geknickter Spitze, wie ein Komma auf dem Kopf.

»Brainstorming?«, wundert Antony sich. »Was ist das?«

»Ah! Wie ich sehe, habt ihr den Vampir mitgebracht.« Der Junge klatscht in die Hände. »So eine Freude.«

Hinter ihm linst ein struppiger grauer Hund mit dürren Stelzenbeinen aus dem Schlosstor.

Diese staksigen Gräten – das kann nur eine sein.

»Willow!« Ich knie mich hin und sie flitzt zu mir, leckt mir das Gesicht und badet mich dabei in Sabber. Egal! Was bin ich erleichtert! Um uns herum zerfällt alles in Trümmer, aber Willow geht es gut – seit der Begegnung mit dem Schattendrachen habe ich nicht mehr solche Zuversicht gespürt …

»Ah. Das hätte man sich denken können.« Der Junge angelt ein Leckerli aus einer der unzähligen Taschen seiner Robe und hält es Willow hin. Einmal schlabbert sie mich noch ab, dann geht sie sich ihren Snack holen.

»Was hätte man sich denken können?«, will ich wissen.

»Dass diese Hündin – hast du sie nicht Willow genannt? –

dir gehört. Wir sind uns begegnet, als sie ziellos durch die Straßen irrte, und da ist sie mir nach Hause gefolgt. Ein entzückendes Tier.«

»Stimmt«, sage ich widerwillig und verschränke die Arme. Das letzte Mal, als wir uns jemand Fremdem anvertraut haben, hat es sich hinterher als großer Fehler herausgestellt. Gabriel hätte fast Bean wehgetan und er hat uns nach Old Hallowstone gebracht, wo sich die Geister beinahe Sammy gegriffen hätten. »Komm her, Willow.«

Nun kuschelt sie sich wieder an mich und ich vergrabe die Hände in ihrem langen Fell. Dad sagt immer, Willow sei eine hervorragende Menschenkennerin – wahrscheinlich ist der Typ mit dem Schloss also ganz in Ordnung. Aber wahrscheinlich ist eben nicht sicher.

»Wo sind denn die Wölfe hin?«, fragt er auf einmal. »Dein Hund hätte ihnen bestimmt gerne Hallo gesagt.«

Ich drehe mich um. Gerade haben Evan und die Zwillinge noch hinter uns gesessen, jetzt sind sie weg. Ich habe gar nicht mitbekommen, wie sie sich in den Wald zurückgezogen haben, und es tut ein bisschen weh, dass ich mich nicht mehr bei ihnen bedanken konnte. Es ist wie ein leichter Schmerz, ein winziges Nagen, das aber für etwas Größeres steht: Ab sofort muss ich auch für Evan kämpfen. Auch sein Leben habe ich auf den Kopf gestellt. Die Liste der Menschen, Wölfe und anderen Wesen wird immer länger.

»Gut, habt ihr euch dann sattgesehen? Also wenn ihr nichts dagegen habt … Ich musste diese Form so lange aufrechterhalten, ihr habt mich ja ewig warten lassen und sie juckt doch ziemlich.«

»Wie bitte?«, frage ich verdutzt.

Ein Fingerschnippen, und der Junge schmilzt zu einer viel kürzeren und breiteren Gestalt zusammen. Die glänzenden, langen Haare ergießen sich nun weit über die Schultern und das Gesicht, neuerdings in schillernden Farben geschminkt, nimmt weichere, weibliche Züge an. Besonders hübsch finde ich die warmen, immer noch zweifarbigen Augen, die mich hinter perfekt aufgetragener Wimperntusche und smaragdgrünem Lidschatten anfunkeln.

»Wer bist du?«, sagt Holly.

Bin ich froh, dass sie mir diese Frage abgenommen hat.

»Nennt mich Six«, lautet die Antwort.

»Aber eben hast du noch ausgesehen wie ein … na ja …«

»Wäre es nicht arg langweilig, die ganze Zeit in einer Form zu verweilen?«, entgegnet Six. »Und immer nur Mann oder Frau zu sein? Bah! Ich bin weder noch. Wer so viel Macht angesammelt hat wie ich, kann jede Gestalt annehmen – welche gerade am passendsten erscheint.«

Sammy kichert. »Das ist ja cool.«

»Das heißt, Sie sind kein Mann, aber auch keine Frau?«, überlege ich laut. »Keine Sie, aber auch kein Er, sondern ein … Sier?«

»Ja, wenn man so will«, sagt Six lächelnd. »Aber kommt doch rein! Wisst ihr, wie lange ich auf euch gewartet habe? Eine *Ewigkeit.* Ich habe dir die Botschaft nicht ohne Grund übergeben, Prue.«

Übermütig wie immer will Bean ins Schloss preschen, doch ich ziehe ihn am Unterarm zurück. Six macht nicht den Eindruck, als wollte sier uns wehtun. Auch als sier mir den Zettel in die Hand gedrückt hat, hatte ich kein schlechtes Gefühl. Trotzdem, etwas Vorsicht kann nicht schaden. »Woher sollen wir wissen, ob wir Ihnen trauen können?«

Willow bohrt ihre große Schnauze in meine Handfläche. Dann rennt sie schnurstracks zu Six und lehnt sich schwer gegen Six' Bein – und Willow ist wirklich schwer. Sier krault sie kichernd hinter den Ohren. Eine Hand auf dem Türknauf, dreht sier sich noch mal zu uns um und lächelt. Nicht so hungrig wie Gabriel, sondern sanft. Ein bisschen traurig.

»Holly Abrams«, sagt sier. »Du hast doch einen Wahrspiegel bei dir?«

Holly nickt zurückhaltend. »Der ist aber total gesplittert.«

»Und Holly rückt ihn sowieso nicht mehr raus«, füge ich hinzu.

»War davon denn die Rede?« Sier winkt abwehrend. »Nehmt den Spiegel und werft damit einen Blick in das Tagebuch, das ihr ebenfalls bei euch habt. Das sollte die Frage klären, ob mir zu trauen ist. Wenn dir die Einschätzung deiner Hündin nicht genügt.«

Ich kneife die Augen zusammen. »Woher wissen Sie von dem Tagebuch?«

»Ich habe es ihm gekauft«, erwidert sier.

»Wem? Gabriel? Sie haben Gabriel das Tagebuch geschenkt?«

Sier legt den Kopf schief. »Komm, Prue. Es ist nur verständlich, dass du Fragen hast, aber bitte beeil dich. Wenn du den Schaden noch beheben willst, bleibt dir nicht unendlich viel Zeit. Bevor ihr kamt, habe ich auf die Uhr geschaut – da war es nach neun.«

Holly blickt zu mir und es ist, als könnte ich die Frage an ihrem Gesicht ablesen. Ich sehe Sammy an. Sie nickt. Also hole ich das Tagebuch hervor und Holly reicht mir die Überreste des Spiegels.

Wie Magneten schnappen die beiden Gegenstände zusammen. Der Spiegel haftet am Einband des Tagebuchs, ich kann ihn kaum davon lösen, und als ich es doch kurz hinbekomme, zieht es ihn sofort zu den fadenscheinigen Seiten.

»Nur damit Sie es wissen«, sage ich zu Six, obwohl ich sehe, dass Willow … sien tief ins Herz geschlossen hat, was mich ein bisschen beruhigt. »Mit komischen Erwachsenen, die uns die Welt erklären wollen, haben wir bisher sehr schlechte Erfahrungen gemacht.«

Wie von selbst blättert sich das Tagebuch ziemlich am Anfang auf. Die Tinte wurde im Fluss von der Seite gewaschen, der Spiegel aber schmiegt sich gierig an das Papier. Ich winkele ihn so an, dass ich hineinblicken kann.

Im Rahmen sind zwei Jungen aufgetaucht, vielleicht ein, zwei Jahre älter als ich, die lachend auf einer sonnenbeschienenen, von Bäumen gesäumten Wiese liegen. Der schlaksige Typ mit den kupferroten Haaren, der seinen Schulpulli lässig zur Seite geworfen hat – das muss Gabriel sein. Der andere ist kleiner und hat einen wilden goldblonden Lockenschopf, stechend grüne Augen und helle rosige Wangen. Jetzt rollt er sich auf den Rücken und versetzt seinem Kumpel einen leichten Tritt.

»Das ist Fern«, sagt Six.

Fern. Den Namen kenne ich doch. Ich werfe einen Blick in die Mitte des Tagebuchs, auf die Seiten mit dem Kompass, und entdecke beim genaueren Hinsehen eine weitere Notiz. Die Tinte ist gerade noch lesbar: *Der Milchzahn des Wünschenden. Und Ferns? Zur Sicherheit?*

»Ah«, murmele ich und blättere wieder zum Spiegel. Mir schwirrt der Kopf.

»Nein«, sagt Spiegel-Fern und stupst Spiegel-Gabriel in die Seite. Der hat das Tagebuch – das Buch, das ich jetzt in der Hand halte – *aufgeschlagen auf dem Schoß liegen und kritzelt darin herum, als ginge es um sein Leben. »Du musst es schnell sagen, wie wenn du jemanden anfeuerst.«*

»Kann sein«, erwidert Spiegel-Gabriel. »Aber wie auch immer, Hauptsache, er geht wirklich kaputt. Es reicht nicht, wenn wir ihn nur anknacksen.«

»Der geht schon kaputt«, sagt Spiegel-Fern. »In dir steckt doppelt so viel Macht wie in allen anderen hier.«

»Und bald werden sie es endlich mitbekommen.« Spiegel-Gabriel grinst in die Sonne, ein kindliches Lächeln.

»Fern?« Eine laute Stimme von außerhalb des Bildes. Ich hebe kurz den Blick – Six hat die Augen geschlossen. Vermutlich, weil es Six' eigene Stimme ist, die aus dem Spiegel dringt.

Spiegel-Fern springt auf. »Za? Kann Gabriel zum Abendessen bleiben?«

»Schon wieder?« Mit diesen Worten tritt Spiegel-Six in den Rahmen, in ein langes blutrotes Gewand gehüllt, dessen weiter

Saum schwer durchs Gras streift. »Das wäre das dritte Mal diese Woche. Was macht ihr zwei denn immer?«

»Tut mir leid, Six«, sagt Spiegel-Gabriel und wirft das Tagebuch in seinen Rucksack, steht auf und wischt sich ein paar Grasfetzen von der Hose. »Aber ich halte es zu Hause nicht aus. Es ist einfach zu blöd.«

»Das Haus oder deine Schwester?«, hakt Spiegel-Six mit wissendem Blick nach.

Deine Schwester ... das muss meine Mom sein! Vor Schreck lasse ich fast den Spiegel fallen.

»Eigentlich ihr Freund«, grummelt Spiegel-Gabriel, der sich zu Spiegel-Fern gesellt hat. Grinsend verstrubbelt er ihm die Locken. »Alfred hier, Alfred da, so geht das die ganze Zeit. Kann einem direkt schlecht werden.«

»Ich finde die beiden süß«, meint Spiegel-Fern mit einem Lächeln, das nur für Spiegel-Gabriel bestimmt ist. Er zwinkert Spiegel-Six zu und senkt die Stimme. »Aber deine Schwester ist natürlich nicht so besonders wie du.«

Die drei laufen aus dem Rahmen hinaus, die Szene löst sich auf. Erst verschwinden die Bäume, dann das Gras, schließlich legt sich auch das leise Rauschen des Windes.

Zögerlich klappe ich das Tagebuch zu. Gebe Holly den Spiegel. Und schaue dabei überallhin, nur nicht in Six' glitzernde Augen ... bis ich doch nicht mehr anders kann.

Gabriel hatte alles genauso geplant. Er wollte den Schutzzauber zerstören, um ihn hinterher wieder instand zu setzen. Aber warum?

»Ich weiß, was ihr vorhabt«, sagt Six sanft, als hätte sier Angst, ich könnte Reißaus nehmen.

Ich drücke das Tagebuch an mich. »Wir wollen den

Schutzzauber wieder in Ordnung bringen.«

»Ja. Und ich weiß, was ihr über die Vergangenheit ans Licht gebracht habt. Gabriel ist nicht mehr der junge Kerl aus dem Spiegel. Und trotzdem – nur wer das Früher versteht, kann die Zukunft verändern. Wollt ihr wissen, wie es wirklich war?«

Auf einmal kämpfe ich gegen die Tränen. Den Blick abgewandt, nicke ich. »Ich muss.«

»Dann kommt rein. Ich kann euch helfen, doch wir haben keine Zeit zu verlieren.«

Ich atme noch einmal tief durch, um mich zu wappnen. Six hat recht. Die Schattenwesen sind längst in die Stadt eingedrungen und mit jeder Sekunde, die wir untätig herumstehen, rückt Mitternacht näher. Wir haben keine Zeit für lange Diskussionen. Ich muss irgendwie an das letzte Symbol kommen, das Symbol der Macht. Und ich will Antworten, aber andere als die, die Gabriel uns unterjubeln wollte.

Und deshalb mache ich einen großen Schritt durch das weit geöffnete goldene Schlosstor.

28. Kapitel

Wir durchqueren ein Labyrinth aus gläsernen Gängen. Hinter jeder Ecke empfängt uns ein neues, wundersames Glitzern: Manche Wände sind wie Spiegel, andere erstrahlen in den buntesten Farben, wieder andere gleichen hauchzarten Fensterscheiben. Neben mir höre ich Willows Krallen stetig über den Glasboden trippeln. Was habe ich dieses Geräusch vermisst, seit der ganze Mist seinen Lauf genommen hat.

Irgendwann, vielleicht nach der fünften Abzweigung, beginnt Six zu erzählen: »Vorher hatte ich ein Schloss aus Stein. Aber wisst ihr, wie finster und feucht so ein Gemäuer ist? Ich verstehe nicht, wie man sich in solch einer Behausung verkriechen kann. Es sei denn, man ist eine Kröte.« Sier schüttelt sich und Holly nickt verständnisvoll. »Glas, dachte ich mir, wäre mal eine interessante Herausforderung. Der Bau hat mich fast einen Tag gekostet.«

»Einen Tag?«, haucht Holly. »Nicht zu glauben.«

Am Ende des nächsten Flurs gelangen wir in einen kreisrunden Raum mit gläsernen Bücherregalen an den Wänden. Die aufgereihten Bände stehen da, als würden sie schweben, und auch die Möbel sind aus Glas. Kissen und Vorlegeteppiche aber zum Glück nicht.

»Willkommen«, sagt Six, »in meiner Bibliothek. Nehmt Platz! Ich will euch etwas zeigen.«

»Sie haben mir doch diesen Zettel gegeben …« Ich sinke auf einen Stuhl, der an einem langen, rechteckigen Tisch steht. Der Tisch ist ebenfalls aus Glas und in einer Farbe wie der See, wo das Wasser am wärmsten ist. Willow rennt rundherum und ihr langer Schwanz wischt über alles in Reichweite. »Wenn wir es nicht bis Mitternacht hinkriegen, wird der Wunsch unumkehrbar.«

»Einen Augenblick nur, versprochen«, erwidert sier und verschwindet in einem langen, von unten bis oben mit Büchern und Pergamentrollen gefüllten Gang. Ein Stapel Bücher schwebt herüber und ordnet sich präzise auf der Tischplatte an. Six nimmt mit großer Geste gegenüber von mir Platz und fährt einmal über die Bände. Alle öffnen sich an einer bestimmten Stelle – bei Diagrammen, krakeligen Notizen oder sauber getippten Aufsätzen. In einem Buch ganz in der Nähe erkenne ich Six' schwungvolle Schreibschrift und am oberen Rand der Seite entdecke ich einen Wappenstempel: die Pfote eines Werwolfs, verschränkt mit einer menschlichen Hand.

Ich reiße den Kopf hoch und starre sien fragend an, doch Crystal kommt mir zuvor.

»Also haben wir uns das nicht bloß zusammenfantasiert? Die Werwölfe haben wirklich mal hier gewohnt?«

»Es ist Jahre her, aber ja, sie haben in Hallowstone gelebt. Sie gingen hier zur Schule und auf die Universität. Sie hatten Geschäfte und Stände auf dem Bauernmarkt.« Six tätschelt Willow den Kopf. Sie winselt leise. »Hier. Ich dachte mir, am besten zeige ich es euch.«

Sier schiebt uns eines der Bücher hin, aufgeschlagen am Beginn eines Kapitels: *Die Erschaffung von Hallowstone – eine gemeinsame Kraftanstrengung.* Auf einer Radierung unter der Überschrift ist die Göttin Aradia abgebildet, leicht zu erkennen an ihrem Holzstab-Artefakt, und außerdem ein Werwolf mit einer Krone auf dem Haupt. Aradia sieht aus wie auf dem Wandgemälde im Ratskabinett – doch dort ist sie allein. Ich fahre die feinen Linien nach. Hier hat Aradia ihre Finger mit den Krallen des Wolfs verschränkt.

Stirnrunzelnd betrachtet Holly die Buchseite. »Wenn Hexen und Wölfe früher zusammen hier gelebt haben – warum ist dann der Schutzzauber gefallen, nur weil die Werwölfe zurückgekommen sind?«

»Damals konnten die beiden Magien nebeneinander bestehen, weil der magische Wall um Hallowstone darauf ausgelegt war«, erläutert Six. »Hexen und Werwölfe hatten sich zusammengetan, um die Stadt zu gründen. Aradia hatte sogar den Leitwolf des ersten Rudels geheiratet, um im Verbund mit ihm ihr Ziel zu verwirklichen – eine sichere Zuflucht für Magiebegabte. In einer gewöhnlichen Bibliothek werdet ihr dieses Buch allerdings nicht mehr finden, alle Exemplare davon wurden beschlagnahmt. Dabei erzählt es unsere wahre Geschichte. In dieser Stadt gab es, abgesehen von ein paar vereinzelten Scharmützeln, über Jahrhunderte stets ein Miteinander von Hexen und Werwölfen. Doch trotz aller Bemühungen beider Parteien kam es immer wieder zu Spannungen, denn einige Hexen wünschten sich seit jeher eine Heimat ohne Werwölfe. Und irgendwann entschied sich der Hohe Hexenrat – unter Führung deiner Großmutter, Holly Abrams – tatsächlich für eine Umwandlung des Schutzzaubers. Anlass dafür war ein tragischer Vorfall.«

Mein Blick zuckt zu Holly. Sie sitzt da wie versteinert und kann mir kaum in die Augen schauen.

»Sie hatte bestimmt ihre Gründe«, sage ich. Dabei könnte ich mir vorstellen, dass manche Hexen die Werwölfe einfach nicht leiden konnten. Ms Crockett wäre auch so ein Fall.

Six sieht mich an. »Die hatte sie.«

»Der tote Junge?« Ich kaue auf der Unterlippe. Jetzt gibt es kein Zurück. Solange ich nicht die ganze Wahrheit kenne, werde ich nie den Schutzzauber reparieren können. Oder Gabriel davon abhalten können, die Macht an sich zu reißen, nur weil er findet, dass alle nach seiner Pfeife tanzen sollten. »Der Junge … es war Fern, oder?«

Ein Nicken. Der Schmerz in Six' Augen ist so überdeutlich, dass ich fast selbst weinen muss. »Ganz genau.«

»Und mein On… Gabriel hat ihn getötet? Aber warum? In dieser Erinnerung waren sie beste Freunde.«

»Meiner Einschätzung nach war es ein Unfall«, antwortet Six mit gedämpfter Stimme. »Dass das Ritual diesen Ausgang nahm, meine ich. Die beiden standen sich nahe, sehr nahe. Doch hinterher hat ihm niemand geglaubt, dass Ferns Tod keine Absicht war. Nicht einmal deine Mutter, liebe Prue. Sie hat sich nie mit ihrem Bruder verstanden. Ich weiß noch, wie sie immer mit ihren Freunden durch die Straßen gezogen ist. Sie hat sich seit jeher an die Hexen gehalten. Gabriel hingegen hatte nur Fern. Sie waren wie Brüder. Sie verbrachten unzählige Stunden bei uns zu Hause oder streiften gemeinsam durch den Wald … Ihnen war jedes Mittel recht, um sich vor dem Unterricht zu drücken.«

Sier sieht mich streng an und hebt eine Augenbraue.

»Nach dem Vorfall haben sie Gabriel in Old Hallowstone eingesperrt – ein Gefängnis mit gewissen Schwächen, wovon der Hohe Rat aber nichts ahnte. Und was den Schutzzauber angeht – er schirmt zuverlässiger vom Schattenreich ab, wenn beide Magietypen darin zusammenwirken. Aber es wollte ja niemand auf mich hören.«

»Soll heißen, meine Großmutter wollte nicht auf Sie hören«, wirft Holly ein.

»Es war eine harte Reaktion auf eine schlimme Tragödie«, erwidert Six. »Aber ich kann es verstehen. Deine Großmutter stand unter extremem Druck, rasch zu handeln. Das Bündnis zwischen Hexen und Werwölfen war schon immer brüchig, und als dann an der Schule, der wir täglich unsere Kinder anvertrauten, ein Hexenjunge durch die Hand eines Werwolfs starb …«

»Ein Werwolf?«, platzt es aus mir heraus. »Er ist mehr als das!«

»Glaubst du, das hat man an die große Glocke gehängt?«

Ich bin verblüfft. »Es wurde geheim gehalten?«

Six legt den Kopf schief. »Was hätten sie denn sagen sollen? Dass ein minderjähriger Werhexer in der Lage war, den Schutzzauber zu zerstören? Für das Sicherheitsgefühl der Stadtbewohner wäre das Gift gewesen. Ich habe mich dagegen ausgesprochen, doch die Mehrheit des Hohen Rats entschied sich dafür, die schmerzhaften Erinnerungen durch einen Zauber zu verschleiern. Eine Gedächtnisblockade, wenn man so will.«

Für eine Sekunde scheint die Zeit stillzustehen. Ich höre nichts als meine eigenen Atemzüge – und wie ein Blitzschlag kommt die Erleuchtung.

»Die Stadt, wo sich Hexe und Hexer Guten Tag sagen«, flüstere ich. »Weil alles andere eine Katastrophe wäre.« In meinen Gedanken geht es drunter und drüber. Die Erwachsenen … sie haben uns gar nicht die ganze Zeit angelogen. Sie wussten es einfach nicht besser! Der Hohe Hexenrat hat ihnen alle Erinnerungen an die wahre Geschichte der Stadt gestohlen, damit sie sich »sicher« fühlen. »Das sagt mein Dad immer, wenn ich ihn frage, warum meine Mom und mein Bruder nicht bei uns wohnen können.«

»Und deswegen«, japst Holly, »haben bei der Sitzung des Hohen Rats alle so komisch herumgetan. Sie hatten Angst, dass ihr Geheimnis ans Licht kommt.«

Ruckartig stehe ich auf. Mein gläserner Stuhl kippt um und schlittert fast gegen ein Bücherregal, doch darauf achte ich kaum. Meine Hände verkrampfen sich zu Fäusten. »Das ist so ungerecht! Die anderen konnten nichts dafür! Es war seine Schuld, nur seine!«

Gabriel ist schuld daran, dass meine Mom nicht bei uns leben konnte. Sein Ritual ist schiefgegangen, er hat es nicht geschafft, den Schutzzauber, den er mit voller Absicht zerstört hatte, wieder in Ordnung zu bringen – und alle Werwölfe von Hallowstone mussten dafür büßen. Er hat den Hohen Hexenrat dazu gebracht, der ganzen Stadt ihre Erinnerungen zu rauben. Mag ja sein, dass er mein Onkel ist, aber sorry, aber auf solche Verwandte kann ich gerne verzichten. Er hat mir meine Mom geklaut. Und meinen kleinen Bruder. Wenn Gabriel nicht gewesen wäre, hätten wir als ganze Familie zusammenleben können.

»Heißt das, eigentlich hätte ich die ganze Zeit hier bei euch gewohnt?« Bean blickt mit gekräuselter Nase zu mir hoch. »Und nicht in den Mondbergen?«

Ich drücke seine Schulter, um ihm Sicherheit zu geben.

»Tut mir leid, aber …«, sagt Crystal mit einem leichten Zittern in der Stimme. »Aber sind Sie sicher? Stimmt schon, von uns Jüngeren kennt niemand diese Geschichte, weil sie sich vor unserer Geburt abgespielt hat … aber dass der Hohe Rat alle mit einem Zauber belegt haben soll? Das wäre doch Wahnsinn.«

»Was aus Hallowstone verbannt ist, wird zu einem wohlgehüteten Geheimnis, vergraben in den tiefsten Tiefen. Der Hohe Hexenrat wollte den künftigen Generationen einen Neubeginn ohne Ballast ermöglichen.« Six neigt den Kopf. »So nahm die nächste Tragödie ihren Lauf. Weil ich nicht dabei mitmachen wollte, wurde ich aus dem Hohen Rat ausgeschlossen.«

»Das ist schrecklich«, sagt Crystal. »Und ganz schön fies.«

»Aber es ist die Wahrheit«, erwidere ich entschlossen. »Und ich bin froh, dass ich jetzt Bescheid weiß.«

Six erhebt sich und schreitet vor dem Tisch auf und ab. »Ich fürchte, Gabriel will sich die gegenwärtige Lage zunutze machen, um sein Ritual zu vollenden – nach all der

Zeit. Ihr habt ihn kennengelernt, ihr wisst, wie gefährlich er ist. Wahrscheinlich hat er in den Jahren der Einsamkeit gründlich für einen solchen Moment geplant.«

»Er ist wirklich böse«, wirft Sammy ein. »Er will den ganzen Hohen Hexenrat ins Schattenreich verbannen. So hat er es uns gesagt.«

Ein tiefes Seufzen. »Das können wir nicht zulassen. Gabriel ist sehr früh dahintergekommen, dass er ein Werhexer ist, also beide Magietypen in sich trägt – was selten ist, sehr selten sogar. Das Temperament eines Wolfs, gepaart mit dem Scharfsinn einer Hexe ... eine gefährliche Kombination, sofern sie sich in die falsche Richtung entwickelt. Auch deswegen habe ich Fern ermutigt, sich mit ihm anzufreunden. Ich hatte die Hoffnung, mit einem Freund, der ihn so akzeptiert, wie er ist, würde Gabriel wieder auf den rechten Weg finden.«

Ich runzele die Stirn. »Auf den rechten Weg?«

Wenn ich wirklich eine Werhexe bin, gibt es dann neben meinem rechten Weg auch einen falschen? Bin ich am Ende überhaupt nicht die, für die ich mich immer gehalten habe? Ich würde sagen, die meisten hier finden mich ganz in Ordnung, ziemlich normal eben, nicht viel anders als die anderen in meinem Alter.

Doch vielleicht liegt das nur daran, dass ich bisher keine Ahnung hatte, welche Macht in mir schlummert. Vielleicht lauert auch in meinem Inneren etwas Dunkles und Egoistisches, so wie in Gabriel.

»Als er das volle Ausmaß seiner Kräfte erkannt hat ...« Six klingt traurig. »Für ihn war das eine sehr schlimme Erfahrung. Aber ich dachte, dass er mit Ferns Unterstützung heilen, sich selbst annehmen könnte. Es kam anders. Er und Fern wurden beide zu Außenseitern.«

Mir fällt die Jahrbuchseite ein, die ich immer noch in der Tasche habe. Die gemeinen Beleidigungen, die irgendwer über Gabriels Foto geschmiert hat.

»Er wurde gemobbt«, sagt Sammy. Sie schaut zu mir hinüber und zieht hilflos die Schultern hoch. »Wahrscheinlich wurden sie beide gemobbt. Oder?«

In Six' Augen glänzen Tränen. »Später, bei der Befragung, hat er es nicht offen sagen wollen. Doch ich glaube, er dachte, durch eine solche Zurschaustellung seiner Macht, durch die Zerstörung und Wiederrichtung des Schutzzaubers, könnte er den Respekt und die Zuneigung erwerben, die ihm so sehr gefehlt haben. Das Ergebnis aber ... war natürlich eine Katastrophe.«

Ich blicke nervös auf das Tagebuch. Wie hat Fern Six noch mal genannt? Za? »Fern war also Ihr ...« Anstatt es auszusprechen, starre ich stumm auf die Tischplatte.

»Ja«, sagt sier. »Za-Za, so hat er mich genannt. Ich habe ihn im Wald gefunden, ohne einen Anhaltspunkt, woher er kam. Ich nahm ihn mit und zog ihn auf wie mein eigenes Kind. Und so abrupt, wie er in mein Leben getreten war, verlor ich ihn auch.«

»Gabriel will sein Tagebuch zurück.« In meinen rasenden Gedanken höre ich wieder, was er gesagt hat, als wir gemeinsam Mondlicht gesammelt haben. »Sie haben recht. Er will es noch einmal mit dem Ritual versuchen.«

Nun sieht Six mich direkt an und ich kann nicht anders, als mich kerzengerade aufzurichten. »Als Teenager wollte er nur Anerkennung und Zuneigung«, sagt Six. »Er be-

kam sie von Fern, auch von mir, aber von niemandem sonst. Er wollte zum Helden werden. Jetzt hat ihm dein magischer Wunsch die bestmögliche Gelegenheit verschafft, ein zweites Mal nach der Macht und dem Einfluss zu greifen, die er sich immer ersehnt hat – ich bezweifle allerdings, dass er noch so unschuldig ist wie als Kind.«

Six' Sorge ist nicht zu überhören. »Er will den Schutzzauber wiedererrichten«, sage ich. »Aber nicht so wie vorher. Er will …«

»Exakt«, bestätigt sier. »Diesmal will er Rache nehmen, an Hexen wie an Werwölfen.«

29. Kapitel

Wir müssen ihn aufhalten«, stellt Sammy fest. »Der Hohe Rat kann gerade nichts ausrichten. Wenn wir nichts tun, wird Gabriel die ganze Stadt zerstören!«

Holly schnappt nach Luft. »Was, wenn er alle Hexen und Werwölfe loswerden will, die nicht auf seiner Seite sind? Er meinte doch, er will auch die normalen Leute bestrafen, nicht nur den Hohen Hexenrat.«

Ich will etwas sagen. Dass ich es genauso sehe. Doch mein Mund gehorcht mir nicht, er bringt keinen Ton heraus. Ich muss die ganze Zeit an den toten Jungen denken. Fern, hieß er. Ermordet von einem Werhexer. Einem Werhexer, der auch noch mein Onkel ist.

Und ich bin eine Werhexe.

Ich bin wie er.

Vielleicht verdirbt es einen, wenn man beide Magietypen in sich trägt. Vielleicht kommt dabei etwas Falsches, Zerstörerisches heraus. Ein Gift für die Seele, das einen dazu bringt, aus purer Selbstsucht den besten Freund zu töten oder die eigene Heimatstadt zu vernichten.

»Prue«, höre ich Sammy sagen. »Was jetzt?«

Ich sehe Sammy vor mir, tot, ihre Augen für immer geschlossen. Mir wird eiskalt. Bevor ich sie verliere, sterbe ich lieber selbst. Nein, Werwölfe sind keine Monster, Hexen auch nicht. Aber Gabriel? Aber … Werhexen?

Ich zwinge mich dazu zu antworten. »Ich weiß nicht, was wir machen sollen.«

»Das Ritual«, drängelt Sammy weiter. »Wir müssen ihm zuvorkommen.«

»Das Symbol der Wahrheit haben wir schon«, wendet sich Holly an Six. »Das der Weisheit und der Hoffnung auch. Sie leuchten, wenn Prue sie in die Hand nimmt.«

»Fabelhaft«, erwidert Six, ohne sie anzusehen.

Sier blickt nämlich mich an, die ganze Zeit schon. Noch ernster als Mrs Atherton damals, als Sammy und ich versehentlich einen Stapel ihres guten Porzellangeschirrs zertrümmert haben.

»Was ist mit der Macht?«, fragt Sammy. »In Ihrer Botschaft haben Sie Prue doch Macht versprochen.«

»Könntet ihr uns kurz allein lassen?«, sagt Six. »Ich würde mich gerne unter vier Augen mit Prue unterhalten.«

Die anderen verlassen widerwillig die Bibliothek, nur Willow bleibt. Ich rutsche auf meinem Stuhl herum und streichele ihr das Fell. Ein Glück, dass sie immer zu mir hält.

Six beobachtet mich, ein kleines Lächeln auf den Lippen. »Du denkst und denkst und denkst …«

»Stimmt«, presse ich nervös hervor. »Tut mir leid.«

»Wofür entschuldigst du dich?«

Ich schüttele den Kopf. »Weiß nicht.«

Sier lehnt sich zurück. »Eine Werhexe zu sein … das ist an und für sich nichts Schlimmes. Ich habe davon gesprochen, wie Gabriel vom rechten Weg abgekommen ist. Das sollte aber nicht heißen, dass dir das Gleiche passieren wird.«

»Woher wollen Sie das wissen?«

»Gabriel hätte sich in jedem Fall für Egoismus und Dunkelheit entschieden. Das hätte ich erkennen müssen. Du dagegen hast keine Niedertracht im Herzen.«

»Wenn Sie das sagen.« Niedertracht ... was für ein Wort.

»Du willst dein Zuhause retten. Dein Zuhause und deine Liebsten. Das ist das Gegenteil von Niedertracht. Das ist Tapferkeit.« Mit einem Seufzen legt sier die Fingerspitzen aneinander. »Ich wollte dich hierherholen, um dir bei dem Ritual behilflich zu sein. Ein Dutzend machtvoller Gegenstände, die auf deine Magie ansprechen könnten, hatte ich für dich bereitgelegt. Doch jetzt ist mir aufgegangen: Alle Macht, die du brauchst, trägst du schon bei dir.«

Ich starre sien an. »Aber ich habe sonst nichts dabei.«

»Oh doch. Was liegt jeder Hexe besonders am Herzen? Was bündelt ihre Kräfte und ermöglicht ihr, ein ums andere Mal Magie zu wirken? Was ist nur für dich bestimmt und für niemanden sonst?«

»Oh.«

Six lächelt aufmunternd, während ich schon in meiner Tasche taste – nach meinem Artefakt, das ich von Mom habe. Da ist er, der kleine heulende Wolf. Nach einem kurzen, bewundernden Blick in seine Diamantaugen verstecke ich ihn dort, wo ihm nichts passieren kann. Das Geschenk einer Werwolfsmutter als Artefakt einer Hexe – wenn das nicht mein ganz persönliches Symbol der Macht ist, was dann? Aus einem solchen Ding kann bestimmt nur eine Werhexe Kraft ziehen.

Damit habe ich alle vier beisammen: die Wolfsfigur, die Jahrbuchseite, den Katzenschädel, die Mondblume. In Ge-

danken gehe ich noch einmal das Ritual durch. Vier Gegenstände, einer für jede Himmelsrichtung, dann die Beschwörungsformel ... und schließlich das Opfer. Die letzte Unbekannte.

»Ich weiß immer noch nicht, wie ich das mit dem Opfer machen soll«, gestehe ich kleinlaut.

Six' Augen funkeln. »Ah! Ich fragte mich schon, wann du darauf zu sprechen kommen würdest. An dieser Stelle kann ich dir endlich ein Geschenk machen, wenn du es denn annehmen willst.«

Sier streckt beide Hände aus. Ich zögere kurz, dann ergreife ich sie.

»Klar«, sagt Six. »Klar wie Kristall. Ihr Geist sei klar wie Seewasser im Sonnenlicht.«

Ein Gefühl der Wärme strömt durch mich hindurch. Eine konzentrierte Hitze, als würde ich die Hände über eine Kerzenflamme halten. Ich will loslassen. Sier packt fester zu. »Was passiert hier?«, flüstere ich.

»Du hast, was du brauchst. Wenn die Zeit gekommen ist, wirst du es erkennen. Du wirst absolut klar sehen.«

In meinem Magen löst sich etwas. Der Knoten, der sich seit meiner Auseinandersetzung mit dem Hohen Hexenrat immer enger zusammengezogen hat, lockert sich. Ich bringe sogar ein Lächeln zustande. In allem, was lebt, kann sich Magie niederlassen, so wurde es mir immer erklärt, und unter besonderen Umständen kann die Magie von einer Hexe auf die andere übergehen. Letztes Jahr, als Sammys Großmutter im Sterben lag, hat sie kurz vor dem Ende die Hände ihrer Enkelin genommen und so die Neugier auf das Heilen an sie weitergegeben. Sammy war sich schon vorher sicher gewesen, dass sie später einmal für andere da sein will, doch seitdem glaubt sie wirklich, dass sie es schaffen kann.

»Danke«, sage ich.

»Du wirst nach Old Hallowstone zurückkehren müssen«, entgegnet Six. »Dort will Gabriel den zweiten Anlauf nehmen, sein Ritual in die Tat umzusetzen. Da, wo bis zu ihrer Vertreibung aus der Stadt vor allem Werwölfe lebten.«

Ich schüttele den Kopf und denke an den Werwolfsgeist auf der Brücke. »Die Hexen haben das Viertel niedergebrannt, oder?«

Ob ich will oder nicht, in mir kocht die Wut hoch. Mrs Abrams und der Rest des Hohen Rats haben den Leuten nicht nur ihre Erinnerungen geklaut und eine ganze Stadt, unter anderem *meine Eltern,* zu Lügnern wider Willen gemacht – sie haben außerdem einen großen Teil von Hallowstone ausradiert. Und warum? Nur um ihre eigenen Fehler zu vertuschen.

Six sieht mich nachdenklich an. »Halte ihn auf, bevor er seine Pläne verwirklichen kann. Erneuere den Schutzzauber, aber auf deine Art. In dir schlägt das stärkere Herz. Die Magie, die es hier braucht, kannst nur du wirken.«

Ich nicke, drücke noch einmal Six' Hände und lasse sie wieder los. In meinem Geist hat sich ein Bild festgesetzt: Ferns Gesicht. Es muss schrecklich gewesen sein, als Six von seinem Tod erfahren hat. Wie soll man sich davon erholen, dass das eigene Kind gestorben ist?

»Das mit Fern …«, sage ich zaghaft. »Es tut mir so leid.

Ich weiß, ich kann ihn nicht wieder lebendig machen. Aber vielleicht kann Hallowstone wieder werden wie früher, eine gemeinsame Heimat für Hexen und Werwölfe. So wie Sie es uns erzählt haben.«

»Es war nicht immer perfekt, aber es war richtig.« Six legt die Hand aufs Herz. »Ich hätte entschlossener gegen den Gedächtniszauber kämpfen sollen. Das werde ich immer bereuen, fast mehr als alles andere. Doch du hast jetzt die Gelegenheit, unsere Welt zu verändern.«

»Ich will unsere Welt verändern. Ich habe keine Wahl.«

Die Vergangenheit ist, wie sie ist. Aber ich muss meine Chance nutzen, die Zukunft in neue Bahnen zu lenken. Nicht nur für mich, sondern für alle, die in Hallowstone zu Hause sind und waren, früher und heute.

»Wir müssen zurück nach Old Hallowstone.« Kaum habe ich das verkündet, höre ich Bean laut winseln. »Nein, nein …«, sage ich und streiche mit den Fingern über den gläsernen Handlauf von Six' Bibliothek. »Eigentlich ist es da gar nicht so gruselig. Es ist eher … traurig.«

Ich muss an Aradia und ihren Partner denken, den Werwolf. An das Hallowstone von früher, als die Werwölfe noch hier gelebt haben. Wie es wohl in Old Hallowstone war, bevor es zerstört wurde? Waren die Häuser so farbenfroh wie in der übrigen Stadt? Was für Geschäfte gab es dort? Ist es am Friedhof noch nicht so unheimlich zugegangen? Konnte man die Brücke überqueren, ohne Geistern über den Weg zu laufen?

Einen kurzen Moment lang kann ich es mir vorstellen: Werwölfe, die Seite an Seite mit Hexen auf dem Bauernmarkt einkaufen. Geschäfte mit Werwölfen hinter der Ladentheke. Werwolfs- und Hexenkinder, die zusammen durch die Gänge der Schule spazieren. Eine Vermischung der Magien, die wunderschön war, die die Welt besser gemacht hat.

»Es war schon ziemlich gruselig da«, widerspricht Bean.

»Ist ja gut, kleiner Welpe«, sagt Six. »Du kannst hierbleiben, wenn du möchtest.«

»Früher haben dort viele Werwölfe gelebt«, berichte ich. »Das hat Six mir erzählt. Der Hohe Hexenrat hat nicht nur die Erinnerungen der Leute ausgelöscht, sondern auch einen Teil der Stadt und ihrer Geschichte.«

Holly sieht mich staunend an. »Deshalb gab es da so viele komische Läden! Auf einem Schild stand was von einem Ganzkörperhaarschnitt zum Sonderpreis!«

»Oder die ganzen Monduhren und Mondkalender in dem einen Haus, durch das wir durch sind«, erinnert Sammy sich. »Das Viertel wurde absichtlich zerstört? Das ist ja furchtbar.«

Für ein paar Sekunden sagt niemand etwas.

»Es ist wirklich traurig«, meint Crystal irgendwann – und zieht eine Grimasse. »Aber jetzt nach Hellstone? Uaaah. Da ist es doch so kalt. Und so dunkel.«

»Du warst schon mal in Old Hallowstone?« Sammy kann es offenbar nicht fassen. »Wann?«

»Na, Antony wohnt da«, erwidert Crystal und verdreht die Augen. »Aber was ich sagen will: Da ist es mir zu kalt und außerdem treiben sich viel zu viele Geister herum.«

Six nickt entschieden. »Das stimmt allerdings. Also gut, Crystal Atherton, du bleibst ebenfalls bei mir.«

Da verschränkt Crystal die Arme. »Nur über meine Leiche.«

»Wenn ich dabei bin, kann ihnen nichts passieren«, beschwichtigt Antony.

Sammy schüttelt den Kopf. »Nein, das kriegen wir schon allein hin.«

»Mach dich nicht lächerlich«, entgegnet Crystal. »Wenn euch was passiert, bringen mich Mom und Dad um. Buchstäblich.«

Das quittiert Sammy mit einem Schulterzucken. »Wäre doch gut. Dann könntest du für immer und ewig bei Antony in Old Hallowstone sein.«

Ein ersticktes Schnauben von Crystal. »Sehr witzig. Aber mal im Ernst: Du bist doch erst elf!«

»Und trotzdem sind sie schon weit gekommen«, meldet sich Six zu Wort. »Nur diese Kinder können die Dunkelheit vertreiben, die ganz Hallowstone bedroht. Sie müssen das Ritual allein durchführen und den Schutzzauber auf ihre Weise erneuern, bevor Gabriel seinen Versuch wagt.«

Offensichtlich ist Crystal von Six' Aussage so beeindruckt, dass sie nicht mehr widerspricht.

Sammy strafft die Schultern. »Wir machen das schon.«

Ich drehe mich zur Dritten im Bunde. »Wie siehst du das, Holly?«

Sie hat unser Gespräch schon länger stumm verfolgt, und als ich sie anspreche, zuckt sie zusammen. Eine minimale Bewegung nur, doch weil ich aus Gewohnheit immer genau auf sie achte, ist es, als hätte sie den Kopf geschüttelt.

Innerlich sinke ich in mich zusammen.

»Aber wir sind doch ein Team«, sage ich. »Ist es wegen deiner Großmutter?«

Holly wird unruhig. »Das mit Grandma, das wusste ich nicht. Ich schwöre es euch. Ich hatte keine Ahnung, dass sie so was Schlimmes getan hat.«

»Ist schon gut«, meine ich. »Du bist ja nicht sie. Und wir brauchen dich.«

Sammy nickt. »Wir brauchen dich. Bisher haben wir alles nur gemeinsam geschafft. Jetzt musst du auch bis zum Ende dabeibleiben, klar?«

»Wir führen das Ritual durch und machen den Wunsch rückgängig«, lege ich nach.

»Du hast doch selbst gesagt, dass niemand mehr sicher ist, wenn wir nichts tun!«, ruft Sammy.

»Aber wenn wir es nicht hinkriegen?« Hollys Worte sind kaum zu verstehen. »Wir haben uns ja wirklich Mühe gegeben, aber ... aber vielleicht ist es doch zu kompliziert für uns. Und dann hat er gewonnen.«

Trotz der ernsten Situation muss ich lächeln. Ja, für mich ist das Ganze womöglich eine Nummer zu groß, das kann gut sein – aber doch nicht für Holly! Ihre Magie hat so viel Kraft, ich spüre sie sogar aus der Entfernung: etwas Warmes tief in ihr, das sich in festen Windungen um ihr Herz und ihren Brustkorb schmiegt. Hätte es eine Farbe, wäre es Pink. Sie ist eine mächtige Hexe, viel mächtiger als ich. Ohne ihre Hilfe muss ich es gar nicht erst versuchen.

»Bitte.« Ich nehme ihre Hand, drücke sie. »Wenn du nicht dabei bist, schaffen wir es nie. Wir, Sammy und ich, wir brauchen dich.«

Sammy ergreift meine andere Hand und fasst nach Hollys linker. Das Dreieck ist komplett. Drei Seiten, dreimal Magie. Drei Menschen, die sich zusammengetan haben, um ihre Liebsten zu retten. Ich bekomme schon wieder Herzklopfen, aus tausend Gründen auf einmal.

Holly blickt auf unsere ineinandergelegten Hände und nickt. »Okay«, flüstert sie. »Wir kriegen das hin. Zusammen können wir es schaffen.«

Obwohl wir keine Wahl zu haben scheinen, haben wir trotzdem eine getroffen – das Richtige zu tun.

30. Kapitel

Wir wollen uns gerade auf den Weg machen, als jemand an meinem Ärmel zupft. Bean hat mir noch etwas zu sagen.

»Was ist?« Die anderen sind alle schon in der Eingangshalle des Schlosses, nur wir zwei stehen noch im weitläufigen Flur. Auch hier glitzert und funkelt es, als hätte man über uns eine Handvoll Sterne zerstoßen.

»Dein Wolf …«, sagt Bean.

»Was für ein Wolf?«

»Deiner.« Er wird rot und starrt auf seine Füße. »Deine Wolfsgestalt …«

»Ich habe doch gar keine.« Aber plötzlich bin ich mir nicht mehr so sicher. Wie sieht eine Werhexe eigentlich aus? Ob auch in mir ein Wolf steckt, den ich bewusst hervorlocken kann, so wie Mom und Bean? Ich könnte mir, ehrlich gesagt, Schöneres vorstellen. Wie seltsam es sein muss, von einem Moment auf den anderen nicht mehr als Mensch herumzulaufen, sondern als vierbeiniges Fellknäuel …

»Hast du wohl.« Bean blickt immer noch auf den Glasboden. »Das merke ich. Ich kann es riechen.«

»Na, vielen Dank auch.« Ich muss kichern.

Von Bean, dem Großmeister des unverschämten Gelächters, kommt kein Pieps.

Ich stupse ihn in die Seite. »Komm, lach doch mal.«

»Aber es ist alles so ernst.« Trotzdem gluckst er nun wenigstens ein bisschen und jetzt sieht er mich auch wieder an. »Du riechst nach Wolf. Stärker als früher.«

»Und wie verwandelt man sich in einen Wolf?«

Ein Schulterzucken. »Ich denke einfach dran, wie es sich anfühlt, einer zu sein. Dann passiert es von selbst.«

»Tut es weh?«

»Bisschen. Aber nicht so schlimm, dass man deswegen keine Lust drauf hat. Versuch's doch mal.«

»Das geht nicht. Nicht jetzt. Es ist schon zehn. Ich muss los.«

»Aber vielleicht wird es dir was bringen!«

Auf der Unterlippe kauend, spähe ich zur Eingangshalle hinüber. Die anderen warten schon. Nicht mehr lange bis Mitternacht und damit bis zum endgültigen Zusammenbruch des Schutzzaubers. Aber es könnte sein, dass Bean recht hat. Dass wirklich ein Wolf in mir steckt …

Wir brauchen jeden Vorteil, den wir kriegen können.

»Okay«, sage ich. »Aber schnell, verstanden? Was muss ich tun?«

»Du machst die Augen zu und konzentrierst dich«, erklärt Bean. Wie zu erwarten, bereitet es ihm merklich Freude, seine große Schwester herumzukommandieren. Aber jetzt ist der falsche Moment, mich darüber aufzuregen.

»Und weiter?«

»Und dann … denkst du dran. Du wünschst es dir. Es ist kein Zauberspruch. Es ist mehr so ein Gefühl.«

Kein Zauberspruch. Mehr so ein Gefühl. Wenn das nicht

nach einem magischen Wunsch klingt, der ein unfassbares Eigenleben entwickelt. Meine Sehnsucht war so groß, dass sie die Welt verändert hat. Ich dachte, ich hätte einen Rufzauber gesprochen, aber die wahre Kraft hinter dem Wunsch lag nicht in meinen Worten, das ist mir inzwischen klar.

Wie soll man sich konzentrieren, wenn man die ganze Zeit daran denken muss, was für einen Riesenmist man gebaut hat? Ich öffne die Augen wieder. »Es klappt nicht.«

»Weil du es nicht richtig versuchst.«

»Nein, weil ich jetzt wirklich losmuss.«

»Nur einmal noch! Bitte, bitte, bitte!«

»Na gut«, sage ich wider Willen. »Einmal noch. Aber schau weg, ja?«

Ich schließe die Augen und atme tief ein.

Ein Stich fährt mir ins Herz, etwas Warmes, das größer wird, als würde sich eine Fadenspule abwickeln und bis in meine Arme und Beine erstrecken. Meine Zehen kribbeln, meine Fingerspitzen ebenfalls. Meine Zähne fühlen sich doppelt so groß und schwer an wie gewohnt, meine Ohren jucken.

Jetzt bloß nicht die Augen aufmachen, sonst erblicke ich in der Glaswand gegenüber noch Krallen und spitze Ohren … Doch aus irgendeinem Grund bricht der Bann, reißt der Faden und verflüchtigt sich die Hitze.

»Du hättest es beinahe geschafft!«, schreit Bean. »Versuch's noch mal!«

»Das geht nicht.« Ich schiebe ihn sanft zur Seite und laufe in Richtung Ausgang.

»Wow.« Er macht große Augen. »Ist das cool!«

»Was ist cool?«

Wortlos zeigt er auf seine Ohren. Ich fasse mir an meine eigenen. Oben sind sie nicht mehr so rund, wie ich es kenne. Sie sind spitz. Und ein bisschen flauschig. Ich werfe einen Blick in den nächsten Spiegel. Bei Morgana …

»Jetzt weißt du wenigstens, dass du einen Wolf in dir hast«, stellt Bean fest.

»Ja«, grummele ich, »super.« Gemeinsam eilen wir zu den anderen und holen sie hinter dem Burggraben ein. »Ganz fantastisch.«

Man soll seinen Freundinnen ja alles erzählen, aber tut mir leid, das lieber nicht. Nur blöd, dass mein Hut vor einiger Zeit von Wind und Wetter davongetragen wurde – ich kann mir also bloß die Haare über meine neuen Ohren streichen. Sollten sie Holly und Sammy auffallen, müsste ich ihnen erklären, dass ich beinahe einen Verwandlungszauber hinbekommen hätte. Und darauf kann ich gerne verzichten, denn wirklich überzeugt bin ich von der ganzen Werhexen-Sache sowieso noch nicht.

Jetzt müssen wir uns darauf konzentrieren, mein Ritual vorzubereiten. Doch kaum denke ich darüber nach, gerate ich wieder in Panik. Was soll ich bitte opfern? Six hat gesagt, ich werde es wissen, wenn es so weit ist, aber wann ist es so weit?

Und ich habe nur einen Versuch. Schon in knapp zwei Stunden ist Mitternacht. Die Wolfsfigur fest in der Faust, steige ich wachsam über eine glitschig-dunkle Pfütze. Kann sein, dass die Magie so weit außerhalb noch nicht außer Rand und Band ist, aber sicher ist sicher.

»Alles klar bei dir?«, flüstert Sammy mir zu.

»Ja.« Ich streife sie kurz mit der Hand, um sie zu beruhigen.

Zum Abschied gibt es Umarmungen und eine strenge Ermahnung von Crystal, gefälligst nicht draufzugehen, weil wir dadurch garantiert ihr Leben ruinieren würden. Dann sind wir endlich unter uns, laufen zu dritt durch den Wald.

Überraschung: Wenn man nicht gerade auf einem Werwolf reitet, wirken die finsteren Bäume noch viel bedrohlicher. Die kleinen Zauberlaternen, die wir von Six bekommen haben und die wir nun mit ausgestrecktem Arm tragen, baumeln bei jedem unsicheren Schritt hin und her. Ich habe eine mit grüner Flamme, Holly eine mit blauer, Sammy eine mit pinkfarbener.

Drei helle, auf und ab schwingende Punkte in der Dunkelheit. Six hat gesagt, wir sollen uns von den Lichtern den Weg zeigen lassen. Sollten wir die falsche Richtung einschlagen, würden sie flackern und erlöschen. Wir befinden uns tief im Wald, unter den ältesten Bäumen, deren Stämme breit wie Häuser sind, mit Blättern, so groß, dass ich mir daraus ein T-Shirt nähen könnte. Abseits des Laternenscheins erstreckt sich eine Welt aus verzerrten Schatten, lang hingeworfen vom Mond, der fast kreisrund über uns hängt. Ich rücke näher an Holly heran.

Meine Hand stößt gegen ihre. Wir verschränken unsere Finger ineinander.

»Hier entlang«, sagt Sammy – nachdem sie ein paar vorsichtige Schritte nach links gemacht hatte, hat ihre Flamme geschwächelt und wäre beinahe ausgegangen. »Ohne Six hätten wir uns schon übel verlaufen …«

Holly sieht über die Schulter. »So tief im Wald war ich noch nie.«

Ich nicke. Meine Muskeln sind bis zum Zerreißen gespannt. Wann immer wir dunkles Gestrüpp passieren, rechne ich fest damit, von … irgendetwas angefallen zu werden. Von Gabriel, der uns lieber hier den Garaus machen will, statt bis Mitternacht zu warten, oder von etwas noch Furchteinflößenderem, einem Wassergeist vielleicht oder einer Riesenspinne. Oder einer Schattenspinne. Wenn ich meine Laterne leicht ankippe, sehe ich am Himmel die gigantischen Bruchstücke des Schutzzaubers schimmern. Wir bewegen uns am äußersten Rand der sicheren Zone.

Und hinter der Grenze wartet mein Onkel.

31. Kapitel

Dicke Baumstämme ragen in einen Himmel, der schwer wie eine dunkle Bettdecke über uns hängt. In unseren Ohren pfeift ein Wind, der sich manchmal ein bisschen zu ... menschlich anhört. Oder anders ausgedrückt: Länger als unbedingt nötig muss ich nicht im Wald bleiben. Holly und ich gehen ein paar Meter hinter Sammy, unsere Finger immer noch ineinander verflochten, wodurch mir ab und zu, ganz plötzlich, ein bisschen schwindelig wird.

»Auf dem Wald liegt ein Zauberbann. Er verhindert, dass nichtmagische Menschen, die zufällig ein Portal durchquert haben, in Hallowstone landen«, sagt Holly nervös. »Das hat mir meine Mutter mal erzählt. Der Bann bringt sogar Hexen durcheinander. Wer nicht dauerhaft im Wald lebt, soll keine Ecke davon wiedererkennen. Normale Menschen verlaufen sich und landen am Ende wieder zu Hause.«

Das kann ich mir gut vorstellen. Bei meinen Waldspaziergängen mit Dad legt er immer eine Spur aus Brotkrümeln oder markiert die Bäume mit Kreide. Ich strecke mich nach dem nächsten Stamm, berühre ihn kurz und zucke zurück, denn an der Rinde klebt eine Art Glibber. Schluss damit, sage ich mir, konzentrier dich.

Gabriel sollte sich auf was gefasst machen. Glaubt er wirklich, er kann einfach so die Schattenwesen dazu einladen, die Magie von ganz Hallowstone zu verschlingen? Nur damit er den Hohen Hexenrat rausschmeißen und alle dazu zwingen kann, sich seinen schrägen Ansichten zu Werhexen und ihrer Magie zu unterwerfen? Nicht mit mir. Zugegeben, ich habe Angst und mein Selbstvertrauen ist schwer angeknackst, eigentlich kurz vor dem Zusammenbruch, aber davon lasse ich mich noch lange nicht aufhalten. Egal, wer ich bin oder sein soll, ob Hexe, Wolf oder Werhexe, ich muss da durch.

Und Six glaubt an mich. Bean glaubt an mich. Ich darf die beiden nicht im Stich lassen. Wenn ich Gabriel nicht stoppen kann, wird meine Familie dafür bezahlen. Nicht nur meine, sondern jede Familie, alle, die ganze Stadt. Hollys Mutter, Crystal und Antony, die Werwölfe, die in Hallowstone festsitzen … Mr und Mrs Atherton, Ms Crockett, die Mitglieder des Hohen Hexenrats …

Wer einen Fehler begeht, hat die Chance, ihn wiedergutzumachen. So entwickelt man sich weiter.

Oder bilde ich mir nur ein, ich hätte mich weiterentwickelt? Woher soll man wissen, ob man wirklich zu einem besseren Menschen geworden ist?

Ich bin so in Gedanken versunken, dass ich geradewegs in Sammy hineinrenne.

»Prue?« Sie dreht sich um. »Alles klar bei dir?«

Weiter vorne lichten sich die Bäume endlich. Über uns prangt der Mond, dick und rund verströmt er sein gelbes Licht. Es fällt auf lange Reihen ausgebrannter Häuser, die aus der Erde ragen wie Zähne. Es spiegelt sich im Fluss, den wir auf unserer Flucht aus Old Hallowstone überqueren mussten. Es zeigt uns die Masse der Geister,

die immer noch auf der Brücke wogt. Auf meinen Armen und in meinem Nacken stellen sich die Härchen senkrecht auf. Wenn der Wind für einen Moment in unsere Richtung dreht, kann ich sie sogar hören, ihr Jammern und Kreischen. Aber am schlimmsten ist das einsame, schmerzverzerrte Jaulen.

»Wir kriegen das hin«, verkünde ich laut, bevor mein Herz aus meiner Hose auf den Boden plumpsen kann und ich einfach zurück in den Wald renne. Meine Füße zucken schon, aber ich kann mich beherrschen. So gruselig sind Geister auch wieder nicht. Und okay, Gabriel ist älter als ich, schneller und stärker. Doch ich habe einen Vorteil: Ich habe meine Freundinnen. Er muss allein kämpfen. Ich nicht.

Holly atmet tief durch und nickt. »Zusammen.«

Jetzt bin ich wieder froh, dass sie in der Dunkelheit mein feuerrotes Gesicht nicht sehen kann.

Nun wäre der optimale Moment, wirklich mucksfledermäuschenstill zu sein. Wir gehen ganz langsam weiter, um nicht über schiefe Pflastersteine zu stolpern oder in umherschwebende Geister hineinzulaufen.

Ein Kribbeln jagt über meine Arme und Beine. Ich fühle mich unbeweglich und klobig wie ein verkohlter Ziegelstein.

Am Waldrand haben wir uns darauf geeinigt, nur zu sprechen, wenn es unbedingt sein muss. Noch haben wir das Überraschungsmoment auf unserer Seite und dabei sollte es bleiben. Also rücke ich bloß stumm näher an Holly heran und unsere Hände verschränken sich wieder ineinander.

Ein lautes Schnauben und Wiehern ertönt. Sammy kann uns gerade noch in eine Gasse schubsen, ehe eine Herde Pferde vorbeiprescht. Es sind keine echten Pferde – sie bestehen aus Schatten, ihre Augen sind tiefschwarz wie die des Drachen und hier und da blitzen weiße Knochen durch die wabernde Dunkelheit ihrer Leiber. Am Ende der Straße rennen sie frontal gegen eine Steinmauer und zerbersten in Millionen einzelner Schattenfetzen.

Neben mir zittert Holly, Sammy wimmert leise. Ein paar Sekunden lang stehen wir bloß da und atmen so lautlos wie möglich, dann geht es weiter.

Alt und verlassen war Hellstone schon immer, jetzt sind von der Hälfte der Häuser aber nur noch Trümmerhaufen übrig. Glasscherben liegen verstreut auf der Straße, in der Ferne züngeln Flammen in den Himmel. Ich halte weiter Ausschau nach Geistern oder dem nächsten Schattenwesen.

Sammy stolpert, fällt vornüber und kann sich gerade noch mit den Händen abfangen. »Autsch!«, kreischt sie.

Schnell hält sie sich den Mund zu. Dabei bleibt ein Blutfleck auf ihrem Gesicht zurück.

»Wer ist daaaaa?«, fragt eine Stimme. »Ist es eine Hexe? Eine Hexe aus Hallowstooooone?«

»Steh auf!«, flüstere ich. »Alles okay?«

Sammy stemmt sich mühsam hoch und putzt sich die Knie ab. »Blödes Kopfsteinpflaster. Sorry.«

»Wie war das?«, ruft eine andere Stimme. »Du hast eine He-He-Hexe gese-he-hen?«

Ängstlich, fast verzweifelt blickt Holly sich um. »Was sollen wir denn jetzt machen?«

»Da sind sie jaaaa!«, verkündet eine tiefe Stimme in feierlichem Ton. »Drei Hexenmäääääädchen.«

Und eine geisterhafte Hand fasst nach Holly.

»Wir wollten gerade gehen!«, quiekt sie und macht einen Sprung nach hinten.

Die dazugehörige Gestalt ist kaum zu erkennen, aber ich glaube, es ist ein Mann. Ein ganz normaler Typ eigentlich, nur dass er seinen Kopf unter dem Arm trägt.

Igitt.

»Genau, genau!«, stimmt Sammy zu. »Wir, äh, wir sind bloß falsch abgebogen.«

»Wartet«, sagt eine hohe Stimme. »Diese Määäääädchen … sind es nicht die, die der liebe Gabriel uns versprochen hat? Kommt, verwandte Seeeeelen … greift sie euch.«

Ich spüre, wie das Blut aus meinem Gesicht weicht. Von wegen mucksfledermäuschenstill …

Die gute Nachricht zuerst: Wir wissen jetzt, wo Gabriel steckt und wo er sein Ritual durchführen will.

Nun die schlechte: Wir müssen hilflos zusehen, wie er die nötigen Vorbereitungen trifft, denn jede von uns wird von einem Geist festgehalten.

Anscheinend können Geister sabbern. Oder was soll es sonst sein, was mir da von oben auf den Kopf rinnt? Silbernes Blut? Schweiß? Ich weiß es nicht, aber es ist seltsam warm und bringt mich fast dazu, mich zu übergeben.

Das Gespenst, das meine Arme am Rücken fixiert hält, hat unglaublich viel Kraft – ich kann mich nicht losreißen, und wenn ich mich noch so sehr anstrenge. Seit wann können Geister sich überhaupt mit derart festem Körper materialisieren?

Im Griff der Gespensterfinger habe ich vergeblich gezappelt, als Gabriel mir das Tagebuch weggenommen hat.

Ich blicke mit eng zusammengekniffenen Augen nach oben, damit kein dicker Tropfen Gespensterspeichel-oder-was-es-sonst-sein-mag hineinläuft. »Mein« Geist war offenbar mal ein Mensch, doch der dicke Nagel in seinem Schädel macht sein Gesicht fast unkenntlich.

Da muss ich wirklich würgen, aber es kommt nichts heraus.

Mein Keuchen erregt jedoch Gabriels Aufmerksamkeit. Er blickt auf und schenkt mir ein kaltes Lächeln. In seinen Augen leuchtet die Vorfreude. Gerade zeichnet er mit einem langen, gebogenen Stab die letzte Kompasslinie in die Erde.

Auch wenn ich ganz genau hinschaue – von seiner alten kindlichen Energie ist nichts mehr zu erkennen. In der Spiegelerinnerung war ein tief verletzter Junge mit großen Plänen für eine bessere Zukunft zu sehen. Dieser Gabriel hier hastet wie besessen hin und her, der innere Wolf platzt beinahe aus seiner menschlichen Hülle.

»Prudence, geliebte Nichte. Wie schön, dass wir endlich wieder vereint sind. Vorhin hattest du es plötzlich so eilig …« Er breitet vor den versammelten Geistern die Arme aus. »Was hältst du von meiner neuen Wachmannschaft? Ich muss schon sagen, mein Zauber hat ihre übernatür-

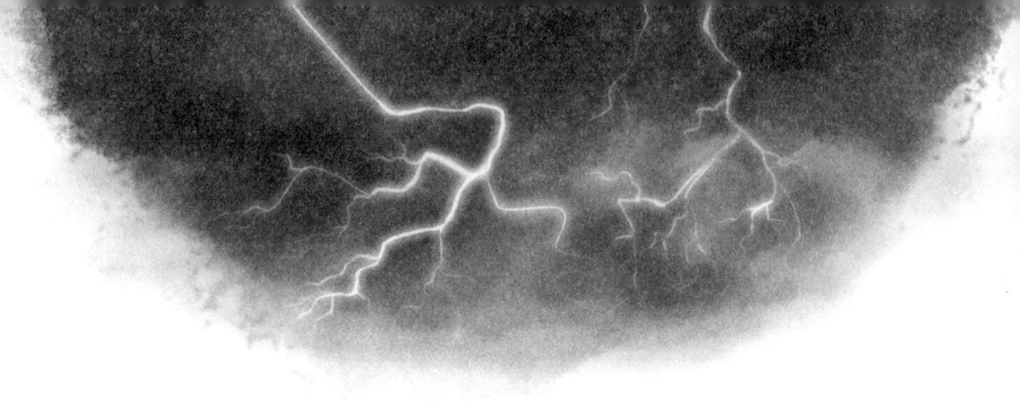

lichen Kräfte erst richtig wach gekitzelt. Übrigens sind sie alle an diesem Ort umgekommen, versteht sich von selbst.«

Ich zeige ihm die Zähne, um ihn einzuschüchtern. Vielleicht wirkt es wenigstens ein bisschen.

»Und da sind ja auch deine Freundinnen. Hallo, Samantha.«

»Ich heiße Sammy«, erwidert sie mit eisiger Stimme und in Gedanken gebe ich ihr einen anerkennenden Klaps auf die Schulter. Nicht unterkriegen lassen, Sammy!

Auch sie wehrt sich gegen ihren Geisterbewacher, doch wie ich kann sie sich kaum bewegen.

»An deiner Stelle würde ich mir die Mühe sparen«, sagt Gabriel. »All diese Hexen sind just hier gestorben und so nah wie jetzt werden sie dem Leben nie wieder kommen. Sie dienen nur mir.« Ein schiefes Grinsen. »Und da ist ja auch die reizende Holly Abrams. Keine Angst, wenn ich die Macht in Hallowstone übernommen habe, werde ich deine Großmutter schon nicht zu lange im Schattenreich versauern lassen. Sagen wir ... ein Jahrtausend?«

»Wie kann man nur so sein?«, zischt Holly ihn an.

»Immerhin hat sie mich in diese Stadt der Toten verbannt.«

»Ja, weil du ein Mörder bist!«

Gabriels Augen verengen sich. »Deine Magie ist nicht zu unterschätzen, Holly Abrams.« Er dreht sich zur Seite, um ihr eine tiefe Risswunde an seiner Wange zu präsentieren. Von Holly quer über den Fluss geschleudert zu werden, hinterlässt offenbar Spuren.

»Darauf kannst du wetten«, erwidert Holly.

In mir steigt ein neues Gefühl auf: Stolz. Meine Freundinnen geben nicht auf. Ich werde auch nicht aufgeben.

»Warte nur ab«, mische ich mich ein. »So können wir dich besiegen. Durch unsere Magie.«

»Mich besiegen?« Gabriel lacht schallend. »Aber meine liebste Prudence, ihr habt doch schon verloren.« Er deutet auf den Kompass.

Doch noch hat er die symbolischen Gegenstände nicht platziert. Noch hat er kein Wort der Beschwörungsformel gesprochen.

Noch hat er kein Opfer gebracht.

»Haben wir nicht.« Ich versuche, ein freches Grinsen aufzusetzen, zuversichtlicher zu wirken, als ich bin. »Du bist noch nicht besonders weit gekommen … Onkel. Und weißt du, was? Ich bin nicht deine ›Liebste‹.«

»Wie du meinst. So oder so sitzt ihr in der Falle. Dein blödsinniger magischer Wunsch hat mir eine lang ersehnte Chance eröffnet. Auf Freiheit, auf Rache.«

»Wir wissen alles!«, bricht es aus Sammy hervor. »Dass du den Schutzzauber absichtlich kaputt gemacht hast, damals, als du in der Schule warst! Dass du Fern getötet hast!«

Gabriel erstarrt. Ganz kurz, für eine Millisekunde, flackert Kummer über sein Gesicht, ziehen sich seine Augenbrauen zusammen und versteift sich sein Rücken. Und genauso plötzlich ist es wieder vorbei.

»Fern …«, murmelt er. »Diesen Namen habe ich lange nicht mehr gehört. Kann es sein, liebe Hexlinge, dass ihr einen kleinen Waldspaziergang unternommen habt? Und dabei auf Six getroffen seid, dieses alte, unerträgliche …«

»Warum hast du das getan?«, falle ich ihm ins Wort. »Er war dein Freund.«

Gabriel sieht mich lange an und ich fröstele. Nicht nur, weil sich ein eisig kalter Geist an mich drückt.

»Du bist deiner Mutter so ähnlich«, sagt Gabriel.

Ich schüttele den Kopf. So nicht.

Aus meiner Familie hat er sich schon lange verabschiedet – schon vor Jahren, als er mit voller Absicht eine Katastrophe herbeigeführt hat. Wäre er nicht gewesen, wären Mom und die anderen Werwölfe nie aus Hallowstone vertrieben worden. Ja, er ist zuerst zum Ausgestoßenen und dann zum Verbrecher geworden, aber das kann keine Entschuldigung für seine Taten sein, weder damals noch heute. Seinetwegen glauben alle Hexen, man müsste sich vor Werwolfsmagie in Acht nehmen. Nur seinetwegen musste ich ohne Mom und Bean groß werden.

»Dieser orangefarbene Hautton«, fährt er fort. »Fast wie ein Kürbis. Und ihre Augen hast du ebenfalls geerbt. Dieses warme, gütige Braun …«

Darauf reagiere ich gar nicht erst. Da kann er so lange sticheln, wie er will.

»Meine Schwester hatte seit jeher eine Vorliebe für Hexen. Ich kann mich noch gut erinnern, wie sie nach dem Unterricht immer mit ihnen unterwegs war … Am liebsten wäre sie wahrscheinlich selbst eine gewesen. Sie verabscheute den Wolf in sich. Sie wollte ihn loswerden, egal um welchen Preis.«

»Das kann ich mir nicht vorstellen«, sagt Holly. »Sie war doch Stufensprecherin. Und ihr Lieblingsfach war Verwandlungsmagie.«

»Und dann lernte sie diesen Jungen kennen.« Gabriel tut so, als hätte er ihren Einwand überhört. »Alfred.«

Mein Herz zieht sich schmerzhaft zusammen. Was wird er über Dad sagen?

»Sie hatte ohnehin nur Hexen im Kopf und noch schlimmer wurde es nach ihrer Begegnung mit Alfred Latham.« Gabriel spuckt Dads Namen aus wie einen Fluch. »Die Heuchelei des Hohen Hexenrats, Alpha Evansons Versäumnisse als Oberhaupt der Wölfe, dafür interessierte sie sich nicht. Und so stand ich allein da, ein Junge mit mehr Macht als jede Ratshexe, als alle Hexen von Hallowstone, nachdem sich auch meine Hexenkräfte offenbart hatten … Doch ich konnte nichts davon zum Ausdruck bringen. Vielmehr wurde ich von Gleichaltrigen herumgeschubst wie ein Schwächling.«

»Dir geht's doch immer nur um dich selbst«, fauche ich. »Du bist gierig und böse, deshalb hast du dich mit Absicht von deiner Macht verleiten lassen.«

»Aber Prudence! Dass du ausgerechnet für diejenigen Partei ergreifst, die es auf dich abgesehen haben – oder hat dir dein Wunsch etwa keinen Ärger eingebracht? Sie hätten deiner Magie Fesseln angelegt, wie meiner damals. Sie hätten auch dir die Flügel gestutzt und dich verstoßen.

Ich weiß, sie tun immer so ... freundlich. Aber überleg doch mal – wie haben sie auf dich reagiert? Glaubst du im Ernst, du wirst dein altes Leben weiterführen können, wenn erst einmal ans Licht gekommen ist, was du bist: das einzige Wesen, das der Hohe Rat fürchtet? Das einzige Wesen mit der Macht, ihre Stadt zu Staub und Schatten zerbröseln zu lassen?«

Ich habe einen Kloß im Hals. Hollys Großmutter war wirklich verdammt wütend auf mich. Die anderen Ratshexen und Ratshexer haben so getan, als wäre das Ende der Welt nah. War es ja auch, ist es ja auch. Also würden sie mich tatsächlich aus der Stadt verbannen? Mich zwingen, in Old Hallowstone zu leben, wie Gabriel, oder im Schattenreich, wo ich seinen finsteren Bewohnern ausgeliefert wäre? Ich kenne doch nur Hallowstone, ich habe nie woanders gewohnt. Völlig unvorstellbar, mich irgendwo zwischen lauter Geisterwesen zu verkriechen, an einem Ort ohne Sonnenlicht.

»So sieht es aus«, sagt Gabriel.

Es ist, als könnte er mühelos meine Gedanken lesen. Oder vielleicht steht mir alles ins Gesicht geschrieben, meine Ängste und Sorgen, die mich quälen wie spitze Dornen.

»Du wolltest wissen, wieso ich meinem Freund das angetan habe.« Ausdruckslos, aber unbeirrbar fährt Gabriel fort. Ich blicke unauffällig zu Sammy hinüber. Über ihre Wangen fließen Tränen.

So ist es also, wenn man nichts, gar nichts mehr ausrichten kann. Für mich ist das ein neues, ungewohntes Gefühl, für Sammy bestimmt auch. So muss es Holly gehen, sobald sie an ihre Mutter denkt – sie hat ihr Bestes gegeben und es hat nicht gereicht. Und es ist nicht wie bei einem Trank, den man wegschütten und von vorne brauen kann. Was hier geschieht, ist für immer. Die Magie kann vieles geradebiegen. Aber sie kann das Geschehene nicht ungeschehen machen.

»Fern und ich waren Freunde, das ist wahr«, sagt Gabriel. »Aber nicht jede Freundschaft ist zu Höherem bestimmt – zwischen uns war ein schlichtes Gefühl der Verbundenheit gewachsen, das nie ernsthaft auf die Probe gestellt wurde. Bis zu dem Tag, an dem ich mich auf ihn verlassen musste. Ich brauchte ihn.«

Ein Schauer kriecht über meinen Rücken. »Als du dich zum ersten Mal an das Ritual gewagt hast.«

»Genau, liebe Nichte. Wie schlau von dir. Fern war zwar ein Hexer, doch er wusste, wie sich meine Not anfühlte – glaubte ich zumindest. Die anderen behandelten uns beide wie Ausgestoßene.«

»Du hast von ihm verlangt, sich gegen seine eigenen Leute zu stellen«, meldet sich Holly zu Wort. »Gegen seine Stadt. Gegen Six.«

»Das stimmt nicht ganz«, widerspricht Gabriel. »Ja, ich habe ihn gebeten, mir zu helfen. Aber es wäre nicht von Dauer gewesen, so war es nie gedacht. Nachdem wir den Schutzzauber zu Fall gebracht hätten, hätte ich ihn wiedererrichtet, als Beweis meiner Macht. Von da an hätte man mich nicht mehr übergehen können. Alle hätten einsehen müssen, dass ich ihnen überlegen bin, selbst der Hohe Hexenrat. Ihr müsst wissen: Fern ist nicht durch das Ritual umgekommen – sein Tod war ein Unfall und hat verhindert, dass ich das Ritual vollenden konnte. Gleichwohl bin ich inzwischen zu der Erkenntnis gelangt, dass es sich nur mit einem ganz bestimmten Opfer zufriedengibt. Mit etwas Lebendigem.«

Er blickt mir in die Augen. Schlagartig trocknet meine Kehle aus und ich winde mich im Griff meines Bewachers.

Etwas Lebendiges.

Ich muss nicht lange raten, wen er im Sinn hat.

»Du kannst es dir sicher denken«, sagt er leise. Schon streckt er die Hand aus, ergreift vorerst aber nur meine eigene und zieht mich fort von dem Geist, der mich bisher im Zaum gehalten hat. Ich stolpere, meine Augen brennen, doch ich werde nicht weinen. Vor ihm werde ich keine Schwäche zeigen.

Gabriel schleudert mich ins Zentrum des Kompasses. Mit einem dumpfen Aufprall lande ich im Dreck. Ich richte mich auf und wische mir Schmutz und Staub aus dem Gesicht.

Ein Schrei hallt durch die kalte Luft. Sammy.

Gabriel fixiert meinen Arm mit seinem Stiefelabsatz. »In einem einfachen Hexenjungen wie Fern mag nicht die Macht geschlummert haben, die es braucht, um Hallowstone zu vernichten. Aber in einer Werhexe? Da bekommt man die doppelte Magie zum Preis von einer.«

32. Kapitel

Ich liege in der Mitte des Kompasses, kurz vorm Heulen, und beobachte, wie Gabriel die letzten Handgriffe tätigt. Meine Arme und Beine hat er mit einem Zauber an den Boden gefesselt. Probeweise ziehe ich daran – der Spruch ist stark, ich kann mich kaum bewegen. Ich sitze fest wie eine Fliege im Netz.

Mit dem aufgeschlagenen Tagebuch in der Hand platziert Gabriel seine eigenen symbolischen Gegenstände. Einen Becher, randvoll mit Mondlicht. Einen langen, dünnen Zweig vom Lebensbaum. Einen Zahn, der bisher an einer Schnur von seinem dürren Hals gebaumelt hat.

Und währenddessen redet er ununterbrochen.

»Was für einen Gefallen du mir damit getan hast, den Schutzzauber zu zerstören«, sagt er im Plauderton. »Zuerst konnte ich es kaum fassen. Ich war schon so lange in Old Hallowstone gefangen, dass ich zu halluzinieren glaubte. Bis ich deine Energie gespürt habe. Die hat mich geradewegs zu dir geführt, zu unserem Treffen am Lebensbaum.«

Ich werfe einen Blick auf Holly und Sammy. Sie kämpfen unermüdlich gegen ihre Bewacher an, aber ich sehe die Angst in Sammys Augen.

»Unserem damaligen Plan nach«, fährt Gabriel fort, »sollte dem Ritual ein Teil von Ferns Magie geopfert werden, mehr nicht. Ich wollte ebenfalls einen Teil meiner Kräfte aufgeben und beides zusammen sollte genügen. So hatten wir es vereinbart.«

Er schnippt mit den Fingern. Mein Mund klappt auf, ohne dass ich mich wehren kann.

»Was soll das werden?«, höre ich Sammy rufen. »Wehe, du tust ihr was!«

Noch ein Schnippen. Ein brennender Schmerz schießt durch meinen Kiefer.

Das war also mein letzter Milchzahn. Er fliegt durch die Luft und landet kullernd in Gabriels geöffneter Hand. Gabriel legt ihn an eine Spitze der Windrose, neben seinen eigenen.

»Aua.« Ich spucke einen Klumpen Blut aus. »Musste das sein?«

»Natürlich musste es. Wie soll das Ritual seinen Dienst tun, ohne zu wissen, wer du bist?«

Ich habe solche Angst. Angst wie noch nie. Gabriel meint es ernst, das ist offensichtlich. Mit jedem Schritt, der uns der Vollendung des Rituals näher bringt, beschleunigt sich mein Atem. Wenn mir nicht bald ein Ausweg einfällt, wird Gabriel mich töten. Es wird mir ergehen wie Fern.

Wie es wohl wäre, nicht mehr zu leben? Würde ich als Geist auf die Erde zurückkehren? Im schlimmsten Fall müsste ich dann Old Hallowstone heimsuchen, weil ich hier umgekommen bin.

Ich runzele die Stirn. Das lasse ich ganz bestimmt nicht mit mir machen, oh nein. Ich muss mir etwas überlegen, und zwar schnell.

»Weißt du«, sagt Gabriel, »es tut mir aufrichtig leid. Immerhin bist du wie ich, mein eigen Fleisch und Blut. Es ist zu schade. Hättest du dich mir angeschlossen, hätten wir eine andere Lösung finden können. Aber dafür ist es jetzt zu spät. Der Schutzzauber muss wiederhergestellt werden und die alte Ordnung muss fallen, damit an ihrer Stelle eine neue entstehen kann.«

»Nein!« Ich versuche, nach ihm zu treten, auch wenn es natürlich nichts bringt.

»Es ist deine freie Entscheidung, Gabriel«, wendet sich Holly an ihn. »Du musst das nicht tun.«

»Genau«, stimmt Sammy ein. »Du glaubst vielleicht, du hättest keine Wahl. Aber du hast eine.«

»Lass sie frei!«

»Es gibt immer einen Ausweg!«

»Still!«, bellt Gabriel und feuert einen zornigen Blick ab. Hätte er dazu eine Zauberformel gesprochen, wären Sammy und Holly vermutlich in Flammen aufgegangen. Für eine Sekunde schaut er allerdings nicht in meine Richtung und so krümme ich mich zur Seite und richte mich auf. Ich versuche, die Hände zu bewegen. Sie sind immer noch fixiert.

Doch anscheinend lässt die Kraft des Zaubers nach, sobald Gabriel sich nicht mehr voll und ganz auf mich konzentriert. Da kommt mir eine Idee …

»Sammy«, zische ich. Natürlich kann ich ihr meinen Plan nicht lang und breit erklären, aber sie wird mich auch so verstehen. Als sie sich zu mir dreht, reiße ich die Augen auf und deute mit dem Kinn auf Gabriel. Ein kleines Ablenkungsmanöver, mehr brauche ich nicht.

»Was soll das werden?« Gabriel greift nach mir – und reißt mir ein Büschel Haare aus, um es vermengt mit seinen eigenen an die letzte freie Kompassspitze zu legen. Der Schmerz treibt mir die Tränen in die Augen. »Das Haar des Leitwolfs habt ihr doch?«, fragt er. »Natürlich habt ihr es, ihr habt euch schließlich bis ins Detail an meine Aufzeichnungen gehalten. Her damit.«

»Klar haben wir es«, lügt Sammy ihm ins Gesicht. Täusche ich mich oder hat sie mir eben heimlich zugezwinkert? »Aber wie jetzt? Du hast dir selbst keins organisieren können? Musstest dich auf uns kleine Mädchen verlassen?«

»Nun rückt es schon raus.«

»Nur wenn du Bitte sagst.«

»Her damit. Jetzt.«

Schweigend hebt Sammy die Augenbrauen.

»Du bist wirklich sehr unhöflich«, schaltet sich Holly ein. »So geht das nicht.«

»Das werden wir schon sehen.« Mit einem Knurren wendet Gabriel sich zum ersten Mal vollständig von mir ab.

Sofort schließe ich die Augen. Ein Pochen in meiner Kehle – das ist mein Herzschlag. In meinem Bauch brodelt es wie in einem sturmgepeitschten See. Wenn man daran glaubt, geschieht es. So hat Bean es beschrieben …

Ich merke, wie es beginnt. Ein Kribbeln am ganzen Körper, von Kopf bis Fuß. Scharfe Zähne in meinem Mund. Fell auf meiner Haut.

Jemand schreit.

»Prue!«

Meine Lider schnappen auf. »Ich bin's!«, rufe ich – oder versuche es zumindest.

Aus meiner Kehle kommt nur ein Heulen, ein lang gezogener Klagelaut. Gabriel fährt herum und starrt mich an. Seine Miene ist schwer zu entschlüsseln. Ist das etwa … Angst?

Ohne Probleme sprenge ich den Fesselzauber und springe auf. Allerdings auf alle viere. Es fühlt sich merkwürdig an … Ich kann aber nicht länger darüber nachdenken, denn plötzlich verwandelt sich auch Gabriel. In einen viel größeren, viel furchteinflößenderen Wolf.

Ich muss schlucken.

Dann stürze ich mich auf ihn. Was soll ich sonst tun? Fürs Pläneschmieden ist es zu spät.

Ich muss die anderen retten. Ich muss Hallowstone retten.

Also rausche ich in Gabriel hinein – und pralle von ihm ab, ohne dass er auch nur gezuckt hätte. Er lässt eine Riesenpranke vorschnellen, wirft mich zu Boden und stellt mir eine schwere Pfote auf den Brustkorb.

»Holly! Der Spiegel!«, rufe ich, halb schreiend und halb heulend, bevor er mir auch noch die Schnauze zuhält.

»Es ist so weit.« Gabriel starrt voller Ungeduld auf mich hinab. In der Dunkelheit leuchten seine Augen wie zwei Monde. »Funke sprüh.« Neben uns flackert eine Kerze auf. Über dreißig Zentimeter schlägt die kräftige orangefarbene Flamme in die Höhe, erhellt Gabriels Gesicht und scheint dem echten Mond das Licht abzusaugen.

Ich wehre mich, will nach ihm beißen und schnappen und kann doch nichts ausrichten. Am Rand meines Blickfelds holt Holly gegen den Widerstand ihres Bewachers den Spiegel hervor. Und hält ihn vor sich und den Geist in ihrem Rücken.

»Guck hin!«, befiehlt sie ihm. »Wie lange ist es her, dass du dir ins Gesicht geschaut hast?«

»Genau!«, ruft Sammy. »Weißt du überhaupt noch, wie du aussiehst? Deine ... na ja, deine Haare und deine Brille und dass du superniedliche Ohren hast ...«

Obwohl Gabriel mir gerade das letzte bisschen Luft aus der Lunge quetscht, muss ich grinsen.

»Anstatt umzukehren, fasse neu, verneble und verstoße, den Wunsch tausche gegen das leere Blatt ... Zum guten Ende dieses Opfer nimm!«, ruft Gabriel. Seine Krallen graben sich tief in meine Haut. Saurer Atem schlägt mir entgegen. Da reißt er meinen Kopf zur Seite und umschließt mit seinen langen Zähnen meinen Hals. Ich wehre mich, stoße meine Pranken in die Erde, um mich gegen ihn zu stemmen, doch gegen seine Kraft komme ich nicht an. Bald kann ich nur noch winseln. Nur noch nach Luft schnappen. Die Dunkelheit zieht sich um mich zusammen.

Wäre ich doch nur nicht so egoistisch gewesen, hätte ich doch nur nicht diesen Wunsch ausgesprochen.

Wäre ich doch nur nicht so neugierig gewesen.

Hätte ich meine Eltern doch nur besser behandelt.

Bean besser behandelt.

Meine beste Freundin.

Wäre ich doch nur … Hätte ich doch nur …

Gabriels Zähne bohren sich in meine Kehle. Ich wappne mich für den Schmerz. Der aber nicht kommt.

Dafür höre ich einen saftigen Einschlag.

»Zack!«, ruft Sammy. »So wird das gemacht!«

Ich öffne langsam die Augen. Sammy steht mit einem scharfkantigen Stein in der Hand über mir. Daneben grinst Holly schelmisch auf mich herab und streckt mir den Spiegel entgegen, der noch kaputter aussieht als zuvor.

»Du hast mich auf die Idee gebracht«, sagt sie.

»Holly ist so genial!«, jubelt Sammy. »Sie hat den Geistern den Spiegel vorgehalten.«

»Ja, und da ist ihnen wieder eingefallen, dass sie tot sind.« Hollys Stimme klingt fast ein bisschen traurig. »Das hat Gabriels Bann gebrochen.«

»Ich würde sagen, er ist bewusstlos«, meint Sammy.

Holly stupst Gabriels schlaffes Gesicht an. »Sieht stark danach aus.«

Ich beiße mir auf die Zunge, um nicht endgültig in Tränen auszubrechen. »Danke, ihr zwei.«

Sammy schnaubt. »Als würde ich tatenlos zugucken, wie meine beste Freundin abgemurkst wird!«

»Wir müssen das Ritual durchführen.« Holly blättert schon im Tagebuch. »Schnell, sonst wacht er noch vorher auf.« Sie streckt mir die freie Hand hin und ich nehme sie.

Stück für Stück fällt die Wolfsgestalt von mir ab und bald ist es keine Pfote mehr, die in ihren Fingern liegt.

Was bin ich froh, dass die beiden meine zwischenzeitliche Verwandlung mit keinem Wort erwähnen.

»Wetten, man muss am Ende die Kerze auspusten?« Sammy nickt in Richtung der Flamme, die trotz des Durcheinanders immer noch flackert. Dann hebt sie den Schädel aus ihrem Rucksack, ganz vorsichtig, mit beiden Händen. »Das Symbol der Macht hast du doch, oder? Und wie sieht es mit dem Opfer aus?«

Ich überlege kurz. Müsste mir nicht allmählich eine Idee kommen? Trotz Six' Zauber ist mein Kopf wie leer gefegt. Wieder muss ich gegen die Panik ankämpfen, beginne schon zu zittern. »Lasst uns erst mal die Symbole platzieren.«

»Aber was willst du ...«

»Keine Ahnung!« Ich wische meine verschwitzten Hände an der Strumpfhose ab. »Ich denke ja schon nach.«

Zunächst angele ich die Jahrbuchseite aus der Tasche und falte sie auseinander. Das wäre die Wahrheit. Und in der Mitte der Seite, im Knick, liegt die Mondblume, die ich von Bean bekommen habe. Ein Fingerhut voll Mondlicht, das immer noch genauso hell leuchtet wie der echte Mond. Das perfekte Sinnbild der Hoffnung. Wenn es uns gelingt, den Schutzzauber wiederherzustellen, können die Werwölfe diesmal vielleicht sogar bleiben. Vielleicht ...

Ich lege die Jahrbuchseite an ihren Platz. Das Bild von Gabriels jüngerem Ich schimmert im Kerzenlicht. Danach lege ich die Mondblume behutsam an die zweite Spitze der Windrose. Und in den Norden kommt mein Artefakt.

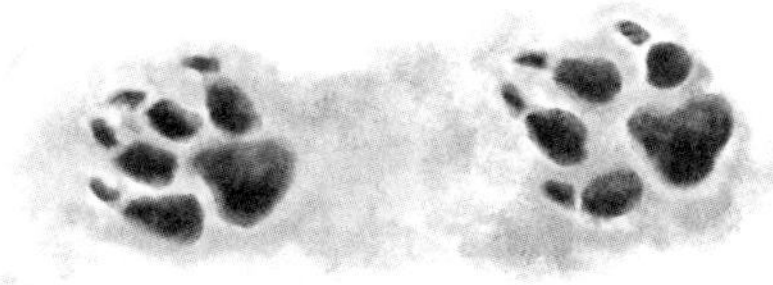

Die Wolfsfigur leuchtet strahlend blau auf.

»Das ist mein Symbol der Macht«, sage ich zu den anderen beiden. »Ich hatte es die ganze Zeit bei mir. Aber Six musste mich erst darauf bringen.«

»Echt, dass wir darauf nicht längst gekommen waren!«, ruft Sammy aufgeregt. »Der kleine Wolf, der Schädel ... damit haben wir alle vier!«

»Six ist so genial«, sagt Holly, ohne den Blick vom Kompass abzuwenden.

»Wie ging die Formel noch mal?«, frage ich.

»Hier ...« Sie blättert hektisch im Tagebuch. »Ich habe sie extra noch mal abgeschrieben, als die Tinte verlaufen ist.« Sie beugt sich über das Licht und kneift die Augen zusammen. »Gabriel hat es gerade ein bisschen anders gesagt ...«

Sie hält mir das aufgeschlagene Buch hin. Mit spitzen Fingern nehme ich es entgegen.

Und ich lese: *Kehre um, kehre zurück, das Neue lass los, das Alte lass ein, den Wunsch tausche gegen das leere Blatt ... Zum guten Ende dieses Opfer nimm.*

»Aber das Opfer fehlt immer noch«, stelle ich fest. »Six hat mich mit einem Zauber belegt und gesagt, wenn es so weit ist, werde ich wissen, was zu tun ist.«

Sammys Blick zuckt nach unten, zu Gabriel. Obwohl es niemand ausspricht, ist allen klar, was sie denkt. Ich bin unsicher.

Was könnte das sein, ein würdiges Opfer? Was hätte ich denn sonst zu bieten? Was wäre so mächtig, das Ritual in Gang zu setzen?

»Du weißt, was du zu tun hast«, klingt mir Six' Stimme in den Ohren, leise zwar, aber so deutlich, als wäre sier wirklich hier. »Sei mutig. Sei voller Hoffnung. Sei du selbst, Prudence.«

Ich drehe mich um. Ist Six tatsächlich zu uns geeilt, durch irgendeinen magischen Trick? Nein. Ich stehe allein vor dem handgezeichneten Kompass.

Ah …

Aber natürlich. Die Antwort war in Gabriels Worten versteckt.

Das Opfer ist meine Magie. Auch wenn das bedeutet, dass ich Hallowstone verlassen muss.

»Nein, nicht er …« Ich schüttele den Kopf. »Ich weiß jetzt, wie es geht. So wird es funktionieren.« Damit trete ich wieder ins Zentrum der Windrose und blicke auf die Kerze hinab. Die Flamme zuckt mir knisternd entgegen, als hätte sie meinen Entschluss gespürt. »Gibst du mir den Schädel, Sam? Dann haben wir alle vier Symbole.«

Von Sammy kommt nur ein leiser, gequälter Laut.

»Was?« Holly reißt die Augen auf. Auch sie hat erkannt, wo ich stehe, was es bedeutet. »Nein. Auf gar keinen Fall.«

»Es ist die einzige Möglichkeit«, widerspreche ich. »Gebt ihn mir.«

»Wir haben uns doch geschworen, dass wir uns nie alleinlassen werden.« Sammy drückt den Schädel an sich. »Das ist gegen unser Versprechen.«

»Ich weiß«, flüstere ich und würge ein Schluchzen hinunter. »Aber es muss sein. Wenn ich weg bin, wird alles wieder normal. Der Schutzzauber wird so stark sein wie früher. Die Stadt wird nicht von Schatten aufgefressen.

Und die Werwölfe ... die können vielleicht sogar für immer bleiben.«

»Ohne dich wird nichts mehr sein, wie es sein soll«, stellt Sammy klar. Dann nimmt sie meine Hand und drückt sie, so fest sie kann.

Holly fasst mich an der anderen Hand.

Mir wird schwindelig, gut möglich, dass ich gleich umkippe. Aber es gibt keine andere Lösung. Das ist das größte Opfer, das ich bringen kann – mich von meinem Zuhause zu verabschieden, dem einzigen, das ich je hatte und das ich nie, nie, nie verlassen wollte. Falls ich noch rechtzeitig zu einem Portal gelange, werde ich mich in der nichtmagischen Welt durchschlagen müssen, allein und ohne magische Kräfte. Aber wenn ich auf diese Weise mein geliebtes Hallowstone retten kann, ist es das wert.

»Bitte«, flüstere ich. Holly und Sammy sehen sich an, wollen es offenbar nicht glauben. Doch schließlich nickt Holly und Sammy reicht mir den Schädel. In meinen Händen leuchtet er auf, er labt sich an meiner Magie.

Ich werde so vieles vermissen. Willow, Bean, meine Eltern. Sammy und natürlich Holly. Die Schule, den Unterricht. Aber auch die vielen Kleinigkeiten, die trotzdem etwas Besonderes sind: die ofenfrischen Ahornplätzchen vom Bauernmarkt, die nächtlichen Spaziergänge durch die Straßen unseres Viertels, die leuchtenden Kürbislaternen in den Vorgärten ...

Und es gibt so viele winzige Details, die ich nie vergessen will. Der raue Stoff von Dads Pullover an meiner Wange. Moms erdiger Duft. Wie Holly über ihr ganzes Gesicht strahlt, wenn sie sich über etwas freut.

Aber jetzt muss ich mutig sein. Ich muss es tun. Wenn ich dieses Opfer nicht bringe, wird Sammy niemals Heilungsmagie studieren. Bean wird nie mit Dad zusammenwohnen. Meine einzigartige, keinesfalls perfekte und gerade deshalb so fantastische Noch-Heimatstadt wird ausgelöscht werden. Meine eigene Zukunft ist ungewiss, doch ich kann dafür sorgen, dass alle anderen eine haben. Das ist es, was Gabriel damals nicht begriffen hat und was er bis heute nicht einsehen kann. Wer etwas verändern will, muss das Richtige wollen.

Ich lasse Hollys und Sammys Hand los. Trete noch einen Schritt vor, sodass ich die kitzelnde Hitze der Kerze spüre, und stelle den Schädel an seinen Platz. Dann lege ich die Hände um die Flamme. Man sollte meinen, ich würde mich verbrennen, doch sie fühlt sich plötzlich kühl an. Wie ein erfrischender Schluck Wasser.

Die Beschwörungsformel geht mir über die Lippen, als hätte ich sie seit Langem eingeübt: »Kehre um, kehre zurück, das Neue lass los, das Alte lass ein, den Wunsch tausche gegen das leere Blatt … Zum guten Ende dieses Opfer nimm.« Dicht vor mir zuckt die Kerzenflamme hoch in die Nachtluft. Ihr Zentrum ist erfüllt von einem blauen Licht, ähnlich dem Strahlen der vier symbolischen Gegenstände.

Ich blase sie aus.

Augenblicklich versinken die Häuser Old Hallowstones im Nichts, verschluckt von Schatten, die ineinander verschwimmen wie Wasserfarben. Ich höre keinen Laut mehr und mir ist so kalt, dass ich mich am liebsten zusammenkauern würde. Nein, sage ich mir, halt still. So sehe ich zu, wie mich ein Kokon aus Schwarz in sich einschließt, durchbrochen von einem Spinnennetz aus silbernen Linien – der Schutzzauber. Für einen Moment verschwinden sie und nur noch der leere Nachthimmel ist zu sehen. Da schießen grellweiße Strahlen wie Pfeile durch die Dunkelheit, ordnen sich neu an, verbinden sich hoch oben zu den unwahrscheinlichsten Mustern. In meinen Augen brennen Tränen, trotzdem schließe ich sie nicht.

Das Letzte, was ich sehe, ist das verschwommene Orange der Baumwipfel.

33. Kapitel

Ich renne durch den Wald zum Portal, zur Pforte in die nichtmagische Dimension. Wer weiß, wo sie mich ausspucken wird, wo ich irgendwie mein restliches Leben verbringen muss. Die Bäume, eben noch so dicht gedrängt, werden weniger und weniger – da vorne ist eine Lichtung. Schneller! Meine Schuhsohlen klatschen über die angefrorene Erde. Ich habe es beinahe geschafft. Nur noch die letzten Meter Wald hinter mir lassen, dann ein Sprint mitten durch die Schatten und geradewegs hinein in eine Welt ohne den Funken der Magie, der immer noch in mir brennt.

»Prue«, höre ich jemanden sagen.

Abrupt bleibe ich stehen und blicke mich um. Mein Herz schlägt wie verrückt. In diesem Teil des Waldes lebt nichts – weder Vögel noch Eichhörnchen noch magische Wesen sind hinter dem Nebelschleier zu erkennen. Ich bin allein, bin schon eine Ausgestoßene, bevor ich Hallowstone endgültig verlasse. Die stickige Luft lässt sich kaum atmen. Ein Prickeln in meinem Nacken.

»Wer ist da?«, rufe ich. Langsam drehe ich mich einmal um die eigene Achse. Ein angenehmer, erdiger Duft weht an mir vorüber.

»Sie ist immer noch nicht bei Bewusstsein«, ertönt eine andere Stimme. »Wir tun, was wir können, aber wenn einem so viel Magie genommen wird …«

»Verstehe«, erwidert die erste Person. Der Duft wird stärker, eine kräftige Brise fegt ihn mir entgegen. Ich krümme mich vornüber, bin plötzlich unsicher auf den Beinen, halte die Augen fest geschlossen inmitten eines eisigen Sturms aus Schmutz und Staub. Vor mir erscheint ein Schattenwesen. Es ist der Drache mit den zerfledderten Flügeln, seine Zähne lang wie mein Unterarm, und diesmal werden mich keine Werwölfe retten. Da reißt er schon das Maul auf und aus seinem Schlund dringt Six' Stimme.

»Du steckst noch dadrin, das weiß ich. Komm zu uns.«

Ich öffne die Augen und blicke in eine Welt aus purem Orange. Die Kerzenflamme! Sie brennt noch! Das heißt, Gabriel ist noch irgendwo da draußen.

Ruckartig setze ich mich auf. Wo? Wo ist er?

»Hallo, Prue.«

Ich wende mich zur Seite. Auf einem Stuhl neben mir sitzt Six. Ich bin nicht mehr im Wald. Gabriel ist nirgends zu sehen. Und Six blickt mich erwartungsvoll an. Sier trägt einen langen orangefarbenen Mantel und hat weiße, gewellte Haare. Die Frisur erinnert mich an Dad.

Ganz allmählich fällt die Anspannung von mir ab. »Wo bin ich?«

»Im Krankenhaus von Hallowstone.« Six lehnt sich zu mir, die Fingerspitzen aneinandergelegt. »Wie geht es dir, junge Werhexe?«

Jetzt kann ich meine Umgebung besser erkennen. Ja, natürlich bin ich im Krankenhaus. Es sieht noch fast so aus wie damals, als ich mir meinen kaputten Arm durch einen Zauber flicken lassen musste, nach einer Bruchlandung bei den Besenspielen letzte Saison. Außer meinem Bett stehen noch mehrere andere im Zimmer, doch Six und ich sind allein hier.

Ich betrachte meine Hände. Sie sehen vollkommen normal aus. Keine Krallen, kein Fell, nichts.

»Was ist passiert?«, frage ich. »Geht es Sammy und Holly gut? Was ist mit dem Hohen Hexenrat und mit … meinen Eltern?«

»Du hast viel Magie aufgewandt, Liebste«, erwidert Six. »Du warst tagelang ohne Bewusstsein.«

»Aber hat das Ritual funktioniert? Wo ist er?« Ich blicke mich ruhelos um, als könnte Gabriel jederzeit aus einem der Schränke an der gegenüberliegenden Wand springen.

Six nickt. »Dein Ritual ist gelungen. Prue, sieh mich an.«

Nur widerwillig gehorche ich. Seit dem schrecklichen Traum hat mein Herz nicht aufgehört zu pochen. Der Schattendrache hätte sich zuerst an meiner Magie sattgefressen, dann meine Knochen blitzblank genagt und sie am Ende dem Wald überlassen …

»Du brauchst dir keine Sorgen mehr zu machen«, sagt sier. »Holly und Sammy geht es gut. Deiner Familie auch, dem Hohen Rat ebenfalls. Selbst die kleine Vera und ihre Elfenfreunde werden mit dem Schrecken davonkommen.«

»Aber habe ich den Schutzzauber wiederhergestellt?«

»Du hast weit mehr getan.« Six' Augen funkeln. »Wir können davon ausgehen, dass der Hohe Hexenrat bald das Gespräch mit dir suchen wird.«

Mir wird mulmig und vor mir taucht ein Bild auf, ich kann ihm nicht entkommen: wie ich in die Mitte der Windrose trete und die Hände um die Kerzenflamme lege …

Ich wollte mich selbst und meine Kräfte opfern, um die Stadt zu retten. Wieso bin ich nicht längst in einer Welt ohne Magie, eine Ausgestoßene, ganz allein? Oder … oder tot?

»Was ist passiert?«, frage ich noch einmal.

Six neigt den Kopf zur Seite und scheint sich die Antwort gut zu überlegen. »Bei all unserem Wissen über die Magie ist sie uns in vieler Hinsicht doch immer noch ein Rätsel. Wir studieren sie, kultivieren sie, lehren sie und dennoch schlägt sie immer wieder die verblüffendsten Haken. Als sich die ersten Hexen und Werwölfe an diesem Ort niederließen, hatten sie ein gemeinsames Ziel: Sie wollten die Mysterien der Magie in Frieden ergründen und die gewonnenen Erkenntnisse an ihre Kinder weitergeben. Damit sie dies in Sicherheit tun konnten, wurde der Schutzzauber errichtet – den du aufgesprengt hast.«

Hitze steigt mir in die Wangen. »Aber trotzdem, warum …«

»Der Schutzzauber hat sich verändert«, fährt Six unbeirrt fort. »Du hast den alten eingerissen und an seiner Stelle einen neuen, nie da gewesenen geschaffen. Hallowstone steht nun unter dem Schutz deiner Liebe. Deiner Selbstlosigkeit.«

Ein Klicken. Die Tür schwingt auf.

»Prudence.« Als Erste tritt Mrs Abrams ins Zimmer, hinter ihr schlurft der Rest des Hohen Hexenrats hinein – und Mom und Dad sind auch dabei!

»Hey!« Ich schleudere meine Decke vom Bett, um zu ihnen zu rennen, doch Dad hält eine Hand hoch und ich bewege mich nicht vom Fleck.

In seinem Gesicht sind tiefe Sorgenfalten zu erkennen – die hatte er früher definitiv nicht. Und Mom steht leicht windschief da, wie kurz vor dem Einschlafen. In meinem Bauch ballt sich Panik zusammen.

»Geht's euch gut?«, flüstere ich verunsichert.

Da lächelt Mom mich an, läuft zu meinem Bett und nimmt mich kurz, aber fest in die Arme. »Das wollte ich doch dich fragen.«

»Haben es alle geschafft? Wo ist Bean?«

»Der ist bei den Athertons«, sagt Dad und küsst mich auf den Kopf, streicht mir über die Haare. »Es ist alles in Ordnung, Kürbischen.«

»Allerdings müsstest du uns ein paar Fragen beantworten«, sagt Mrs Abrams. »Wenn es dir nichts ausmacht, meine Liebe.«

Ich richte mich im Bett auf und werfe einen verunsicherten Blick auf Six. Mit einem katzenhaften Auge zwinkert sier mir zu.

»Okay«, antworte ich.

»Wenn du uns kurz entschuldigen würdest, Sixram.«

»Wie bitte?« Sier strafft die Schultern und ich spüre, wie sich Six' Magie nach mir ausstreckt, wie eine Decke, die sich schützend um mich legen will.

»Diese Angelegenheit geht nur den Hohen Hexenrat etwas an«, sagt Mrs Abrams. »Dem du nicht mehr angehörst. Daher …«

Ich kann nicht stillhalten. »Kann Six nicht trotzdem bleiben? Ohne Six hätte ich es nicht hingekriegt.«

»Was genau hättest du nicht hingekriegt?«

»Na, das … das Ritual?« Ich knete meine Hände. »Damit Gabriel nicht die Stadt erobert?«

»Wir hätten ihn damals schlicht und einfach ins Schattenreich verbannen sollen«, meldet sich Lisette zu Wort, die uralte hutzelige Ratshexe. »Aber auf mich hört ja niemand. Nein, nein, habt ihr alle gesagt. Wir haben ihn unter Kontrolle, habt ihr gesagt.«

Ein Grummeln von Lazarus. »Es war unsere gemeinsame Entscheidung.«

»Interessant«, übertönt Mrs Abrams das Gemecker. »Also war es tatsächlich dein Bruder, Marin, der einen zweiten Anlauf genommen hat.«

Meine Mom ist wie versteinert. In ihrem Gesicht zeichnet sich tiefer Kummer ab. »Ich dachte, ihr hättet ihn aus dem Verkehr gezogen.«

Da platzt es aus mir heraus. »Ja, damals, als Sie die ganzen Werwölfe rausgeworfen haben!«

Schweigend starren mich die versammelten Erwachsenen an und ich würde mich am liebsten winzig klein machen und unter der Bettdecke verkriechen. Aber das darf ich nicht. Nicht jetzt.

Hollys Großmutter fängt sich als Erste. Ihr Mund schrumpft zu dem üblichen schmalen Strich, ihre Augenbrauen ziehen sich zusammen. So blickt sie mich an – aber ohne die gewohnte Kälte. Nein, sie wirkt eher … traurig. Beinahe zerknirscht. Ich werde nervös.

»Könnte ich mich kurz allein mit Prue unterhalten?«, fragt sie. »Bitte?«

Mit rauschenden Roben verlässt der Hohe Hexenrat das

Zimmer, selbst Six schließt sich ihnen an. Mom drückt noch einmal meine Hand und Dad verspricht mir, gleich vor der Tür zu warten.

Jetzt kommt die Strafpredigt, ich bin mir so sicher. Fieberhaft suche ich nach Ausreden. »Ich wollte das nicht. Das habe ich doch letztes Mal schon zu erklären versucht, dass … dass es einfach passiert ist. Ich habe den Wunsch aus Versehen ausgesprochen und dann ist dadurch der Schutzzauber zerrissen. Und weil Sie gesagt haben, dass er sofort wiederhergestellt werden muss, haben wir nach einem Ausweg gesucht und dann ist Gabriel … aber Sie haben einfach die ganze Stadt kaputt gemacht! Sie haben allen ihre Erinnerungen gestohlen!«

Mrs Abrams hebt eine faltige Hand und ich höre ihre Knie knacken. »Du hast ja recht. Nach Gabriels erstem Versuch, den Schutzzauber zu Fall zu bringen, war es meine Entscheidung, die Werwölfe aus Hallowstone zu verbannen. Aber du musst wissen: Wir standen unter großem, unter extremem Druck. Es kommt zum Glück nur selten vor, dass in unserer Stadt ein Kind stirbt. Ferns Tod hat die gesamte Hexengemeinde tief getroffen, da musste ich meinesgleichen beistehen. Und das Einzige, was gegen den Schmerz half, war ein Gedächtniszauber.«

»Aber Sie haben die halbe Stadt aus ihrem Zuhause geschmissen.« Ich verschränke die Arme. »Weil einer einen Fehler gemacht hatte, mussten alle leiden. Und dann haben Sie einen gemeinen Trick angewandt, damit es nicht rauskommt!«

Sie seufzt. »Der Schutzzauber ist die einzige Befestigung unserer Stadt. Ohne ihn wären wir den lauernden Schatten ausgeliefert. Man kann ihn nicht einfach so angreifen.«

»Wissen Sie, damals war Gabriel eigentlich ganz in Ordnung«, sage ich leise. »Ich glaube, er wollte bloß, dass man ihn wahrnimmt – deswegen wollte er den Schutzzauber zerstören und selbst wieder reparieren. Aber dieses Mal …«

Mrs Abrams sieht mich scharfsinnig an. »Und deine eigenen Beweggründe?«

Ich schüttele den Kopf. »Der Wunsch war keine Absicht. Das kann ich beschwören.«

Sie zieht bloß ihren Mantel enger und rückt ihren spitzen, mit einem grünen Schleifenband geschmückten Hut zurecht. Wieder einmal staune ich über die Ähnlichkeit zwischen Holly und ihr, erst recht, als sie mich sanft anlächelt – selbst ihre Grübchen gleichen sich.

»Man sollte nie die Macht der Sehnsucht unterschätzen«, sagt sie dann und lässt sich auf den Stuhl neben meinem Bett sinken. »Die Sehnsucht, so hat mancher Philosoph behauptet, ist der eigentliche Antrieb hinter der Magie. Aradia selbst glaubte fest an einen Zusammenhang zwischen Sehnsucht und magischen Kräften.«

»Six hat gesagt, der Schutzzauber ist anders, jetzt, wo ich ihn wiederaufgebaut habe«, erwidere ich kleinlaut. Ich bin mir nicht einmal sicher, wie ich das fände. Für eine solche Erneuerung bräuchte es unvorstellbar viel Magie, mehr als in meinen wildesten Träumen. Und ich wollte ihn ja nur reparieren, so wie er war.

Doch Mrs Abrams nickt. »Du hast etwas nie Dagewesenes erschaffen. Auch der neue Schutzzauber bewahrt uns vor den Schatten. Doch zum einen ist er durchwirkt von Kristall, nicht von Silber zur Abwehr von Werwölfen. Zum anderen ist er erfüllt von ... einer anderen Energie.«

»Was soll das heißen?«

»Ja, sie schottet uns ebenfalls vom Schattenreich ab. Doch zugleich wurden wir alle in dem Wall eingeschlossen.«

Mein Herz macht einen Sprung. »Wirklich alle?«

Sie nickt unmerklich. Das ist die Bestätigung.

Ich schlinge die Arme um meinen Oberkörper. Alle. Das kann nur heißen: Hexen *und* Werwölfe.

»Falls Sie glauben, ich ändere den Schutzzauber jetzt wieder«, zische ich, »dann täuschen Sie sich. Wenn Sie unbedingt noch mal alles kaputt machen wollen, können Sie ihn ja selbst einreißen und neu aufbauen. Und als Nächstes kommt wieder der Gedächtniszauber, damit alle vergessen, wie es wirklich war, und ...«

Erneut lächelt Mrs Abrams, beinahe herzlich diesmal. »Du hast Temperament.«

Trotz ihres wohlwollenden Tons traue ich ihr noch nicht über den Weg. Okay, sie ist Hollys Großmutter. Und okay, es hört sich an, als hätte sie ihre Fehler eingesehen. Aber ob ich mich wirklich darauf verlassen kann?

»Das war falsch von Ihnen«, fahre ich fort. »Fern war tot und Ihretwegen haben ihn alle vergessen. Dabei hätten sie sich an ihn erinnern sollen. Alle, die Hexen und die Werwölfe.«

Mrs Abrams' Lächeln fällt in sich zusammen, wird zu einer bekümmerten Miene. »Ich habe vieles falsch gemacht, Prudence. Hinter mir liegt ein langes Leben und es gibt etliche Entscheidungen, die schwer auf mir lasten.«

»Wären Sie nicht gewesen, wären meine Mom und mein kleiner Bruder die ganze Zeit bei uns gewesen.« Meine Stimme zittert.

Sie neigt den Kopf. »Gut möglich. Hallowstone sollte immer als Heimat von Hexen und Werwölfen dienen – das haben wir Ratshexen vergessen. Das habe ich vergessen. Es tut mir leid.«

»Und? Wollen Sie die Werwölfe jetzt wieder rauswerfen?«

»Nein. Darüber haben wir bereits gesprochen – wir vom Hohen Hexenrat mit Alpha Evanson und seinen Beratern. Der Schutzzauber bleibt, wie er ist. Was bedeutet, dass wir wieder in Hallowstone vereint sind. Alle.«

»Für immer?«

»Das ist ein großes Wort. Aber im Augenblick würde ich sagen: ja.«

Ich stemme mich von der Matratze hoch und lächele zurückhaltend. »Danke.«

Eigentlich würde ich viel lieber kreischend auf dem Bett herumhüpfen, doch ich will den feierlichen Moment nicht kaputt machen. Mrs Abrams behandelt mich neuerdings wie eine Erwachsene mit einer ganzen Menge Macht und davon sollte ich sie nicht abbringen.

Aber dass Mom und Bean ab sofort bei uns sind? Das übertrifft meine kühnsten Träume. Vor lauter Aufregung wackele ich ungeduldig mit den Zehen. Ich muss Bean unbedingt den Bauernmarkt zeigen – wenn ich meinen kleinen Bruder dabeihabe, geben Carmela und Evelyn uns bestimmt eine Tüte Schoko-Marshmallows aus und auch zwei von den Kürbistörtchen mit Ahornsirupguss! Und Mom muss ich meine neuen Verwandlungskünste vorführen, vielleicht kann sie mir erklären, wie sie sich besser steuern lassen. Und wir werden alle zusammen in unserem Häuschen leben, genau da, wo vor langer Zeit Gabriel und Mom gewohnt haben, zwei ungleiche Geschwister, die sich irgendwie in der Welt zurechtfinden mussten … Ich würde Bean sogar in meinem Zimmer schlafen lassen, vorausgesetzt, er verspricht mir, dass er Dad nichts von den *Magic-Youth*-Heften unter meiner Matratze erzählt. Oder wie wäre es mit einem kleinen Anbau? Im Moment haben wir schließlich gerade genug Platz für zwei Leute (plus einen Hund) und wir sind jetzt ja zu viert.

Mrs Abrams greift in ihren Mantel und streckt mir ihre geöffnete Hand entgegen. Darin liegt die Wolfsfigur. »Holly hat gesagt, ich soll dir das geben – es sei dein Artefakt?«

Ich nehme die Figur fest in die Hand. »Danke.«

»Gib gut darauf acht. Ich war selbst ungefähr in deinem Alter, als ich von meiner Mutter mein Artefakt erhalten habe. Aber jetzt komm erst einmal wieder zu Kräften.« Sie steht auf und geht.

»Warten Sie!«, rufe ich ihr hinterher. »Können mich Sammy und Holly besuchen? Ich muss sie unbedingt sehen.«

Mrs Abrams zieht die Tür auf und eine gewisse Belustigung legt sich auf ihr Gesicht. Eine Sekunde später fallen meine beiden Freundinnen mit einem überraschten Aufschrei ins Zimmer.

»Hey, Grandma.« Peinlich berührt blickt Holly zu Mrs Abrams hinauf und zerrt Sammy mit sich hoch. »Wir haben nicht gelauscht oder so, echt nicht.«

»Ja, echt nicht«, stimmt Sammy zu, ohne ihr Glucksen unterdrücken zu können. Dann rennt sie zu mir und umarmt mich, als hätte sie sich fest vorgenommen, mir sämtliche Knochen zu brechen. Ich vergrabe mein Gesicht in ihren Haaren. Meiner besten Freundin geht es gut. Es ist ihr nicht ergangen wie Fern. Sammy und ich, wir können das Leben immer noch zu zweit in Angriff nehmen.

»Schön brav sein, ihr drei«, höre ich Mrs Abrams sagen. Da klettert Holly aufs Bett und schlingt die Arme um Sammy und mich. Ihre Wange schmiegt sich an meine, was mich knallrot anlaufen lässt, aber hey, was soll's? Ich mochte Holly schon immer und jetzt mag ich sie *so richtig*. Ob Holly und ich nun schon offiziell zusammen sind – das wird sich noch zeigen. Sie weiß jedenfalls Bescheid und ich glaube, sie fühlt dasselbe wie ich.

»Dir geht's gut!«, ruft sie. »Morgana sei Dank!«

»Hast du es schon gehört?«, sagt Sammy. »Die haben keine Ahnung, wohin Gabriel verschwunden ist.«

Mein Körper versteift sich. »Im Ernst?«

»Sie haben Wächter losgeschickt, in den Wald und sogar ins Schattenreich, die nach ihm suchen sollen. Als sich der Schutzzauber wiederaufgebaut hat, wurden zwar alle Schattenwesen in der Stadt zerstört, aber der Rat ist sich nicht sicher, ob er … na ja, ob er auch tot ist. Sie konnten seine Leiche nicht finden, gar nichts. Es gibt Leute, die glauben, dass er durch ein Portal in die nichtmagische Dimension geflohen ist.«

»Hoffentlich nicht«, sagt Holly mit grimmiger Miene. »Mir wär es lieber, wenn die Schattenwesen seine ganze Magie aufgefressen hätten und er zu Staub zerfallen wäre.«

Das sehe ich, ehrlich gesagt, genauso. Ich will Gabriel nie, nie wieder begegnen, und wenn ich ihm dazu die Schatten an den Hals wünschen muss …

»Sie sind schon dabei, alles wiederaufzubauen«, berichtet Holly. »Durch den Bauernmarkt ist ein Tornado gerast, aber er soll vollständig wiederhergestellt werden, vielleicht sogar größer, als er war. Und der Hohe Hexenrat soll neu gewählt werden, wovon Grandma natürlich nicht so begeistert ist …«

»Und der Lebensbaum sprießt schon wieder neu«, fügt Sammy hinzu. »Ach, und deine Eltern wollen uns beide zum Essen einladen, wenn du aus dem Krankenhaus raus bist, nur damit du schon mal Bescheid weißt. Sie wollen dir eine Siegesparty schmeißen, mit Kürbiskuchen und allem.«

Wie auf Kommando knurrt mein Magen und wir brechen in Gelächter aus.

»Ich bin so froh, dass wir jetzt Freundinnen sind«, sagt Holly nach einem kurzen Moment der Stille. »Ich fand euch ja schon immer ziemlich cool.«

»Geht mir genauso.« Ich weiche ein Stück von ihr zurück, fummele an meinem Artefakt herum und beiße mir in die Wange, nur damit ich nicht zu offensichtlich strahle.

Sammy grinst mich an.

Das Leben zu zweit in Angriff nehmen? So ein Quatsch. Wir sind jetzt zu dritt. Für immer.

Und das ist mehr, als ich jemals zu wünschen gewagt hätte.

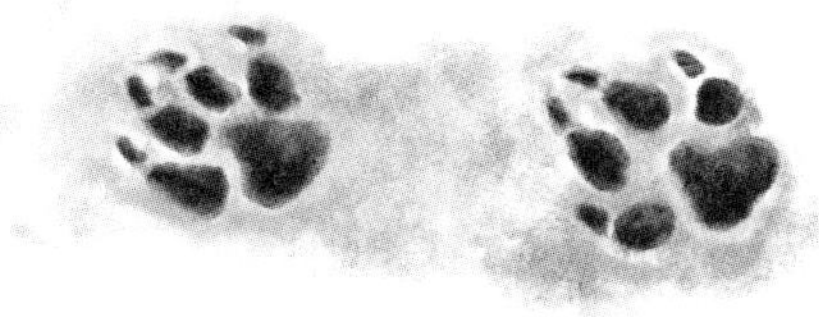